КНИГА • ОТКРЫТИЕ

Майкл Дэвид
ЛУКАС

СТАМБУЛЬСКИЙ ОРАКУЛ

◆

АЗБУКА

Санкт-Петербург
2013

УДК 821.111(73)
ББК 84(7Сое)-44
Л 84

The Oracle of Stamboul

Перевод с английского Ольги Вольфцун

Оформление Ильи Кучмы

ISBN 978-5-389-03843-1

Моим сестрам и братьям,
Адаму и Анне, Коулману и Эллисон, —
за то, что напомнили мне о важном,
а еще — Хейли, за все.

Ах, Стамбул! Из всех способных заворожить меня имен это остается самым волшебным.

Пьер Лоти

ГЛАВА 1

Элеонора Коэн пришла в этот мир в четверг, в конце лета 1877 года. Тем, кто встал в тот день на рассвете, долго потом вспоминалось, как над гаванью кружила стая пестрых удодов: птицы то опускались к самой воде, то взмывали ввысь, как будто пытаясь залатать прореху в небосводе. Неизвестно, удалось им это или нет, но спустя некоторое время птицы угомонились и расселись по городу — на ступени здания суда, на красную черепичную крышу гостиницы «Констанца», на колокольню Академии святого Василия. Часть их устроились на верхушке маяка, другая — на восьмиугольном минарете каменной мечети, третья — на носовой палубе парохода, выкашливавшего клубы дыма в ясное утреннее небо. Город был словно запорошен снегом: белые перья удодов забили водостоки вблизи губернаторского дворца, а позолоченный купол православной церкви стал почти неразличим под пушистыми тельцами. Птицы, устроившиеся на деревьях вокруг дома Якоба и Лии Коэн, вели себя и вовсе беспокойно: перекрикивались, хлопали крыльями, толкались и пихались — совсем как толпа крестьян, что выбрались в город посмотреть на парад султанской гвардии. Это можно было бы счесть счастливым знаком, если бы не все те несчастья, которые по странной случайности сопровождали рождение Элеоноры.

На рассвете того же дня двигавшаяся с севера 3-я кавалерийская дивизия императора Александра II, в составе шестисот двенадцати мужчин, пятисот тридцати семи лошадей, трех орудий, двух десятков серых холщовых палаток, полевой кухни и императорского штандарта, заняла холм, с которого открывался отличный вид на центр Констанцы. Поход длился почти две недели; с каждым днем пайки становились скуднее, а отдых короче. Они миновали Килию, Тульчу, Бабадаг, прошли по заросшим черникой болотам в дельте Дуная, по стоявшим под паром бескрайним пшеничным полям. Их конечной целью была Плевна, торговый центр посреди Дунайской равнины, где засела семитысячная армия генерала Османа-паши; его главной целью было не пустить русских дальше, вглубь страны. Взятие Плевны должно было переломить ход кампании, но до Плевны оставалось еще десять дней пути, и люди теряли терпение.

Прямо перед ними, как праздничный пирог на блюде, беззащитной лежала Констанца. Всего каких-то десять-пятнадцать метров отделяло гребень холма от развалин древней римской стены. В давние времена безжизненные розоватые камни защищали город от диких кабанов, бандитов и набегов фракийцев, время от времени пытавшихся захватить порт. Дважды перестроенная римлянами и потом еще раз византийцами, стена к концу пятнадцатого века, когда турки заняли Констанцу, была полностью разрушена. С тех пор ее не подновляли: лучшие камни шли на строительство дорог, дворцов и стен вокруг других, стратегически более важных городов. Возможно, если бы кто-нибудь потрудился восстановить стену, она и защитила бы город от варварского набега 3-й дивизии, но в своем нынешнем состоянии могла разве что ненадолго замедлить ее продвижение.

Все утро и позже, днем, кавалеристы 3-й дивизии отводили душу, носясь по улицам Констанцы: били витрины, гоняли бродячих собак, крушили попадавшиеся на пути статуи, подожгли особняк губернатора, разграбили здание суда и побили витражи над входом в Академию. Печальная участь постигла ювелира и сапожника — их обобрали дочиста. Бакалейная лавка вся была изгажена битыми яйцами и рассыпанным чаем. Торговец коврами Якоб Коэн тоже пострадал: ему разбили витрину и истыкали штыками всю стену. Кроме православной церкви, не тронутой русскими кавалеристами, как будто сам Господь хранил ее, без потерь нашествие 3-й дивизии пережила только городская библиотека. И отнюдь не из-за особого почтения к печатному слову. Своим спасением библиотека Констанцы была обязана исключительно мужеству своего хранителя. В то время как остальные горожане забивались под кровати или, прижавшись друг к другу, прятались по подвалам и чуланам, библиотекарь бесстрашно стоял на ступенях оставленного на его попечение храма знаний, высоко подняв над головой, как икону, растрепанный томик «Евгения Онегина». Кавалеристы 3-й дивизии хоть и были почти поголовно неграмотны, но родную кириллицу распознали. Это, похоже, и решило дело: библиотеку пощадили.

Тем временем в маленьком доме из серого камня, почти на вершине Восточного холма, Лия Коэн мучилась схватками. В гостиной пахло гамамелисом, спиртом и потом. Бельевой сундук стоял нараспашку, на столе громоздился ворох заляпанных йодом простыней. В городе имелся всего один врач, да и тот оказался занят в другом месте, так что Лии пришлось обходиться помощью двух повитух-татарок из ближней деревни. Провидение привело их к порогу Коэнов именно тогда, когда они были нужнее всего. Татарки говорили про какие-то знаки: про огромный, как море, табун лошадей, про собрание птиц, про Полярную звезду, совпавшую с луной. Будто бы об этом пророчил последний татарский царь на смертном одре, но растолковывать знаки повитухам было некогда. Они велели тотчас отвести их в спальню. Спросили чистого постельного белья, спирта и кипятка и заперлись с Лией. С тех пор дверь открывалась лишь затем, чтобы выпустить младшую из повитух за новой порцией горячей воды и свежих чистых простыней.

Муж Лии, Якоб, чувствовал себя лишним в собственном доме. Заняться ему было нечем, оставалось лишь погрузиться в тревожные раздумья. Якоб был крупный мужчина с гривой непослушных черных волос и ярко-голубыми глазами. Чтобы как-то унять волнение, он то и дело бесцельно дергал себя за бороду, перекладывал счета и принимался набивать трубку. До него доносились то крики роженицы и негромкие голоса повитух, которые призывали тужиться лучше, то ружейные выстрелы и ржание лошадей. Якоб не отличался особой религиозностью, не был он и суеверным. Тем не менее сейчас он молился о благополучном исходе родов и трижды по три раза постучал по дереву, чтобы защитить роженицу от сглаза. Он старался не волноваться, но что еще остается будущему отцу?

На закате, в тот час, когда небо постепенно теряет румянец, удоды смолкли. Смолкли и выстрелы, и топот копыт. Весь мир как будто бы решил наконец немного передохнуть. В эту самую минуту из спальни донесся усталый тихий стон, за которым последовали звонкий шлепок и крик новорожденного. В приоткрывшейся двери показалась старшая повитуха, госпожа Дамакан, со свертком на руках. В комнате стояла полнейшая тишина, которую прерывало только тихое сопение младенца.

— Слава Господу, — прошептал Якоб и наклонился, чтобы поцеловать лобик новорожденной.

Крошечная девочка так и сияла новой жизнью. Якоб протянул руки к ребенку, но повитуха остановила его:

— Господин Коэн...

Он посмотрел на ее сжатые губы.

— Беда у нас.

Лия истекала кровью. Она все слабела и угасла спустя несколько часов после рождения девочки. Последнее слово, слетевшее с ее губ, было имя дочери, и при звуке этого имени небеса разверзлись.

Такого никто в Констанце не помнил: дождь лил как из ведра, раскаты грома не затихали ни на секунду. Тугие струи потушили пожарища, размыли дороги и накрыли городскую площадь периной влажного пара.

Пока бушевало ненастье, удоды укрывались под крышами домов и в дуплах мертвых деревьев. А кавалеристы 3-й дивизии устремились на юг, к Плевне, и награбленное добро, словно паучьи гнезда, билось о крупы их лошадей. Дождь шел четыре дня и четыре ночи, и все это время госпожа Дамакан и ее племянница ухаживали за новорожденной. Лию похоронили в общей могиле с теми, кто погиб, защищая свое имущество, а Якоб предался горю. К концу недели вода в гавани покрылась плотным слоем мусора, а городскую площадь завалило мокрым пеплом.

Но жизнь продолжалась. Когда небо очистилось от туч, Якоб Коэн заложил повозку и съездил в Тульчу отправить две телеграммы: одну — сестре Лии в Бухарест, другую в Стамбул — другу и деловому партнеру, турку по имени Монсеф Барк, недавно пожалованному титулом бея. Первая телеграмма сообщала свояченице о несчастье и просила ее родственного участия. Вторая же рекомендовала госпожу Дамакан и ее племянницу как особ, способных выполнять любую работу по дому. Тетя и племянница, как и большинство татар-мусульман, проживавших в окрестностях Констанцы, собирались искать лучшей доли в Стамбуле. Пока же повитухи согласились помочь Якобу с девочкой.

Несколько дней спустя от Монсефа-бея пришел ответ: он будет рад видеть госпожу Дамакан в своем доме, тем более что ему как раз нужна новая служанка.

Ответ на первую телеграмму прибыл в Констанцу через неделю. Было шесть часов вечера, когда из экипажа, остановившегося у подножия Восточного холма, вышла длинноносая дама, вся состоявшая из острых углов, не считая несколько вялой линии подбородка. Ее левую щеку украшала крупная родинка, наводившая на мысль о вулкане за секунду до извержения. На ней был дорожный костюм и зеленая фетровая шляпка. В левой руке она держала чемодан, в правой — скомканную телеграмму. Дама заплатила вознице и пошла в гору, к дому Коэнов. Это и была Руксандра, старшая сестра покойной Лии.

Поднявшись на крыльцо, Руксандра поправила шляпку и обернулась посмотреть на густой слой птичьего помета перед домом. Затем бегло взглянула на удодов, устроившихся на высоком платане, и постучала. Никто не ответил. Она постучала еще раз и прислушалась. Никакого ответа. Не желая дожидаться на холоде, Руксандра решительно поправила шляпку и вошла в дом.

Весь дом Коэнов уместился бы, пожалуй, в столовой бухарестского особняка, где Лия и Руксандра провели детство. В доме было три спальни, кладовая, кухня, гостиная. Стены в ней были голые, не считая рисунка углем, висевшего над очагом. На нем была изображена Лия. В одном углу располагались буфет и щербатый стол из березы, весь заставленный немытой посудой. В другом, напротив камина, стояли потертые кожаные кресла. Пол устилали разномастные восточные ковры, в некоторых местах чья-то небрежная рука положила их в целых три слоя: так древние города, построенные на руинах еще более древних, скрывают под собой слои былых цивилизаций. Опасливо перешагнув через порог, Руксандра поставила у ног чемодан и закрыла за собой входную дверь.

— Якоб, вы дома? — позвала она.

Все это время Якоб, скрытый кипами бумаг на неприбранном столе, сидел, обхватив голову руками. Когда он поднялся навстречу свояченице, Руксандра поняла, что дело плохо. Сюртук весь в пятнах, борода всклокочена, глаза красные.

— Руксандра! — проговорил он, глядя на нее с изумлением. — Проходите, садитесь, прошу вас.

Руксандра пододвинула к себе стул и села.

— Вы просили о помощи, — сказала Руксандра, разглаживая на столе телеграмму в подтверждение своих слов. — И вот я здесь.

— Да-да, конечно, — сказал Якоб. — Как ваше здоровье?

— Учитывая обстоятельства, хорошо, благодарю вас. Но я проделала немалый путь и не отказалась бы от чашки чая.

Пока Руксандра говорила, дверь кухни отворилась и в гостиной показалась госпожа Дамакан. Из угла ее рта свисала нитка, а на руках она держала спеленатого младенца. Элеонора спала, ее ресницы подрагивали, как стрекозиные крылышки, а ручки были мирно сложены на груди.

— У нее Лиин рот, — сказала Руксандра, склонившись над свертком. Потом она выпрямилась и спросила: — Это ее няня, полагаю?

— Можно сказать и так, — ответил Якоб. — Госпожа Дамакан и ее племянница принимали роды и теперь помогают мне с ребенком, уже несколько недель.

— Понятно, — сказала Руксандра. — Госпожа Даламан, я правильно расслышала? Не будете ли вы так любезны приготовить мне чашку чая? Покрепче, пожалуйста. Я провела много времени в пути.

Руксандра села и посмотрела вслед госпоже Дамакан.

— Скажу сразу, — начала Руксандра, — я не люблю церемонии. Предпочитаю переходить прямо к делу. Некоторым моя прямолинейность кажется несколько излишней. Говорю вам об этом сразу.

Якоб кивнул.

— Я получила вашу телеграмму, — начала она, — и откликнулась на призыв о помощи. Я готова оставаться у вас месяц или дольше, вести хозяйство и делать все, что потребуется. — Тут Руксандра обвела взглядом гостиную. — Так вы говорите, госпожа Далматин скоро съедет?

— Да, — ответил Якоб. — Они с племянницей собираются в Стамбул.

— Грязный городишко, — процедила Руксандра. — Кишмя кишит турками.

— Они турчанки, — сказал Якоб. — Точнее, татарки.

— Ну, кем бы они ни были, — сказала Руксандра, — они скоро уезжают, да?

— Они собираются уехать в конце недели, хотя не все еще готово к отъезду.

— Как я уже сказала, — продолжила Руксандра, — я охотно побуду тут месяц или даже два, чтобы помочь вам в час испытаний, но если вы хотите, чтобы я жила тут и дальше, думаю, нам следует пожениться.

Надо отдать Руксандре должное: она всегда была примерной дочерью и о себе думала в последнюю очередь. Пока младшая сестра училась в школе и выбирала мужа, Руксандра преданно ухаживала за родителями, которые дряхлели, болели и наконец сошли в могилу. Отец умер около года назад, когда Руксандра уже стояла на пороге тридцатилетия. К этому опасному рубежу она подошла порядком обиженная на судьбу, не очень-то к ней благоволившую: несмотря на солидное приданое, ей до сих пор не удалось найти достойного супруга. Надо сказать, Руксандра смотрела на вещи весьма трезво и о страстной любви не мечтала. Все, чего она хотела от брака, — быть хозяйкой в собственном доме и найти в муже приятного собеседника, чтобы было с кем перемолвиться словом по вечерам.

После довольно долгого молчания Якоб сказал:

— Вы не будете против, если я не дам вам покуда никакого ответа? Мне нужно подумать.

— Разумеется.

— А как же ваши вещи? Это все?

Руксандра улыбнулась и посмотрела на обитый кожей сундучок, стоявший у нее в ногах.

— Не беспокойтесь, — сказала она. — Я сделала все необходимые распоряжения.

На следующее утро из Бухареста прибыли два больших сундука, и Руксандра начала обживаться. Она заняла свободную спальню, распаковалась, потом с помощью младшей госпожи Дамакан отскребла кухню, перемыла все окна в доме, выбила ковры, стерла пыль с книжных полок и вымела золу из печи. Покончив с этим, Руксандра отчистила дорожку перед входом от птичьего помета и попыталась прогнать удодов, облюбовавших платан возле дома. Это ей, однако, не удалось. Чем яростней она махала руками и кидала в птиц камнями, тем горячей была любовь удодов к насиженному месту. Не прошло и трех дней, как дорожка перед входом опять покрылась коркой помета. Несмотря на эту небольшую хозяйственную неудачу, Руксандра вскоре почувствовала себя у Коэнов как дома. Она готовила, убирала и, когда госпожа Дамакан с племянницей были заняты подготовкой к предстоящему путешествию на юг, присматривала за Элеонорой. Две недели спустя повитухи отбыли в Стамбул, и Руксандра стала полновластной хозяйкой в доме. В конце третьей недели Якоб постучался к ней в спальню и сказал, что принимает ее предложение: им и вправду нужно пожениться, так будет лучше для всех.

Брак был заключен в Тульче — констанцскую синагогу не успели восстановить после атаки 3-й кавалерийской. Тульчинский раввин, молодой еще человек с густой рыжей бородой, совершил обряд. Его братья засвидетельствовали брак, а жена баюкала плачущую Элеонору. Дела задержали Якоба в Тульче до вечера, в шесть часов они сели в экипаж и поехали в Констанцу. Удоды, держась на почтительном расстоянии, провожали Коэнов домой.

ГЛАВА 2

Властитель дома Османов, султан султанов, хан ханов, предводитель правоверных и наследник пророка Владыки Вселенной, защитник святых городов Мекки, Медины и Иерусалима, его величество Абдул-Гамид II задумчиво смотрел на сине-зеленое море мозаичных плиток на потолке, пока цирюльник намыливал ему щеки. В соседней комнате кто-то перебирал струны у́да, через открытую дверь доносились томные голоса наложниц. В клетке заливался бюльбюль, жаркое солнце проникало в комнату сквозь узорчатое окно и густыми пятнами ложилось у ног султана. Абдул-Гамид прикрыл глаза, вдохнул мыльный запах жасмина и прислушался к звуку скользящего по его шее лезвия.

Этот цирюльник брил Абдул-Гамида каждое утро вот уже тридцать лет, с тех пор как первые признаки мужественности показались на августейших щеках. До того он в течение семи лет служил при дворе отца Абдул-Гамида. Цирюльник был стар, однако его рука оставалась тверда, словно рука каллиграфа, но все же, несмотря на долгие годы практики, к каждому утреннему бритью он подходил так, словно это было главным делом всей его жизни. Такой подход Абдул-Гамид ценил: живя в водовороте дворцовых интриг и заговоров, хочется доверять человеку, водящему бритвой по твоему горлу. Покушения на царствующую особу не были новостью при султанском дворе. Трое дальних родственников Абдул-Гамида — Мурад II, Мустафа Челеби и Ибрагим I были убиты слугами, чья верность вроде бы не вызывала сомнений: Мурад — поваром, Мустафа Челеби — телохранителем, Ибрагим — цирюльником.

Абдул-Гамид открыл глаза и посмотрел, как брадобрей правит бритву о полоску кожи. Затем он опять прикрыл глаза, поглубже уселся в кресле и позволил еле различимым, словно шепот моря, звукам уда ласкать свой слух. Столько грусти было в этом мотиве, столько лет горя... Не у Аль-Фараби ли читал он о том, что своим изобретением уд и в особенности выгнутая дека инструмента обязаны повешенному? Чье именно тело раскачивалось на рожковом дереве? Абдул-Гамид вспомнить не мог. Ламех, дитя Мафусаила? Или кто-то из сыновей Ноя? В любом случае жизнь древнему инструменту дало горе.

Султан задумался, но вдруг почувствовал чье-то присутствие.

— Ваше величество?

Это был великий визирь Джамалудин-паша, красный от усердия, на усах поблескивают брызги слюны.

— Ваше величество, — повторил он, утирая лицо, — простите, что прерываю ваш туалет, но у меня тревожные вести.

— Слушаю вас, паша, — ответил султан и знаком велел цирюльнику продолжать. — Государственные новости не терпят отлагательств.

— Ваше величество, русские заняли Плевну три дня назад. Осман-паша с остатками войска отступил к Габрово.

Новость была неприятной. Не неожиданной, но чрезвычайно тревожной. Султан вздохнул, искоса глядя на визиря, в то время как цирюльник выщипывал ему волоски под скулой. Плевна стала еще одним звеном в длинной цепи военных неудач. Скорее всего, это означает конец войны, очередную конференцию Великих Держав, новые предлоги для дробления Османской империи. Его не так заботила утрата контроля над Болгарией и Румынией. Пропади они пропадом вместе с Грецией и Балканами. Нет, не потеря земель мучила его, а позор. Ретивые соглядатаи, подосланные Великими Державами, рыскали вокруг дворца, словно волки. Болгария и Румыния занимали бы его мысли куда как меньше, не знай он, что этим не кончится. Русским нужен Карс, французы уже давно жаждут захватить Левант, а греки не успокоятся, пока не наложат свои грязные лапы на Стамбул.

— Осман-паша считает, что следует отойти к Адрианополю, но он ждет вашего распоряжения.

Султан посмотрел на визиря: приземистый и краснолицый Джамалудин-паша был обладателем внушительного носа, по обе стороны которого зияли темные провалы глаз, как будто мальчишка второпях поставил две чернильные кляксы, и тонких усов, делавших нос еще более заметным.

— А что считаете вы?

— На этот раз я согласен с Османом-пашой. Адрианополь — лучшее место для обороны нашей столицы, если в этом возникнет надобность. Боюсь, она может возникнуть.

— Таково ваше мнение?

— Да, именно, ваше величество. Другого выхода я не вижу.

В этом была главная беда Джамалудина-паши. Хотя он и превосходил своего предшественника, прежнего великого визиря, как в изворотливости, так и в преданности, течение событий слишком затягивало его — он чересчур заботился о своем месте в истории. В каждом заговоре ему виделось рождение революции, в каждом шпионе мерещился заговорщик, каждая война грозила утратой власти. При всем своем уме Джамалудин был не способен смотреть в будущее, сделать шаг назад и беспристрастно проанализировать ситуацию. Но на этот раз он оказался прав. Обеспечить оборону Стамбула было важнее всего.

— Хорошо, — сказал Абдул-Гамид. — Осман-паша может отвести войска к Адрианополю или на любую другую позицию, которая кажется ему подходящей. А теперь, Джамалудин-паша, какие еще вести?

Великий визирь поправил тюрбан, заглянул в черную книжечку, которую обычно носил в нагрудном кармане, и принялся перечислять события прошедшего дня:

— Мы продолжаем расследовать обстоятельства офицерского бунта. Новый ректор Робертс-колледжа прибыл в Стамбул два дня назад. Из Новопазарского санджака доносят: там накалились отношения между общинами.

Абдул-Гамид почувствовал, как лезвие защекотало верхнюю губу, и заморгал, чтобы не чихнуть.

— Расскажите мне об этом новом ректоре.

— Как вы велели, ваше величество, мы старались не досаждать ему и не возбуждать никаких подозрений. Поэтому расследование было не таким тщательным, как полагалось бы. Однако кое-что удалось узнать. Он родился и получил образование в штате, который называется Коннектикут, по окончании учебы получил место в американском университете в Бейруте, где и служил последние семь лет, и, перед тем как покинуть это место, был назначен заместителем декана по воспитательной работе.

Великий визирь помедлил, чтобы свериться с записями.

— Ходят слухи, — продолжал он, — правда совершенно ничем не подкрепленные... Кое-кто из близких нам людей утверждает, что он американский шпион, другие говорят, что он мужеложец.

— Одно другому не мешает.

— Нет, мой господин. Не мешает.

— Хотя для человека его профессии и то и другое довольно странно.

— Да, ваше величество. Мадам Корвель, наш друг из американского консульства, клянется, что встречала ректора раньше, когда жила в Нью-Йорке; тогда он носил совершенно другое имя. Но она не может припомнить ни этого имени, ни обстоятельств их знакомства.

— Продолжайте наблюдать за ним, — сказал султан. — И сообщайте, если откроется что-нибудь интересное.

— Слушаюсь, ваше величество.

Пока цирюльник взбивал новую порцию пены, Абдул-Гамид откинулся назад и скрестил ноги перед собой. Он увидел, что забыл снять ночные туфли. Входить в домашних туфлях в эту часть дворца считалось нарушением этикета, но даже если великий визирь и заметил, то промолчал.

— Прежде чем удалиться, ваше величество, хочу сообщить еще одно известие, которое может вас заинтересовать.

— Говорите, паша.

— Выяснилось, что Монсеф Барк-бей организовал новое тайное общество. Вы, должно быть, помните этого человека. Это тот самый Монсеф-бей, который так настойчиво требовал принятия конституции при вашем предшественнике.

— Монсеф-бей, — задумчиво проговорил султан. — Я помню это имя. Мне казалось, ему был предложен какой-то пост в Диярбакыре.

— Это так, господин. Возможно, вам также небезызвестно, что в последний момент его перевели в Констанцу.

— А ведь там сейчас русские.

— Именно так. К сожалению, Монсеф-бей вышел в отставку в прошлом году и вернулся в Стамбул.

Наблюдая за тем, как солнечный луч рисует желтовато-красные узоры на веках, Абдул-Гамид неопределенно кивнул и вздохнул:

— Что известно об этом новом обществе? Оно представляет угрозу? Или это еще один литературно-теософский кружок?

— Трудно сказать, ваше величество.

— Тогда подождем развития событий.

— Очень хорошо, мой господин. Простите, что потревожил вас во время бритья.

— Вы можете идти, визирь.

Однако, прежде чем удалиться, Джамалудин-паша поделился еще одной вестью, на сей раз понизив голос до почтительного шепота: валиде-султан, мать великого султана, все утро разыскивает повелителя. По-видимому, она чем-то сильно расстроена. Абдул-Гамид провел по гладкому после бритья подбородку, поблагодарил визиря и за эту новость и резко поднялся — стоило поискать более спокойного уголка. Не то чтобы он избегал встреч с матерью. Ему просто хотелось в одиночестве обдумать падение Плевны и возможные последствия этого события. Через боковую дверь дворцовых бань султан вышел в сад гарема, прошел вдоль стены темницы, миновал северные конюшни и оказался в Слоновьем саду — происхождение этого названия было для него загадкой.

Он направлялся в северную часть сада, к уединенной купе абрикосовых и вишневых деревьев, куда часто уходил поразмышлять. Около двух веков назад их посадили по велению султана Ахмеда II, с тех пор деревья разрослись и стали излюбленным местом для белок и птиц. Абдул-Гамид открыл этот почти забытый людьми уголок много лет назад, еще юношей, во дни правления своего отца. Теперь он и сам был султаном, а его слово — законом на землях от Салоник до Басры, но, как и прежде, он часто выскальзывал сюда из дворца почитать и понаблюдать за птицами, которых в сад манила вода.

Султан думал о том, к чему приведет падение Плевны. В попытке защитить глаза от солнца он поднес ладонь, сложенную козырьком, ко лбу и посмотрел на сияющую гладь Босфора — не кружат ли над проливом аисты или хоть буревестники. Абдул-Гамид проводил взглядом стаю стрижей, которая направлялась от Галатской башни к новому вокзалу в Кадикое. Кроме стрижей, ничего достойного внимания султан не увидел: обычные птицы — чайки, бакланы, ласточки.

— Вот вы где.

Он мог бы и не оборачиваться — голос матери не спутаешь ни с чем. Но он обернулся, поцеловал ей руку и подвинулся, освобождая место на скамье. Хотя она намеренно нарушила его уединение и, как всегда, пренебрегла полным титулом, мать всегда остается матерью.

— Доброе утро, матушка. День сегодня чудесный.

— Да, — ответила она, так и не присев. — И мне искренне жаль, что я мешаю вам любоваться им.

— Прошу вас, матушка, сядьте. Вы нисколько не помешали.

— Ваше величество, — продолжала она, — у меня к вам совсем небольшое дело. После чего я тотчас же уйду.

Несмотря на годы, она все еще была хороша собой. Конечно, фигура уже не та, на лице появились неизбежные морщины — спутницы жизненного опыта, но султан видел следы былой красоты, которая когда-то так неудержимо влекла к ней его отца.

— Как вам известно, — начала она, сцепив руки за спиной, — на следующей неделе во дворце состоится прием в честь французского посла и его супруги.

Абдул-Гамид нахмурился. Французский посол был крайне заносчив и нимало не заботился хоть как-то скрывать свои истинные цели. Его жена ничуть не лучше: толстая глупая квочка, которая посвятила жизнь светским приемам и мелким склокам.

— Я знаю, вы не слишком его жалуете. Но этот прием и так откладывался непростительно долго. А нам необходима любая поддержка, если мы собираемся противостоять русским.

— Да, — сказал султан. — Безусловно.

Из слов матери было пока неясно, получила ли она известие о поражении Османа-паши под Плевной. Если она еще не знала об этом, он не станет ей говорить.

— Как вы, возможно, помните, — продолжала она, — посол очень любит белужью икру. Он неоднократно упоминал об этом в письмах ко мне и великому визирю.

— Да, припоминаю. Он как-то намекал. Я уверен, что вы позаботитесь, чтобы ее подали к столу.

— Она уже включена в меню, ваше величество. К сожалению, сегодня утром Муса-бей доложил, что запасы белужьей икры у нас иссякли. Он отдал распоряжение привезти новую партию, но из-за военных действий ее вряд ли доставят вовремя.

— Это большое несчастье, матушка.

Вражда между киларджи-баши[1] Мусой-беем и валиде-султан не затихала с тех пор, как Абдул-Гамид

1 Главный надзиратель султанских погребов. — *Здесь и далее примеч. пер.*

был еще ребенком. По сравнению с другими дворцовыми войнами эта была вполне безобидной: противники стремились скорее измотать друг друга постоянными придирками, чем нанести существенный урон. В последнее время Абдул-Гамид начал даже подозревать, что корни отвращения, которое его мать питала к евреям, уходили в ее многолетние битвы с Муса-беем, хотя могло быть и наоборот.

— Есть десять банок стерляжьей, — сказала она.

— Стерляжья вполне подойдет.

— Да, если ничего другого не остается, — продолжила валиде-султан. — Конечно, на фоне худших горестей это не так и страшно. Однако, памятуя о том, что посол выказывал любовь именно к белужьей икре и также о том, что в ближайшем будущем нам может понадобиться поддержка французского правительства, я считаю, что мне следует наведаться в ваши личные кладовые: не отыщется ли там несколько банок? Но Муса-бей отказывает мне в праве доступа. Говорит, это невозможно без личного распоряжения вашего величества.

Султан водил кончиками пальцев по деревянной поверхности скамьи. Ну почему необходимо обращаться к нему по таким пустякам? Неужели ему, султану Османской империи, есть дело до нескольких банок икры? Его внимания требовали более серьезные вопросы: война, мир и международная дипломатия.

— Я распоряжусь, — сказал султан, сдерживая раздражение. — Лично.

— Ваше величество, еще...

— Что еще, матушка?

— Ваши комнатные туфли. — Она не отводила глаз от его ног. — Вы совсем промочили их, гуляя по саду. Если пожелаете, я тотчас же принесу другую пару либо иную обувь.

— Благодарю вас, матушка, ничего не надо.

— Хорошо.

Она поклонилась и пошла прочь.

ГЛАВА 3

Как Руксандра ни старалась, ей так и не удалось выгнать удодов из сада. С самого рождения Элеоноры они прочно обосновались на фиговом дереве перед домом, отчего центральная дорожка была постоянно покрыта липким слоем бело-зеленого помета. Сперва было неясно, почему птицы облюбовали именно это дерево, почему терпели и метлу, и жавель, и кипяток и не искали другого, более гостеприимного пристанища. Однако же со временем стало понятно, что это упорство было как-то связано с Элеонорой. Удоды словно считали ее своим вожаком, жизнь без которого не имела смысла. Когда спала Элеонора, спали и птицы, когда девочку купали, они охраняли ее, если же она выходила из дому, небольшой пернатый отряд непременно кружил над ее головой. Странное оперение и поведение «Элеонориной стаи» недолго привлекали внимание соседей: вскоре птицы стали частью повседневной жизни, привычным атрибутом Восточного холма. Горожане обращали на удодов не больше внимания, чем на голубей, сидевших на водостоках гостиницы «Констанца», и в конце концов Руксандра привыкла к тому, что раз в неделю дорожку приходится скрести горячей водой со щелоком.

Возможно, удоды поражали бы воображение гораздо больше, не будь сама Элеонора таким необычным ребенком. Внимательный взгляд мог угадать будущую красавицу в младенце, который пока бо́льшую часть дня спал на руках кормилицы: в румяных щеках, видневшихся из-под густой копны волос, в больших зеленых глазах того оттенка, какой бывает у стекла, когда оно долгое время пролежит в морской воде, в молочных зубах цвета слоновой кости. Она редко плакала, пошла в восемь месяцев и в возрасте двух лет уже говорила полными предложениями. Представление Элеоноры о мире было хоть и детским, но на удивление четким; от нее исходило невидимое глазу сияние внутренней цельности, которое заставляло людей пробираться к ней из самых дальних уголков рынка только для того, чтобы поцеловать. Несмотря на эти знаки, раннее детство Элеоноры было вполне обыкновенным. Она спала, ела, исследовала мир вокруг себя, барабанила деревянными ложками по горшкам на кухне или вдруг погружалась в созерцание узоров на ковре в гостиной.

Одним из самых ранних ее воспоминаний было то, как Якоб рассказывает ей истории после ужина. В очаге потрескивает огонь, от старых кресел пахнет кожей, в уголке комнаты притулилась Руксандра со штопкой в руках. До того как начать рассказ, Якоб тянулся в карман за табаком, доставал щепотку и подушечкой большого пальца набивал свою пенковую трубку. Резная чашка была сделана в форме львиной головы с золотисто-желтой гривой. Элеонора замирала каждый раз, когда отец вынимал из кармана коробок, чиркал спичкой и подносил ее к львиной голове. Как будто это был какой-то древний ритуал, а они — его единственные жрецы. После одной-двух затяжек отец клал руку ей на плечо и спрашивал, не хочет ли она послушать историю. Конечно, она хотела.

Отец рассказывал о мудрецах, путешественниках, купцах и простаках. О Бухаресте, Париже, Вене и всех тех далеких городах, в которых он побывал в молодости. О Ланьчжоу, Андижане, Персеполе и Самарканде. О городах с висячими садами и башнями высокими, как небо; в них живет столько людей, что и представить себе невозможно, в тени там прячутся тигры, а слоны ходят прямо по улице. Эти города стары как мир, в них чудеса, добро и зло уже давно сплелись в единый клубок. Он объездил целый свет и повидал несчетное количество мест, но самым его любимым городом был древний центр вселенной, родина Ио и Юстиниана, мечта Константина и Селима, жемчужина Босфора, алмаз в короне и сердце Османской империи — Стамбул. И действие всех его лучших историй разворачивалось именно там.

Кроме отцовских историй, в памяти Элеоноры сохранилась одна история, которая случилась сразу после ее четвертого дня рождения. Именно тогда она впервые ощутила свою силу. Стояла ранняя осень, вечер был тихий и прозрачный. Босоногая, в легкой красной сорочке, Элеонора сидела по-турецки под плетью томата, роя пальцами ямку во влажной комковатой земле. С холма дул теплый ветер, удоды переговаривались между собой, от задней калитки сада можно было разглядеть дорогу почти до самого Новодари. Она только что выкопала из земли мокрицу и теперь смотрела, как та разворачивается у нее на ладони, и вдруг из сада донесся какой-то звук. Его издал олень, робко показавшийся из-за дерева. Она видела, как он сделал шажок вперед, по грядке лука, потом отступил на полшага назад. В том, что лесной зверь зашел в их сад, не было ничего необычного, но поведение незваного гостя насторожило девочку. Сначала она просто наблюдала за ним из своего укрытия, но потом решила выяснить, в чем дело.

Элеонора положила мокрицу обратно в ямку и пошла через сад. Олень не двигался, хотя присутствие человека его явственно тревожило. Элеонора стояла по другую сторону грядки на расстоянии вытянутой руки от него, так близко, что чувствовала его теплое кисловатое дыхание. Она посмотрела оленю прямо в глаза, протянула руку и положила ему на шею. Олень не шелохнулся. Оба стояли совершенно неподвижно, только ноздри животного подрагивали да дыхание чуть поднимало грудь ребенка. Затем олень стремительно отступил назад, наклонил рога и приподнял, как солдат винтовку на построении, левую переднюю ногу. Элеонора тут же поняла, что его беспокоило и что надо делать: прямо над копытом была рана, из которой торчал скрученный кусок железа, глубоко засевший в мышце. Похоже, олень напоролся на изгородь или попал в поставленный охотниками капкан. Элеонора смахнула прядь, лезшую ей в глаза, и осмотрела рану. Вены вокруг разреза лихорадочно пульсировали, вокруг куска металла пенилась сукровица. Элеонора обхватила копыто второй рукой, отчего шерсть на оленьей ноге немедленно встала дыбом, моргнула и одним резким движением выдернула металл из раны.

Элеонора смотрела вслед оленю, который тут же скрылся в лесу, и вдруг задрожала от мысли о том, что только что сделала. Удоды над ее головой зашлись поощрительным чириканьем, даже ветви кустов потрескивали, как будто тихонечко аплодировали. Однако овация длилась недолго. Секунду спустя кто-то ухватил девочку за локоть и потащил в умывальню.

— Не смей никогда больше этого делать, — говорила Руксандра, стаскивая сорочку через голову Элеоноры. — Если кто-нибудь вдруг узнает...

Элеонора съежилась посреди умывальни, а Руксандра стремительно намыливала мочалку. Девочка никогда раньше не видела тетю в таком состоянии: та была потрясена, почти напугана.

— Что такое, Руксандра? Что я сделала?

Вместо ответа, Руксандра принялась яростно тереть мыльной мочалкой сначала плечи, потом ладошки, особенно же досталось пальцам.

— Пожалуйста, — хныкала Элеонора, — скажи мне, что я сделала. Как я могу исправиться, если ты не говоришь, что я сделала не так?

Руксандра прекратила тереть.

— Нельзя возиться с животными. А если люди узнают? У нас и так достаточно неприятностей. К евреям и так-то относятся с подозрением, а твой отец постоянно возит ковры в Стамбул. Меньше всего нам нужно привлекать к себе лишнее внимание.

— Но ему было больно, — заныла Элеонора. — У него из ноги торчала железная штука. Ему нужно было помочь.

Руксандра обмакнула мочалку в холодную воду и опять принялась тереть.

— Мало ли кому нужно помочь. Я запрещаю тебе впредь делать что-либо подобное. И не смей никому говорить, даже своему отцу. Ты поняла?

Элеонора знала, что лучше не возражать. Когда купание закончилось, она попросила у Руксандры прощения и пообещала, что больше никогда не будет возиться с животными. Она надеялась, что этим все и закончится. По большому счету так и случилось. Тетя больше не вспоминала об этом случае. Но почему-то Элеонора никак не могла отделаться от мысли, что между происшествием с оленем и той новостью, которую тетя преподнесла ей за завтраком на следующее утро, была прямая связь: тетя объявила, что пришло время Элеоноре учиться искусству ведения домашнего хозяйства. Эти навыки пригодятся ей в жизни. Помогут найти достойного мужа. А главное, дьявол всегда находит занятие праздным рукам. Правда, Якоб высказывал некоторые возражения, но решил положиться на Руксандру, которая уверяла его, что Элеонора уже достаточно большая. Таким образом, все было решено.

— Первым уроком, — объявила Руксандра, — будет шитье.

Она засунула руку в карман передника и выудила оттуда старый носовой платок Якоба, иголку и катушку ниток:

— Видишь?

Тетя склонилась над плечом Элеоноры и показала на ровный синий стежок, проложенный по краю ткани. Элеонора кивнула, облокотилась о стол и подперла голову руками.

— Прошей так же по внутренней стороне. Будут вопросы — я на кухне.

Элеонора посмотрела на иголку и нитку, извивавшуюся на ткани, словно змея, — веселого мало, но с тетей не поспоришь, — зажала иголку между большим и указательным пальцем, заглянула в ушко, прищурилась, ухватила кончик нитки другой рукой и с величайшим старанием вдела нитку в иголку. Уф. Самое сложное позади. Осторожно, стараясь не уколоться, она сделала первый стежок и плотно затянула нить. Потом еще один, и еще, и еще. Шить было не трудно: просто клади одинаковые стежки по краю ткани, и все. Скучное занятие, но не такое уж сложное.

Впрочем, и всю жизнь Элеоноры в следующие несколько месяцев после происшествия с оленем можно было описать теми же словами: скучно, но просто. Она помогала Руксандре по дому, шила, чистила овощи, вытирала пыль и отмывала дорожку перед домом. По средам они скребли полы, по воскресеньям стирали, каждый понедельник ходили на базар, где Руксандра обучала ее тонкому искусству торговаться. Работа по дому была не так уж плоха, тем более что, какими бы делами она ни занималась утром и днем, она не переставала предвкушать тот счастливый час, когда послышится клацанье дверной ручки, раздастся поскрипывание ступенек и отец появится на пороге. И она побежит к нему и зароется лицом в его одежду, вдыхая запах пыльной шерсти и гибискусового чая. В такие моменты она понимала, что все будет хорошо.

Весной, за несколько месяцев до Элеонориного шестого дня рождения, Руксандра сочла, что девочка вполне сносно справляется с работой по дому и пора бы ей получить азы школьного образования. Ведь мужчин интересуют женщины, которые могут читать, писать и считать, вести домашнюю бухгалтерию и заказывать товары по каталогам. Якоб не возражал, и дело было решено. Тем же утром Руксандра достала небольшую зеленую книжку, по которой и сама когда-то училась читать и которая на удивление хорошо сохранилась. К обеду Элеонора выучила алфавит, научилась различать все буквы и понимать, какое сочетание букв передает определенный звук. К ужину она уже могла прочитать целое предложение. Тем же вечером она выучила наизусть свой первый урок: рассказ про крокодилов. Повернувшись спиной к очагу и сжав руки, чтобы легче думалось, она слово в слово повторила текст отцу и Руксандре.

— Правильно?

Она посмотрела на тетю, которая проверяла по книге.

— Да, — ответила та, побледнев от изумления. — Абсолютно точно.

Якоб вынул трубку изо рта и с любопытством посмотрел на дочь, как будто давно ее не видел и теперь пытался припомнить ее имя.

— Когда ты это выучила, Элли?

— Сегодня, папочка, после ужина.

— Ты выучила целый абзац прямо сейчас?

Элеонора переводила взгляд с отца на Руксандру:

— Я что-то неправильно сказала?

Она ждала ответа. Огонь приятно грел ноги.

— Нет, Элли. Вовсе нет. Просто мы удивлены, я, по крайней мере, тому, как быстро ты запоминаешь.

— Это бессмыслица, — сказала Руксандра. — Это невозможно выучить меньше чем за месяц, ну пусть будет за две недели, если ребенок очень умен.

Якоб стиснул трубку и повернулся к дочери:

— Скажи, как ты это сделала, Элли?

Она не знала, что сказать. Как объяснить такую простую вещь? Она запомнила буквы, сосредоточилась, и все.

— Сначала я выучила, как буквы звучат, — сказала она и отошла от огня, который становился чересчур жарким. — Потом я смотрела на слова и слышала, как они звучат, ну а когда слышишь рассказ, его легко запомнить.

Той ночью Элеонора услышала в полусне, как отец и Руксандра ссорились. Сквозь стук кулаками по столу и хлопанье дверей мало что можно было разобрать, но она поняла, что отец был за продолжение занятий, а Руксандра — против. На следующее утро за завтраком отец объявил, что будет сам заниматься с дочерью, а Руксандра продолжит обучать ее работе по дому. Руксандра кивнула, неспешно намазывая хлеб маслом. С того утра в доме действовал новый распорядок: утро и день по-прежнему посвящались иголкам, ниткам, сметкам и щеткам, зато вечера были отданы настоящим занятиям.

Первые недели Элеонора заучивала тексты из зеленой книжки: описания столичных городов, рассказы о повадках зверей и горестные истории о детях, поддавшихся искушению. Вскоре стало понятно, что она готова к более сложному чтению. Так они добрались до книжного шкафа, который занимал угол в гостиной. Внушительную конструкцию из ильма украшала пара китайских котов, на полках теснились разноцветные кожаные корешки — каких только книг там не было: маленькие, большие, тонкие, толстые, все с тиснеными названиями. За полгода Элеонора осилила бо́льшую часть нижней полки. Она читала, сидя на коленях у отца, а тот курил свою трубку да иногда проводил рукой по ее волосам. «Басни» Эзопа, «Путешествия Гулливера», «Три мушкетера» Дюма и «Сказки тысячи и одной ночи» были проглочены в один присест. Кроме того, Элеонора научилась писать, считать, и немного говорить по-турецки — все это давалось ей на удивление легко.

Из уважения к тому, что Якоб называл «фантазии Руксандры», Элеоноре без конца повторяли, чтобы она не смела разговаривать с чужими о своих занятиях. Она не понимала почему, зато прекрасно знала, что лучше не перечить Руксандре, даже если очень хочется. В любом случае нарушить этот запрет было довольно трудно: за исключением праздников и редких прогулок за городом, Элеонора выходила из дому только раз в неделю, по понедельникам, когда Руксандра брала ее с собой на базар.

Однажды в понедельник — Элеоноре шел уже восьмой год — они зашли в бакалейную лавку господина Сейдамета. Ливень, который внезапно обрушился на базарную площадь, загнал людей под крыши. Торговцы фруктами нашли убежище под аркой, удоды, которые, как всегда, следовали за Элеонорой, укрылись под козырьком гостиницы «Констанца», кое-кто решил переждать ненастье в лавке господина Сейдамета, делая вид, что интересуется банками со свеклой и икрой. В лавке стоял густой дух намокшей одежды, а бочонок перед входом был набит зонтами как селедками.

— Добрый день, — поздоровалась Руксандра, протискиваясь к прилавку.

Она как раз оглядывалась по сторонам в поисках хозяина, но тут ее заметил Лаврентий, один из продавцов.

— Добрый день, госпожа Коэн. — Он сначала поприветствовал Руксандру, потом перегнулся через прилавок и угостил Элеонору карамелью. — И вам, молодая госпожа Коэн.

Лаврентий, жилистый, всегда растрепанный парень с добродушной улыбкой, работал у господина Сейдамета, сколько Элеонора себя помнила. Это была добрая душа, хотя и не всегда расторопная. Пару раз он путал покупки, из-за чего приходилось повторять весь путь от дому до лавки и обратно, чтобы обменять товар.

— Килограмм фасоли, два куска зеленого мыла, вон того, килограмм желтой чечевицы и, — Руксандра заглянула в список, — две катушки ниток, банку леденцов и сто граммов зиры.

— Что-нибудь еще, госпожа Коэн?

— Нет, это все.

Бормоча себе под нос, Лаврентий обходил лавку, чтобы снять с полок то, что назвала Руксандра, пока не набрал полные руки нужного товара. Пару секунд спустя он вручил им аккуратный сверток коричневой бумаги, перевязанный веревкой:

— Ровно две лиры.

Руксандра вытащила кошелек и принялась отсчитывать монеты, но тут Элеонора потянула ее за рукав платья:

— Полторы лиры, тетя Руксандра.

Руксандра сделала вид, что не слышит, и протянула деньги:

— Благодарю вас, Лаврентий.

— Но, тетя Руксандра, — Элеонора продолжала дергать за рукав, — должно быть полторы лиры.

— Не говори глупостей! — сказала Руксандра, повышая голос. — Неужели ты думаешь, что знаешь цены лучше Лаврентия?

Другие покупатели уже начали посматривать в их сторону, поэтому Руксандра ухватила Элеонору за ворот платья и поспешила к выходу. Голос из-за прилавка заставил их остановиться:

— Сколько, говоришь, должно быть?

Это был сам господин Сейдамет, выходец из Добруджи, который время от времени захаживал к ним по вечерам — выпить чая с Якобом.

— Сколько, говоришь, должно быть? — повторил он и вежливо поклонился. — Мы вовсе не собираемся обсчитывать вас, госпожа Коэн.

Элеонора почувствовала, как Руксандра отпустила воротник.

— Ну, давай, — сказала Руксандра, растягивая губы в тонкую улыбку. — Повтори, что ты сказала.

Элеонора подняла глаза и посмотрела на тетю, потом повторила:

— Полторы лиры, — сказала она, одергивая платье. — Фасоль стоит сорок пиастров за килограмм, мыло — по десять за кусок, желтая чечевица — по тридцать пять, две катушки ниток за десять, леденцы — пятнадцать, сто граммов зиры — тридцать. Получается полторы лиры.

Господин Сейдамет задумался на секунду, подсчитывая в уме.

— Она права, — объявил он, обращаясь к покупателям, которые следили за развитием событий. — Лаврентий, верни, пожалуйста, госпоже Коэн ее деньги.

Лаврентий виновато повел плечами, открыл кассу и извлек монетку в пятьдесят пиастров, однако Руксандра была уже в дверях.

— Простите, — говорила она, таща Элеонору через толпу, — она не понимает, что говорит.

Когда они вышли на улицу, дождь шел еще довольно сильно, небо было затянуто тучами, а дорога утопала в грязи, доходившей до щиколотки. Но Руксандре было не до дождя. Она неслась вперед с высоко поднятой головой и прижатыми к груди покупками. Такие мелочи, как лужи и Элеонора, ее совсем не занимали. За всю дорогу домой Руксандра не проронила ни слова и ни разу не обернулась.

— Вот именно, — проговорила она, хлопнув дверью так, что китайские коты закачались на своих подставках. — Вот именно так и должно было случиться. Вот именно поэтому я хотела пресечь твои занятия в корне. Теперь весь город будет о нас судачить. А это последнее, что нам нужно, — привлекать к себе лишнее внимание. Вдовец и бездетная свояченица, евреи, которые ведут дела с турками. А теперь еще и девчонка, которая считает в уме и поправляет продавцов.

— Но, тетя Руксандра, я подумала, что деньги...

— Деньги! — сказала Руксандра, всхрапнув, как норовистая лошадь. — Вам с отцом все бы деньги считать. Вот что я скажу вам, молодая госпожа Коэн. Вашим урокам пришел конец. Вы нарушили правило, единственное правило — и тут не удержались.

— Но, — голос Элеоноры зазвенел от обиды, — я не нарушала правила. Я ничего не сказала о занятиях.

— Ты нарушила и букву, и дух правила. Иди к себе в комнату и не выходи, пока я не разрешу.

Элеонора не знала, сколько часов проспала. Когда она проснулась, лежала она почему-то на одеяле. Голова была засунута под подушку, а большой палец оказался во рту. Было холодно, небо за окном отливало темной синевой. Она чувствовала себя так, словно проснулась в другом мире, ну или, по крайней мере, другим человеком. Элеонора выпростала голову из-под подушки и вытащила замусоленный палец изо рта. Из гостиной пахло жареной картошкой и фруктовым пирогом. Руксандра засмеялась, кто-то двигал стулья. В комнате разговаривали, но до Элеоноры долетали только отдельные слова. Чтобы получше расслышать, она выскользнула из кровати и приложила ухо к двери.

— Более того, это для ее же собственного блага, — говорила Руксандра. — Помните историю моей двоюродной бабушки Шейделе? Ее было за уши от книг не оттащить, она все время проводила в библиотеке, а когда пришло время искать ей мужа, никто не захотел брать ее в жены. Сваха говорила о ней как о калеке. Вы этого добиваетесь для девочки? Для вашей дочери?

Последовала короткая пауза, только нож стучал по тарелке.

— Все, чего я хочу, — чтобы Элли была счастлива.

— Мы все этого хотим. Но дело в том, что она нарушила правило.

— Хорошо, — сказал отец, пережевывая кусок мяса. — Мы будем заниматься через день или раз в неделю.

— Она нарушила правило. У нас было только одно правило, и она его нарушила.

Отец не отвечал.

— Что-то с ней не так, вы же сами мне говорили. А теперь все об этом знают, все видели.

В комнате повисла тишина, потом до Элеоноры донесся скрип отодвигаемого стула. Отец прочистил горло и сказал:

— Я буду в гостиной.

Элеонора стояла, прижавшись ухом к замочной скважине. Она чувствовала запах отцовской трубки, который смешивался со стуком посуды, — Руксандра убирала со стола. Через пару минут она совсем успокоилась, взобралась на кровать, улеглась на бок, свернулась калачиком и осмотрелась по сторонам. Ее взгляд перебегал с хромого трехногого умывальника на царапину на оконном стекле, со стекла — на комод под окном. Она вовсе не хотела нарушать правило, не хотела расстраивать Руксандру. Все, что она сделала, — поступила так, как нужно. Элеонора перекатилась на спину и уставилась в потолок, по которому пробегали быстрые тени. Может, она на самом деле какая-то не такая? Но она чувствовала себя такой же, как все, по крайней мере, ей так казалось. Закрывая глаза, она слышала чуть различимое воркование удодов, и ее мысли унеслись к Робинзону Крузо, который оказался совсем один на необитаемом острове, без всякой надежды. Если ей не позволят больше учиться, не дадут дочитать книгу, он никогда не выберется к людям.

ГЛАВА 4

Судьба Элеонориных занятий была решена. Она нарушила правило, единственное правило, и никакие доводы или уговоры не заставили бы тетю смягчиться. Через несколько месяцев после происшествия в лавке хорошее поведение и прилежание в работе по дому было вознаграждено. Элеоноре разрешили читать ради развлечения, но не более одной книги в месяц. Это уже не в радость, если читаешь быстрее, объяснила тетя. Хотя с этим утверждением тети она готова была бы поспорить, делать было нечего — Элеонора молча согласилась. Она решила, что попытается растянуть удовольствие, проглатывая не более определенного количества страниц за вечер. Ближе к концу месяца Элеонора приступала к выбору следующей книги со всей возможной ответственностью и тщанием. Целыми вечерами она размышляла о том, чем будет занят новый месяц, а два китайских кота следили за ней пустыми глазами. Элеонора внимательно рассматривала книги, как будто цвет и качество переплета, текстура бумаги и форма букв, которыми было написано название на корешке, могли раскрыть тайну истории под обложкой.

Хмурым сентябрьским утром, примерно месяц спустя после своего восьмого дня рождения, Элеонора, как обычно, стояла перед книжным шкафом, дожидаясь, когда можно будет начать гладить белье. Она перебирала книги на нижней полке одну за другой, время от времени проверяя, не нагрелся ли стоявший на углях утюг. Чем старше она становилась, тем больше разнообразной работы по дому ей доверяли. Ей уже позволяли резать овощи и вязать. Не так давно Элеоноре разрешили гладить, и вскоре она от души полюбила это занятие. Ей нравился маслянистый запах угля, гладкость деревянной рукоятки, острота складки, которую она закладывала на отцовских брюках. Работа была ответственная, но она хорошо с ней справлялась. Она всегда внимательно следила за утюгом, поэтому ни один, даже самый маленький уголек ни разу не прожег одежду Якоба и не попал на ковер. Но самое главное, гладильная доска стояла так, что от нее был прекрасно виден книжный шкаф.

Когда утюг накалился, Элеонора вынула пару брюк из сложенной по другую сторону доски стопки белья и тщательно расправила их. Она побрызгала водой на левую брючину, дотронулась мокрым пальцем до утюга, посмотрела, как испаряется вода с раскаленной поверхности, и принялась за работу. Закончив с левой штаниной, она поставила утюг на угли греться и опять погрузилась в созерцание шкафа. Август прошел в компании Джейн Эйр, большая часть сентября — вместе с Дэвидом Копперфильдом, на октябрь у нее были особые планы. Скользя взглядом по корешкам на верхней полке, она прикидывала, что бы выбрать. «Швейцарскую семью Робинзонов» она прочла в апреле. Повести Гоголя выглядели заманчиво, но слишком уж тонкой казалась книжка, на месяц не хватит. «Тристрам Шенди». Она сняла утюг с углей, в лоб ей ударила свистящая струя пара. Утюг просто раскалился. Она брызнула водой на правую штанину и начала гладить, поглядывая на полку. «Тристрам Шенди». Любопытное название и книжка толстая, хватит на месяц.

Элеонора отставила утюг в сторону, встала на цыпочки и достала книгу с полки. Быстро пробежала несколько страниц и решила, что, пожалуй, это не то, что нужно. Не в октябре. Она как раз засовывала книгу на место, как вдруг заметила темно-синий том с тоненькой серебряной вязью букв на корешке. Как раз над «Тристрамом». Элеонора оперлась ладонью о стену, поставила ногу на вторую полку, подтянулась и оказалась лицом к лицу с китайскими котами. С этой стратегически удобной позиции ей стало видно, что книга была частью большого собрания. Это был четвертый том, на корешке значилось: «Песочные часы». Остальные семь томов скрывались где-то за Достоевским, целое собрание сочинений, только и ждавшее, когда же его наконец найдут. Элеонора сняла четвертый том, открыла его на странице, заложенной тонкой деревянной закладкой где-то в середине двенадцатой главы, и начала читать: «Не без некоторого сожаления лейтенант Брашов вернулся утром в расположение части. Он шел к трамваю, цокая каблуками по булыжной мостовой и оборачиваясь посмотреть, стоит ли его молодая жена в дверях их дома. Больше всего на свете ему хотелось повернуть обратно, побежать к ней, упасть в ее объятия и провести с ней вместе это душное весеннее утро, весь день. Но, увы, жизнь ведь не только вздохи и поцелуи. Нужно подписывать документы, доказывать свою правоту, производить товары и воевать. К сожалению, подумал он. Но это правда. Воевать надо будет всегда».

Запах горящей шерсти заставил Элеонору отвлечься от книги. Утюг съехал с подставки и оставил подпалину на брюках. Она смотрела на рыжеватую отметину на подвороте брюк, размером не больше клубничины, и слезы наворачивались ей на глаза. Руксандра права. Она несобранная, слишком погружена в себя. Ох, что сейчас будет. А будет непременно. Ей никогда больше не разрешат гладить. Отошлют в комнату без обеда. Не позволят читать. И все это за такую крошечную промашку, за пятнышко, которое отец даже не заметит. А если и заметит, то не придаст ему никакого значения. В конце концов, это же его брюки. Не Руксандрины!

Придя к такому заключению, Элеонора с тяжелым сердцем закончила гладить, сложила брюки и взяла новую пару из стопки. Секунду спустя приоткрылась задняя дверь и в комнату вошла Руксандра с охапкой зеленого лука в руках. Видимо, она хотела сказать что-то насчет лука, но вместо этого молча повела носом в сторону гладильной доски и спросила:

— Чем это пахнет?

Элеонора принюхалась, потерла нос и переспросила:

— Чем?

Руксандра подошла поближе к доске:

— Паленой шерстью. Вот чем.

Элеонора повела носом у новой пары брюк, потом втянула в себя воздух, наклонилась к утюгу и скосила взгляд, делая вид, что пытается разгадать источник запаха.

— Должно быть, это утюг.

Руксандра повторила Элеонорины действия и уже готова была вынести окончательный вердикт, но тут ее внимание привлек открытый томик «Песочных часов», который лежал на доске.

— «Песочные часы», — сказала она, как будто встретив в чужой стране старого друга. — Где ты это нашла?

Элеонора показала на верхнюю полку:

— За «Тристрамом Шенди». Вон за тем толстым зеленым томом. Там целое собрание стоит за другими книгами.

Руксандра взяла книгу и открыла на фронтисписе, папиросная бумага под ее пальцами морщилась, как тонко раскатанное слоеное тесто.

— Это была моя любимая книга, когда я была помоложе. — Она погладила форзац. — Где ты, говоришь, нашла ее?

— За «Тристрамом Шенди».

Руксандра молча разглядывала книгу, пока Элеонора не спросила:

— Она ваша?

— Твоей матери, — ответила Руксандра. — Наш отец подарил ей все собрание, когда ей исполнилось четырнадцать. Она всегда была его деткой, его птенчиком, так он ее называл. Она, наверное, взяла книгу с собой, когда переехала сюда после свадьбы. — Руксандра отложила лук и снова открыла книгу на фронтисписе. — Лия Мендельсон, — прочла она девичье имя сестры.

Мурашки пробежали по Элеонориным ногам, когда она услышала, как Руксандра произносит имя ее матери. Его так редко упоминали, что оно стало почти священным. Как имя Бога, которое позволено называть только в святая святых Иерусалимского храма, да и то только первосвященнику. Имя матери стало для Элеоноры молитвой, заклинанием, обладавшим магической силой. Элеонора молча стояла у гладильной доски, пока Руксандра не ушла. Как только дверь за тетей затворилась, она раскрыла книгу на фронтисписе. Там она увидела экслибрис, выполненный в виде щита и двух мечей, под которыми детской рукой было написано: «Ex libris Лии Мендельсон». Без сомнения, это был почерк ее матери. Элеонора вздрогнула и закрыла книгу.

Элеонора приступила к «Песочным часам» в следующий вторник, первого октября. Как и любой человек, который хоть раз открыл эту волшебную семитомную хронику, что повествует о судьбе знатного, но обедневшего бухарестского рода, Элеонора тут же попала в водоворот семейных тайн и интриг, слишком многочисленных, чтобы все упомнить. История совершенно захватила юную читательницу. Конечно, другие книги тоже влияли на Элеонору, но ни одна не могла сравниться с «Песочными часами». Элеонора всматривалась в страницы, и ей чудилось, что она, словно деревенская девочка, стоит, прижавшись носом к окну большого дома, в надежде хоть на секундочку увидеть настоящий бал. Она чувствовала себя так, как будто нашла дверь в другой мир, полный движения, внезапных капризов фортуны, жажды жизни и желаний. «Вот если бы только... — думалось ей, — если бы только я была баронессой, выросла бы в Бухаресте, проводила бы вечера в литературном салоне». Весь октябрь и почти весь ноябрь Элеонора почти не отрывалась от книги. Она читала до завтрака, после обеда, в любую минутку, которую удавалось урвать от домашних дел. Скользила глазами по строчкам между стежками, украдкой проглатывала абзац, пока чистила картошку. Она так глубоко погрузилась в книгу, так переживала смерть родителей госпожи Холверт, предательство графа Олафа и крах матримониальных надежд госпожи Ионеско, что перестала обращать внимание на жизнь домашних.

До нее долетали обрывки разговоров о путешествии, несколько раз она отрывалась от страницы при упоминании Стамбула, но известие, которое принес отец одним ноябрьским вечером, оказалось для нее полной неожиданностью. Она сидела за столом и читала третий том, дойдя до знаменитой сцены, в которой генерал Кржаб собирает всех членов семьи и обращается к ним с упреками, после чего сообщает о сокровищах, которые обнаружил в шкафу покойной матери, и делит их поровну. Как раз в этот момент отец подъехал к крыльцу в запряженной ослом повозке, на которой стояло четыре сундука. Когда отец с помощью возницы составил сундуки в углу гостиной, Элеонора с любопытством подняла голову:

— Зачем эти сундуки, папочка?

— Для моей поездки.

Она положила раскрытую книжку на стол, переплетом вверх, и они в замешательстве посмотрели друг на друга.

— Ты забыла? Я скоро еду в Стамбул.

— В Стамбул?

Для Элеоноры Стамбул был вовсе не тем местом, куда можно просто взять и поехать. Это был город легенд, жемчужина, занесенная песками пустыни или даже похороненная на дне океана, затерянная столица древней цивилизации, от которой за века небрежения остался лишь остов.

— Я еду продавать ковры, — объяснил отец. — А возможно, и покупать тоже. Дела в последние несколько лет шли не очень хорошо. Надеюсь, в Стамбуле мне повезет.

— А долго тебя не будет?

— Не так уж долго, — ответил он. — Дорога занимает неделю или полторы, смотря по погоде. Но я должен буду задержаться там недели на две, возможно и дольше. К счастью, мне есть у кого остановиться.

Что скажешь в ответ на такое? Элеонора стояла, пытаясь переварить неожиданное известие, когда из кухни показалась Руксандра с супницей. Она накрыла на троих. Элеонора смотрела в тарелку, болтая ложкой в супе: морковка, сельдерей, лук, петрушка кружились под маслянистой пленкой. Она поймала розоватый кусок курицы и представила месяц без отца, целый месяц наедине с Руксандрой. Ее затошнило от одной мысли об этом.

— Папочка, — выпалила она, — не уезжай. Я не хочу.

Отец отложил ложку и тщательно прожевал жесткий куриный хрящ. Она закрыла лицо руками. Если бы только она смогла придумать, как заставить его остаться, но ничего нельзя было сделать. Все было уже решено.

— Я буду по тебе скучать, Элли. — Протянув через стол руку, он погладил ее по спине. — Но ведь я уезжаю всего на месяц.

— Всего на месяц, — повторила Руксандра. — А пока мы найдем чем себя занять. Он вернется скорее, чем ты успеешь соскучиться.

Элеонора перевела взгляд с отца на Руксандру. Ее мир разрушен, его методично ломали долгие недели, а теперь просто поставили ее в известность. Она сглотнула и прикусила нижнюю губу. Месяц — это так долго, тридцать дней или даже тридцать один, а путешествие полно опасностей: повсюду подстерегают воры, дикие звери, землетрясения и разбойники. А вдруг что-то случится? Что же тогда с ней будет? Горе подкатило к горлу соленой волной, но она понимала, что плачем делу не поможешь. Элеонора попыталась справиться со своими чувствами. Она вспомнила слова, с которыми госпожа Холверт обратилась к кузине после трагической смерти своих родителей: «Почему бы мне самой не решить, что мне чувствовать? Разве это не мои чувства? Если мне захочется поплакать, я поплачу. Сегодня мне не хочется».

После ужина Элеонора, отпросившись, ушла к себе. Она лежала на спине в плотном коконе одеяла и слушала, как замирали звуки дневной жизни. Мир меняется, когда приходит ночь, того и гляди, провалишься в темноту бездонного колодца, откуда уже не выбраться. В полусне ей показалось, что за окном стоит олень. Его глаза сияли скрытым огнем, будто бы отражая свет тысячи маяков. Через секунду видение исчезло.

Утром Элеонора точно знала, что ей делать. Другого пути не было. Несколько недель она жила обычной жизнью: читала, чистила овощи, скребла полы и даже несколько раз слушала отцовские рассказы. Но в это же самое время она продумывала детали побега. Она решила, что прежде всего необходимо запастись провизией, чтобы было чем подкрепиться в первые несколько дней, пока она не придумает, как добывать себе пропитание. Мешком ей послужила старая голубая наволочка с желтыми цветами, вышитыми по верхнему краю. Делать запасы оказалось даже проще, чем она думала. Она собирала свечные огарки, прятала недоеденные кусочки сыра в карман и, когда представился случай, пробралась в кладовую. Все эти приготовления велись в глубочайшей тайне. Ведь заподозри Руксандра или отец хоть что-либо, ее планы бы рухнули.

Тайна чуть не раскрылась накануне отъезда Якоба. Стоял ясный день, небо расчистилось впервые за несколько недель, и Руксандра объявила, что собирается выбивать ковры. Элеонора посмотрела, как тетя один за другим выносит в сад бесконечные рулоны, взяла табурет и пошла в кладовую проверить тамошние запасы. Чего там только не было: копченое мясо, круги сыра, громоздящиеся один на другом, разнообразные соленья, варенья, сушеные фрукты и огромный фруктовый пирог. Вполне достаточно, чтобы не умереть с голоду целый месяц. В конце концов Элеонора решила, что возьмет банку ежевичного варенья и кусок соленой трески. Она уже сняла банку с полки и тянулась за рыбой, когда в дверном проеме показалась чья-то тень.

— Решила полакомиться вареньем?

От неожиданности Элеонора выпустила банку из рук. На полу среди осколков стекла варенье растекалось, как раздавленный слизень.

— Пока я работала в саду, ты решила перекусить булкой с вареньем? Это же была последняя банка ежевичного варенья, разве ты не знала?

Пока Руксандра отчитывала ее, Элеонора слезла со стула и опустила голову в знак смущения. Ее поймали с поличным, но Руксандра даже не заподозрила, что она собиралась делать с вареньем, а это было самое главное.

— Простите, тетя Руксандра, — сказала она. По ее губам пробежала легкая улыбка, но она сдержалась. — Я проголодалась.

— Придется поголодать до обеда. Убери-ка тут, и смотри, чтобы я тебя больше не видела у кладовой.

На ужин Руксандра приготовила любимые осенние блюда Якоба: курицу в сливовом соусе, тыквенный суп и яблочный пирог. От волнения Элеонора едва прикоснулась к еде, хотя и была голодна. Меньше чем через полдня корабль унесет ее в Стамбул. Ком подкатывал к горлу, когда она слушала, как Руксандра обсуждает с отцом последние подробности: когда прибудет повозка, время отправления парохода, доставили ли венецианскую парчу, кто будет его сосед по каюте. А между тем в голове Элеоноры проносились образы Стамбула вперемешку с обрывками ее плана и мыслями о том, что может пойти не так.

После ужина, во время которого она почти ничего не съела, Элеонора сказалась больной и попросила позволения пойти к себе. Отец пообещал заглянуть к ней, когда закончит последние приготовления. Он сдержал слово.

— Элли, — позвал он, просовывая голову в дверь, — ты не спишь?

Она перекатилась на бок и моргнула. Она не спала, но решила, что лучше будет притвориться спящей. На отце был серый шерстяной костюм, который он обычно носил, но сегодня костюм выглядел свежеотпаренным, отцовские усы были подстрижены, а в голосе чувствовалось нетерпение.

— Вот, принес тебе, — сказал он и поставил тарелку с пирогом на комод. — Если проголодаешься. Ты почти не ела за ужином.

Элеонора почувствовала, как у нее заурчало в животе — будто рядом с легкими начиналось извержение вулкана.

— Спасибо, папочка.

— Я уезжаю завтра, — сказал он и коснулся ее лба, — зашел попрощаться, чтобы не будить тебя утром.

Элеонора посмотрела на отца, который склонился над кроватью. Свет из приоткрытой двери золотил его волосы. На секунду ей показалось, что сейчас он скажет ей что-то, но он не сказал.

— Я буду скучать по тебе, Элли.

— А я по тебе, папочка.

На его глазах показались слезы, и он резко повернулся к двери:

— Спокойной ночи.

Мысль о том, что она обманывает отца, грызла Элеонору, но она знала, что так оно будет лучше. Придет время, и она покинет свое укрытие на стамбульском пароходе (но лишь тогда, когда будет слишком поздно поворачивать назад), и отец обнимет ее и скажет ей спасибо. Она точно знала, что скажет. «Песочные часы» научили ее по крайней мере одному: что бы ты ни делал, всегда следуй зову своего сердца. Разве госпожа Ионеско не повторяла все время, что нет «более глубокой мудрости, чем зов сердца»? На секундочку она задумалась, не входят ли слова госпожи Ионеско в противоречие с тем, что говорит госпожа Холверт, но решила, что нет. Ведь они обе призывали читателя заглянуть в собственное сердце и делать то, что оно им подсказывало, причем без всякой оглядки.

Прошло много томительных часов, прежде чем она решила, что отец и Руксандра наверняка заснули. Тогда она выскользнула из кровати, бесшумно переоделась и пошла к сундукам, стоявшим у входной двери. С усилием открыла замок и подняла крышку. Как и следовало ожидать, сундук был доверху набит коврами. Она обхватила большой лиловый хереке[1] обеими руками, уперлась ногами в стенку сундука, потянула изо всех сил и вытащила ковер на пол. При этом она старалась двигаться как можно тише. Потом быстро перетащила ковер к себе

1 Вид шелковых ковров, которые изготовляли в местечке Херек, близ Стамбула. Эти ковры получили широкую известность благодаря придворной мануфактуре молодого султана Абдул-Меджида I.

в комнату, с усилием взгромоздила на кровать и со всех сторон подоткнула одеялом. После этого отступила назад и осмотрела дело своих рук. Можно было бы и лучше, но должно сработать.

Уже на пороге Элеонора помедлила, обводя комнату прощальным взглядом. Вот ее комод, кровать, пятый том «Песочных часов» на столике у кровати. На секунду ей захотелось взять книгу с собой, но места в сундуке не было. Она довольствовалась тем, что открыла книгу и вынула деревянную закладку, которую нашла в четвертом томе. С мешком припасов на плече Элеонора прокралась обратно в гостиную и свернулась калачиком в знававшем лучшие дни сундуке, почти доверху набитом коврами, которыми ее отец собирался торговать в Стамбуле.

ГЛАВА 5

Преподобный Джеймс Мюлер оперся ногой о край кровати и нагнулся, чтобы завязать шнурки. *Кролик прыг, кролик скок, завязался наш шнурок.* Ему было около сорока, мир знал его как выдающегося ученого и просветителя, но все же он мурлыкал песенку, которую запомнил тридцать с лишним лет назад. Вспомнилась статья о влиянии музыки на память или... нет, исследование детских привычек великих людей. Очередная статья, которую у него не нашлось времени написать. Он стряхнул пушинку с носка туфли, выпрямился и одернул пиджак. Согласно расписанию, сегодня они ненадолго остановятся в Констанце взять на борт несколько пассажиров, а карточка на дверях каюты сообщала, что среди них будет и его новый сосед, господин Якоб Коэн. Еврей, без сомнения, но преподобный не имел ничего против. В Нью-Хейвене ему довелось близко узнать многих евреев, хотя трудно ожидать, что этот господин Коэн окажется выпускником Йельского университета. Мюлер похлопал по нагрудному карману в поисках сигареты, оглядел каюту, убедился, что не оставил ничего компрометирующего на виду, и прошел на палубу.

День был по-зимнему яркий, холодный, хотя довольно приятный. Запах горящего угля смешивался с ароматом сосны, в доках царила обычная суета. Вереница портовых грузчиков перетаскивала сундуки из повозки на борт судна. Слезы и пожелания доброго пути сменились возмущенными криками возницы, разглядевшего полученную плату. Кроме доков, Констанца напоминала о себе только двумя холмами да парой дюжин серых домов из камня, гнездившихся по периметру ничем не примечательной площади. Джеймс глубоко вдохнул, вынул сигарету из кармана пиджака и прикурил не без некоторого изящества. Констанца не так уж и ужасна, если ты никогда не знал ничего лучшего. Климат тут довольно приятный, и, если он не ошибался, город сыграл, кажется, довольно важную роль когда-то во времена Римской империи. Преподобный затянулся и стряхнул пепел, прежде чем вспомнить: ну да, ведь Овидий провел здесь несчастливые годы на склоне жизни и ведь было у этого городишки еще другое название — Томы. «Последний приют на окраине мира» — так он называл Констанцу. И ничем иным она и не могла быть для этой нежной, тонкой души, оказавшейся в изгнании.

Преподобный Мюлер докурил сигарету и посмотрел на необычную птицу, которая сидела на перилах совсем близко от него. Она походила на удода, хотя такого необычного оперения преподобному никогда не приходилось встречать: удод был светло-пурпурный, с яркими белыми полосками на крыльях и грудке. Удоды не слишком-то дружелюбны, но эта птица просто не отводила от него взгляда, можно было подумать, что она требует чего-то. В ответ преподобный уставился на пурпурное пятно над тонким заостренным клювом, но птица почти сразу же перелетела к двум другим, что притулились на крыше повозки, которая ждала очереди на разгрузку. Джеймс выкинул окурок в воду и облокотился на деревянный поручень, наблюдая за тем, как грузчики под присмотром плотного мужчины с густой черной бородой вытаскивали сундуки из повозки. Торговец, без сомнения. Похоже, еврей. Якоб Коэн? А может, какой другой еврей. Когда последний сундук был благополучно погружен на пароход, бородач взошел на палубу, а удоды полетели к холму.

Преподобный Мюлер выпрямился, вздрогнул и поплотнее запахнул пальто. Почти полгода его не было в Стамбуле, наверняка скопились горы работы. А следующий семестр начнется через четыре дня после прибытия. Приступят к работе трое новых преподавателей. Кроме всего прочего, надо написать приветственную речь. Вдобавок к обязанностям в Робертс-колледже «Педагогический журнал» ждет от него статью, а вице-консул — отчет о положении религиозных меньшинств при теперешнем капитуляционном режиме. Да и начальники из военного департамента им недовольны: уже несколько лет он не мог установить ничего определенного о германском влиянии на Стамбул. Это тревожило его больше всего. Он умел писать отчеты, натаскивать неопытных преподавателей, готовить статьи к печати, но вот вести агентурную работу — увольте. Никогда он не был шпионом — по крайней мере, никто не учил его. Он готов был признать, что успех его миссии в Бейруте был не чем иным, как удачным стечением обстоятельств, но шишки в департаменте приняли откровенность за скромность, и что же? Он обязан им своим местом в Робертс-колледже и при этом не в состоянии доставить им необходимые сведения.

Он закурил вторую сигарету и мысленно перенесся в ласковую Ялту, к продуваемым ветрами эспланадам и меланхолическим фасадам опустевших летних дач. Ялта была превосходной передышкой между нескончаемой чередой стамбульских интриг, партийных игр и предательств, но приходилось возвращаться. Он стряхнул пепел на поручень и равнодушно посмотрел на кучку новых пассажиров, которые поднимались на борт, сопровождаемые отчаянными прощальными взмахами платков. Пароход чихнул, и они отошли от причала. Он уже сожалел, что не поплыл прямым рейсом из Севастополя в Стамбул. Этот же пароход останавливался по крайней мере раз в день, и, что более существенно, на нем совершенно не с кем было поговорить. А ведь Новый год, чего доброго, придется встречать на борту, подумалось ему тем утром; тут ведь все живут по юлианскому календарю. Джеймс ухмыльнулся, вспоминая любимую максиму своей матушки: «Все, что нам остается, — извлекать пользу из положения, в котором мы оказались по воле Господа». Постукивая пальцами по нагрудному карману, он послал сердечное, хотя и несколько сардоническое последнее «прости» немногочисленным провожающим и спустился вниз знакомиться с попутчиком.

Господин Якоб Коэн оказался именно тем бородатым субъектом, за которым преподобный Мюлер наблюдал с палубы. Вернувшись в каюту, он увидел там человека, который распаковывал потрепанный чемодан.

— Добрый день.

Господин Коэн обернулся и протянул руку:

— Господин Мюлер?

— Называйте меня Джеймсом, — ответил преподобный. Он всегда делал так в тех случаях, когда собеседник опускал его титул. — Или, если пожелаете, преподобным Мюлером.

— Якоб Коэн, — представился попутчик, и они обменялись рукопожатием. — Я еду в Стамбул.

— В таком случае, — улыбнулся Джеймс, — могу уверить вас, что вы не ошиблись судном.

Господин Коэн сносно говорил по-английски, по-французски и даже владел начатками русского. Но после того, как они перепробовали все доступные им языки, было решено остановиться на турецком. Господин Коэн распаковывал вещи, а Джеймс уселся за стол в углу каюты, и они заговорили о том, кто куда едет. Предположение, что господин Коэн направляется в Стамбул в качестве коммерсанта, подтвердилось. Он торговал коврами и намеревался избавиться от излишков товара, залежавшегося на складе. Хотя Констанца больше не находилась под контролем империи, Стамбул многое значил для экономики региона. В особенности в том, что касалось торговли текстилем, пояснил Якоб. Да и коренные жители Констанцы, и русские, так же как и остальные европейцы, порой покупали восточные ковры, но самые изысканные изделия легче было продать в Стамбуле, — по крайней мере, он надеялся на это.

Преподобный Мюлер был приятно удивлен, обнаружив в господине Коэне куда более знающего и словоохотливого собеседника, чем казалось на первый взгляд. Бóльшую часть юности господин Коэн провел в путешествиях по Центральной Азии и Ближнему Востоку: в наследство ему досталась лишь крошечная сумма, однако он очень умело распорядился ею. Он объехал десятки стран, был начитан и подкован в различных областях знаний ничуть не хуже преподавателей Робертс-колледжа, хотя формально его образование закончилось в тринадцать лет. Они продолжили бы беседу и после обеда, если бы на господина Коэна вдруг не накатила тошнота. Он бросился к умывальнику, принялся многословно извиняться и объяснил, что страдает от морской болезни, потом замахал руками, отклоняя предложенную помощь, и сказал, что лучшее лекарство — полежать, пока море не успокоится.

Джеймс воспользовался случаем и пошел в библиотеку написать пару писем. Когда незадолго до ужина он вернулся в каюту, господин Коэн лежал на верхней койке, повернувшись спиной к двери. В каюте остро пахло потом и рвотой. Джеймс подошел к койке, положил руку на плечо господина Коэна и тихонечко позвал:

— Господин Коэн, с возвращением в мир живых.

— Господин Мюлер, — пробормотал тот, перекатываясь на спину.

— Джеймс, — поправил его преподобный, — или преподобный Мюлер, если угодно.

Якоб моргнул и сглотнул.

— Простите.

— Не стоит, — ответил Джеймс и присел на нижнюю койку. — Не стоит. Как вы себя чувствуете?

— Лучше.

— Приятно слышать.

Пока они говорили, Джеймс снял туфли и надел свежие брюки.

— Который час? — спросил господин Коэн.

— Ровно семь, — сказал Джеймс, вынимая карманные часы, чтобы удостовериться. — Ужин через полчаса.

Джеймс наскоро помыл руки, сполоснул лицо и оглядел себя в зеркало.

— Я собирался пойти пораньше и занять столик, — сказал он, надевая сюртук. — Если решите присоединиться, я с удовольствием подожду вас.

Якоб с некоторым усилием сел и свесил ноги с кровати — ему пришлось слегка нагнуться, чтобы не удариться затылком о потолок. Нижняя сорочка и мятые брюки делали его похожим на цыгана. Картину дополняли взлохмаченные волосы и яркий блеск голубых глаз.

— Да, — сказал он, потирая лицо. — Хорошо. Благодарю вас.

Якоб осторожно спустился по металлической лесенке и подошел к зеркалу. Начало было не слишком многообещающим, но после необходимых гигиенических процедур и переодевания он приобрел вполне приличный вид, по крайней мере для путешественника. Отношение к завтракам и обедам на корабле было не слишком серьезным, зато вечерней трапезе уделялось особое внимание. Судно было не первоклассным, поэтому фраков, смокингов, блеска изумрудных брошей и мерцания хрустальных канделябров в обеденном зале не наблюдалось. Зато похрустывали белоснежные скатерти, что в сочетании с красной обивкой кресел и изобретательностью шеф-повара делало ужины весьма приятными.

Джеймс и Якоб провели первый вечер за рассказами о своих путешествиях. И хотя всякому понятно, что миссионер и торговец коврами должны вращаться в разных кругах, Джеймс все же был потрясен тем, насколько отличались их истории. Он столько раз бывал в Ширазе, но ни разу не столкнулся ни с гадалкой, ни с профессиональным вором, а судя по рассказам Якоба, город был просто-таки наводнен ими. В свою очередь, Якобу никогда не доводилось обедать с главой государства или с послом. Правда, он беспрестанно упоминал о своем близком знакомстве с Монсефом Барком-беем в то время, когда тот был османским губернатором в Констанце. То, насколько несхожими были их жизненные пути, не только не мешало разговору, а, наоборот, добавляло интереса. После обеда они прошли в курительную комнату и за бутылкой портвейна проговорили допоздна.

Джеймса поразило, сколько его спутник знал о тканях. Он мог заметить любой дефект материи, находясь на другом конце комнаты, а сколько он мог рассказать о ковроделии — ни один лавочник с Капалы-Чарши не сравнился бы с ним. Но его истинным призванием была торговля. Хотя его товары были надежно укрыты в корабельном трюме и показать их было невозможно, Якоб так красочно расписывал яркие цвета, узоры, элегантность и тонкость выделки, что не один пассажир был очарован его красноречием и оплатил товар авансом. Даже Джеймс, который умел не поддаваться искушениям и изрядно поиздержался за время, проведенное в Ялте, заплатил десять процентов вперед за прекрасный пурпурный с белым ковер хереке, который, по словам Якоба, так замечательно украсит его кабинет.

Завязавшиеся между ними отношения наилучшим образом подтверждали, что свободное время и отсутствие других развлечений, кроме беседы, способствуют зарождению дружбы, как бы велики ни были различия в положении и происхождении. Такого Джеймс не помнил со студенческой юности. Конечно же, он поделился с Якобом далеко не всеми своими секретами, но уже через несколько дней рассказал о смерти отца, о самых унизительных моментах нью-хейвенской жизни и о тех событиях, которые привели его в семинарию. В свою очередь, Якоб не стал скрывать горькие подробности своей юности, трагическую историю смерти первой жены и второй брак, заключенный без любви. Но до самой последней ночи путешествия он и словом не обмолвился о своей дочери Элеоноре.

Последний день плавания совпал с Рождеством 1885 года. Они отметили праздник последней бутылкой портвейна из запасов преподобного Мюлера и остатками табачного запаса Якоба. Было уже очень поздно, скорее раннее утро, чем глубокая ночь, все разошлись. Курительная комната была в их полном распоряжении. Над головой вились синеватые кольца табачного дыма, через которые с трудом проглядывали только самые яркие звезды.

— Я хотел бы, — начал Якоб, усаживаясь поудобнее, — спросить вашего совета.

— Конечно, — ответил Джеймс, скрестил вытянутые ноги и откинулся на спинку кресла.

— Речь идет о моей дочери.

— Да, помню, вы упоминали о ней. Элеонор, так ее зовут?

— Элеонора.

Якоб помолчал, сосредоточенно глядя на чашку трубки.

— Я упоминал о ней, — сказал он. — Но никогда не рассказывал.

Джеймс пригубил портвейн и приподнял брови.

— Элеонора... — Якоб помедлил, но глаз на преподобного так и не поднял. — Если бы вы встретились с ней, вы бы сразу все поняли. Она — гений, вундеркинд. Не знаю, какое слово подобрать.

Преподобный Мюлер наклонился вперед и уперся локтями в колени. Ему случалось встречать детей, которых считали исключительно одаренными. Тех, кто рано научился читать, мог решать в уме сложные задачи или с легкостью учил иностранные языки. Феномен представлял некоторый интерес, в том числе и профессиональный, он частенько подумывал, не собрать ли под одной обложкой жизнеописания знаменитых вундеркиндов? Однако дети эти по большей части совсем не были гениями, во всяком случае не такими, как Бентам, Мендельсон или Милль.

— Вы говорили, что поступили в университет в шестнадцать?

— Да, — ответил Джеймс, — еще и семнадцати не исполнилось.

— Я не сомневаюсь, что, если с Элеонорой как следует заниматься, она сможет поступить в университет через два-три года. Не то что я так к этому стремлюсь, я просто уверен, что она бы смогла.

— Сколько ей сейчас?

— Исполнилось восемь в августе.

— Поразительно!

Джеймс доверял своему спутнику, Якоб был честным человеком, без претензий и совершенно не тщеславным, но к подобным заявлениям трудно было отнестись всерьез. Они еще поговорили об успехах Элеоноры, об уроках, которые давал ей Якоб, о беспокойстве Руксандры касательно будущего девочки и ее опасениях, что в городе узнают о необычайных способностях Элеоноры. Джеймс поддакивал приятелю, но чем больше он слушал, тем труднее верилось. Каждый раз, когда он высказывал сомнение, Якоб только попыхивал трубкой и мотал головой.

— Если бы вы ее увидели, — приговаривал он, — вы бы все тотчас же поняли.

ГЛАВА 6

Колючий мрак, бархатистая теснота... Элеонора лежала в сундуке, а ковры давили на нее со всех сторон, руки и ноги превратились в бесполезные щупальца, невозможно было определить, где верх, где низ. Она попала в западню. Где-то глубоко в корабельном чреве постанывал паровой двигатель, как великан, что беспокойно похрапывает в своей пещере. На губах был кислый вкус отрыжки, к которой примешивалась угольная пыль. Спину сводило судорогой. Ноги зудели, как будто колонна мурашек бежала марафонскую дистанцию на ее коже. Элеонора пошевелила пальцами и ощутила спазм в плече. Она закрыла глаза и почувствовала во рту вкус желчи. В последний раз она ела позавчера днем, но до мешка с едой было не дотянуться. Если бы только удалось чуть высвободиться, перестало бы сводить спину — и тогда удалось бы достать провизию. Она выдохнула, выпростала левую руку, плотно прижатую к груди, и подвинулась назад. Но удобнее не стало. Наоборот. На ее счастье, ей удалось принять первоначальную позу и свернуться в комочек.

Совсем не так она представляла себе это путешествие, совсем не так. Но сейчас она даже не помнила, что ж она тогда воображала. Она так долго, так тщательно продумывала все подробности своего плавания, но ей даже в голову не приходило, каково это на самом деле — оказаться запертой в сундуке. Когда у себя в комнатке она размышляла над тем, как все будет, ей представлялось, что время пройдет быстро, что можно просто перелистнуть пару дней путешествия, как делаешь с нудным описанием в книжке, и очутиться в Стамбуле как ни в чем не бывало. Но, увы. Время тащилось, как старая кляча, которая едва переставляет копыта и, того и гляди, остановится прямо посреди дороги, окончательно выбившись из сил. Если Элеонора не ошиблась в расчетах, она просидела в сундуке не более семи часов. Что такое семь часов в масштабах человеческой жизни — совсем ничего, но ей эти часы казалось неделями, если не годами.

Сначала она боролась с тревожными мыслями о том, что кашлянет или чихнет ненароком и Руксандра или отец поймает ее на месте преступления. По всей видимости, она уснула, потому что следующее воспоминание относилось уже к моменту погрузки сундука на повозку и тряской дороге в порт. Затем повозка стояла, как она предположила, на таможне в ожидании досмотра. Потом багажное отделение открыли, сквозь трещину в крышке в сундук проник свет, тогда ей показалось, что она расслышала голос отца. Вокруг повозки сновали люди, они передавали сундук из рук в руки, как мешок с песком. Должно быть, багаж отца грузили на судно уже перед самым отходом, потому что вскоре после того, как она очутилась в трюме, послышался скрежет цепей, заработал двигатель и пароход вышел из гавани. Элеонора вздохнула с облегчением и задумалась: ее план удался блестяще, но она оказалась в ловушке, спину сводило судорогой, а в животе урчало от голода.

— Эй! — позвала она, и в горле запершило. — Эй, есть тут кто?

Нет ответа. В трюме не было ни души, да и будь там кто-нибудь, рокот двигателя заглушал все звуки. Она изо всех сил ударила ногой в стенку сундука, отчасти от страха, отчасти в надежде как-то выбраться наружу. Дерево не поддавалось, но от сотрясения из нагрудного кармана что-то выпало. Она выпростала руку и дотянулась до непонятного предмета. Закладка. Та самая, которую ее мать взяла с собой, уезжая из Бухареста в Констанцу. Тонкая дубовая пластинка с узором из находящих друг на друга шестиугольников. От нее как будто исходило сияние, такое сильное, что пробивалось сквозь тьму. Элеонора представила, как мать рассеянно наматывает волосы на закладку, перечитывая любимый отрывок из «Песочных часов». Тут Элеонора и сама принялась накручивать прядь на палец — ей вспомнилось, как старшая госпожа Холверт бежала из темницы, в которую засадил ее дядя, как она сумела избавиться от оков при помощи шпильки, зажатой в зубах.

А может, попробовать? Ведь ничего другого не остается. Элеонора вывернула кисть, как куриное крыло, подтянула подбородок к груди и попыталась ухватить кусочек дерева зубами, а потом, помогая себе языком, подтолкнуть закладку к замку. К удивлению, маневр удался ей довольно легко. Через несколько минут у нее получилось просунуть закладку между крышкой и стенкой сундука. Она зажмурилась от напряжения и начала осторожно водить взад-вперед, пока не нащупала замок. Тогда она надавила, высвобождая пружину, и крышка отскочила. Элеонора села и, так и не выпустив закладку изо рта, заморгала — к сумраку покрытого угольной пылью багажного трюма надо было еще привыкнуть. Из корабельной топки выбивалось пламя, в его отблесках можно было разглядеть очертания сундуков, которые стояли вокруг. Элеонора различала контуры, но не цвета, чувствовала запахи, но не понимала их природу. С некоторым усилием она ступила на нагретый металлический пол, вытянула руки над головой, наклонилась и достала кончиками пальцев до носков ног. Потерла пальцем то место на спине, которое сильнее всего занемело, встряхнулась и повернула голову сначала в одну, потом в другую сторону. Закончив разминать затекшие мышцы, Элеонора уселась на ближайший сундук, выудила мешок с провизией и принялась за еду, заглатывая горбушки и сырные корки, как голодный удав.

Когда глаза почти освоились с темнотой трюма, она разглядела целый лабиринт грузов вокруг себя — ряды сундуков, ящиков и другого багажа, освещенного только огнем из топки. Элеонора отправилась на разведку в надежде угадать по надписям, в каком из ящиков могут скрываться сардины и галеты, сушеная вишня, орехи или мясо. Как это вышло — за один присест она уничтожила больше половины всех своих припасов, а в животе продолжает урчать. Вряд ли владельцы сундуков попрекнут куском вконец оголодавшего ребенка. Элеонора обходила ряды и, пользуясь закладкой как отмычкой, открывала те замки, которые удавалось, другие же оставляла нетронутыми. Ее интересовала еда, но попадались девочке только одежда, книги, украшения и духи. Она наткнулась на искусно украшенный письменный прибор, хрустальную посуду, механизм огромных часов, чемодан, набитый любовными письмами, — в трюме было все, кроме пропитания.

Наконец она подошла к пяти деревянным ящикам, которые стояли поодаль от остального багажа в дальнем углу трюма, каждый был высотой с Элеонору. Каждый украшала золотая печать. Несмотря на внушительный вид, а может, именно из-за него, на них не было ни замков, ни запоров. От расхитителей их защищала только деревянная задвижка. Первый был набит книгами, в основном романами на французском, немецком и английском. Она пробежала глазами заглавия и закрыла крышку. Тут может оказаться что-нибудь занимательное, но книжками она займется позже. Во втором были флаконы с розовой водой. Третий ломился от снеди. Икра, копченая рыба, соленая сельдь, сотни красных с золотом банок с нарисованной на крышке рыбиной, на некоторых было что-то написано по-русски. Элеонора заозиралась, достала одну банку сверху, сняла крышку и обнаружила под ней слой черных блестящих пузырьков. Она недоверчиво тронула пружинистую массу и поднесла палец к губам. Нос сморщился от отвращения. Острый солоноватый вкус, совсем не то, на что она надеялась, но это хотя бы какая-то пища. Меньше чем за час Элеонора управилась с тремя банками икры и выпила бутылку розовой воды. Икру она запихивала в рот горстями, пока ее не начало подташнивать.

Той ночью постелью ей послужил толстый персидский ковер и рулон бархата. Она завернула уголок ковра так, чтобы из него получилась импровизированная подушка, натянула бархат до самого подбородка, закрыла глаза и задремала. Ее мысли уносились в даль, полную страхов и сомнений, но беспокойство сменилось усталостью. Стихло урчание в животе, размеренно потрескивал огонь в топке, ее покачивал теплый, соленый океан сна. Вот побежали по воде белые барашки, заплескались волны, над головой скользят чайки, а где-то вдалеке уже виднеется берег. Потом море стало дорогой. Одинокая корова лениво жует клок травы, каменный дом, кипарисовая роща, широкие просторы желто-зеленых полей. Затем дома превратились в деревни, деревни — в города, города стали расти, выше и выше, показались широкие проспекты, стеклянные купола, сады, где пахло розой и жасмином.

Элеонора потеряла счет времени. Шум волн и подрагивание огня в топке — вот и все, что напоминало ей о том, что часы идут. Она спала, когда уставала, ела, когда бывала голодна, справляла нужду в углу трюма, как зверек, запертый ненароком в подвале. Мало-помалу она приноровилась сносно видеть в полутьме, ее легкие привыкли к угольной пыли, хотя время от времени она покашливала. Несколько раз она бралась за книги из султанского ящика, но слова расплывались и разбегались по странице, так что ей удавалось осилить никак не больше абзаца, потом голова начинала раскалываться от боли. В отсутствие возможности читать, без солнца и привычных дел, Элеонора развлекалась изучением чужого багажа, воспоминаниями о героях любимых книг и размышлениями, суждено ли ей, как Дэвиду Копперфильду, стать хозяйкой своей судьбы.

Элеонора не знала, что по дороге в Стамбул пароход делает две остановки, поэтому, когда судно замедлило ход и раздался гудок, сердце девочки ушло в пятки. Неужели прошла целая неделя? На всякий случай она спрятала свою постель обратно в сундук и забилась в угол за султанскими ящиками. С лязганьем и скрипом двери в трюм начали открываться. Был полдень, луч света, который сначала едва пробивался в трюм сквозь открывающуюся дверь, становился все ярче, словно кто-то обстреливал ее темную нору огненными стрелами. Она едва не чихнула, когда трое стюардов начали выгружать багаж и заносить новые сундуки. Когда все было закончено, один из них повел носом и что-то бросил своему напарнику. Тот ответил и засмеялся. Хотя их слов она не расслышала, но от самого звука человеческих голосов кровь застучала у нее в висках.

Пока тяжелая дверь закрывалась, застоявшаяся вода вытекала наружу, а цепи кровожадно лязгали, в трюм неожиданно для Элеоноры влетел один из ее удодов. Она видела птицу не более секунды, краешком глаза, но ошибиться было невозможно. Это был один из ее пернатых телохранителей. Он сделал круг по трюму и вылетел обратно как раз тогда, когда дверь с клацаньем захлопнулась. Уже в море

Элеонора обнаружила, что птица оставила ей подарок — апельсин, который лежал прямо в середине крышки ее сундука. В ее ладонях, на ложе из листьев, он сиял, как крошечное солнце. Довольно долго она просто держала его в руках, и он будто бы наполнял ее теплом. Это весточка от ее стаи. Ради нее они покинули Констанцу и теперь следуют за ней через море, чтобы с ней ничего не случилось. Когда Элеонора проголодалась, она очистила апельсин и съела его, дольку за долькой, смакуя каждую капельку сока, растекавшуюся по нёбу.

Так она и существовала в трюме. Жизнь была вполне сносной, но Элеонора часто тосковала по дому, по отцу и даже по Руксандре. В такие моменты она мечтала, чтобы ее поскорее нашли, хотелось выбраться на палубу и броситься на шею Якобу. Но она понимала, что обнаружить себя слишком рано означало испортить все дело: отец вместе с ней сойдет на берег в ближайшем порту, телеграфирует Руксандре и все ее усилия пойдут прахом. Стоило подождать еще несколько дней. Но тут возникал другой вопрос: как узнать, что время пришло? У нее не было ни календаря, ни часов, ни знаний, чтобы судить о курсе. Она руководствовалась лишь интуицией и смутным представлением о своем местоположении в мире.

Элеонора решила, что пора заявить о себе, в последний вечер путешествия, накануне прибытия в Стамбул. Конечно же, она не догадывалась, что следующим утром они войдут в устье Босфора, зато почувствовала изменения в ходе судна и работе двигателя. Значит, пора выбираться. За семь дней в трюме она успела основательно перепачкаться, легкие были забиты угольной пылью, а живот начинал побаливать. Элеонора представила свое отражение в зеркале и решила, что надо бы почистить платье и умыться или даже придумать новый наряд из тканей, которые были у нее под рукой, но потом сообразила, что в трюме нет мыла, а попытки приодеться только попортят отцовский товар. Придется показаться как есть.

Она откинула назад волосы, расправила свой наряд, навела порядок во временном жилище у сундучка и направилась привычной дорогой по улицам чемоданного города к огромным железным дверям трюма. Остановилась перед ними, пробежала пальцами по металлической поверхности, по неровностям, которые напомнили ей те, что были на дверях чердака госпожи Брашовой. За этими дверями ее отец, еда и чистое белье, горячий суп, пуховые подушки, прозрачный морской воздух. От волнения у нее перехватило дыхание, и она замерла. Вот и все. Ей было страшно. Вдруг отец станет сердиться? Что делать, если ее поймают до того, как она найдет его? В ее воображении проносились жуткие картины, одна страшнее другой, но выбора не было. Надо было идти. Она вдохнула, чтобы немножко успокоиться, потом обхватила ручку обеими руками и толкнула дверь, которая вела в сырое и пустое помещение, показавшееся Элеоноре очень светлым после трюма, хотя на самом деле в нем было довольно темно.

Она потерла глаза, чтобы привыкнуть к слепящему свету, и зашла в комнату, полную кнопок, рычагов и колес, где все шипело и позвякивало, как в кафе в обеденный час. Недолго постояла, решая, какую же из трех дверей ей открыть, и вдруг услышала звуки, которые показались ей ангельским пением. Голоса становились все громче, приближаясь к ней.

— Где-то здесь, — сказал мужской голос.

Дверь открылась. Элеонора шмыгнула за трубы, откуда ей были хорошо видны силуэты двоих мужчин: один был покрупнее, другой — поменьше. Их усы и тюрбаны отбрасывали причудливые тени на приоткрытую дверь за спиной.

— Где, он сказал, это было?

Пока второй отвечал, Элеонора поняла, что они говорят по-турецки. Отец дал ей всего несколько уроков турецкого, но она напряглась, прислушалась и убедилась, что понимает разговор.

— Сказал, что здесь.

— Где?

— Знал бы, можно было бы и не искать.

Первый отступил назад и поднял фонарь повыше, освещая помещение.

— Ты видишь?

— Нет.

Последовала долгая тишина, Элеонора почувствовала, как сердце ушло в пятки, а на губах появился металлический вкус, — сейчас ее поймают.

— Не вижу я ничего, — произнес первый мужчина и повернул назад. — Такой мрак, ничего не разглядишь.

Когда Элеонора выбралась из своего убежища, ее била дрожь. Если бы ее заметили, кто знает, что бы случилось. Она с трудом перевела дыхание, сосчитала до тридцати и проскользнула в приоткрытую дверь, предположив, что мужчины направились на палубу. Элеонора пробиралась сквозь джунгли подтекающих труб и темных от копоти фонарей и наконец попала в более светлый коридор. Увидела ковер на полу, деревянные панели на стенах и множество дверей с круглыми окнами и латунными табличками с номером на каждой. Двери с шестнадцатой по тридцатую были закрыты. Элеонора шла по коридору, из-за дверей до нее доносились негромкие звуки, по которым несложно было догадаться, что обитатели кают находятся в плавании по безбрежному океану сна.

Она уже добралась до конца коридора и собиралась подняться по металлическим ступенькам, как вдруг одна из дверей отворилась с легким скрипом. Элеонора в ужасе замерла и вжала голову в плечи, в полной уверенности, что за этим звуком неминуемо последуют обвиняющие крики, хлопанье остальных дверей и недоуменные вопросы пассажиров о том, откуда взялась эта маленькая замарашка. Однако ничего, кроме стука ее собственного сердца, шарканья комнатных туфель и неясного бормотания, не было слышно. Элеонора осторожно повернула голову и скосила глаза. Она увидела старика в ночной рубашке, его седые волосы были всклокочены. Он шел к лестнице, ночные туфли шлепали по ковру. По-видимому, Элеонору он не замечал. Она повернулась к нему лицом, так медленно, как только могла, — главное, не напугать его. Но он не испугался. Его блестящие глаза были широко открыты, хотя ничего не выражали. Элеонора задержала дыхание и судорожно сглотнула. Он был совсем близко от нее: она слышала, как он бубнит что-то, словно отбивается от града сердитых вопросов. Старик остановился перед девочкой, как будто почувствовав ее присутствие, и замолчал. Элеонору обдало запахом старческого тела и не слишком чистого белья. Она пристально посмотрела ему в лицо, протянула руку, но дотронуться до него не решилась.

— Все хорошо, — сказала она, — идите обратно, возвращайтесь к себе.

На секунду, не более, он пришел в себя, потом повернулся и пошел обратно. Она подождала, пока за ним не закроется дверь. Сердце выпрыгивало у нее из груди. Элеонора выдохнула, чтобы хоть немножко успокоиться, и поднялась по лестнице, которая привела ее в столовую.

Девочка заправила прядку волос за ухо и зашла в пустую комнату. Столы были составлены штабелями, в углу громоздились горшки с комнатными растениями, рояль повернули клавиатурой к стене, где он и стоял, как наказанный школьник. При мысли о еде рот Элеоноры наполнился слюной. Она пересекла комнату в надежде, что двойные, обитые кожей двери рядом с роялем ведут на кухню. Подойдя поближе, она расслышала голоса, которые, судя по табличке на дверях, доносились из курительной комнаты. Подойдя еще ближе, она почувствовала знакомый запах табака. Такой курил ее отец. Да, это был распространенный сорт, но Элеонора отбросила сомнения и толкнула дверь. Вот он, такой, как она себе представляла. В том самом пиджаке, который был на нем в вечер перед отъездом. Отец сидел в кресле, пил вино и разговаривал с краснолицым мужчиной, одетым в синий костюм.

— Папочка!

В наступившей тишине Элеонора успела заметить свое отражение в зеркале, рядом с которым стоял отец. Платье выпачкано едой, чулки порваны на коленях. Лицо черно от угольной пыли, космы грязных волос закрывают глаза. Элеонора походила на малыша Амура, возвращавшегося домой с поля битвы: его победили, проволокли по болоту — крылья перепачканы в грязи. Сейчас она все объяснит, оправдается, но, увы. Слова, которые она так тщательно готовила, тут же вылетели у нее из головы. Вместо этого она бросилась через всю комнату к отцу. Якоб от неожиданности выронил бокал вина, которое немедленно залило весь ковер, а Элеонора уже забралась к нему на колени.

— Элли, — выдохнул Якоб, и его голос предательски задрожал, выдавая изумление, в котором не было ни малейшего намека на раздражение, — как ты тут оказалась?

ГЛАВА 7

На следующее утро Элеонора с отцом сидели на носовой палубе и наблюдали, как Стамбул вырастает перед ними из пены морской. Сначала они увидели смутные очертания, бесплотный призрак, который спал под покровом тумана, но чем ближе они подходили, тем четче становились линии, фонари засияли, как упавшие на землю звезды. Еще не рассвело, Элеонора куталась в колючее шерстяное одеяло на руках у отца. Якоб все еще сердился. Напряженные плечи, частые вздохи, которыми он пытался успокоить тревожные мысли, — все выдавало раздражение. О чем он думал, она не знала. Собирался ли отослать ее обратно, в Констанцу, или оставить в Стамбуле — это оставалось для нее загадкой. Элеоноре раньше не приходилось видеть отца в гневе, поэтому судить о силе этого чувства ей было нелегко. Единственное, что она понимала, — лучше пока помолчать.

В предназначенный ему миг солнце показалось в дальнем углу неба, с ним начал рассеиваться туман. Несмотря на ранний час, Босфор был уже забит рыбацкими лодками, плоскодонками и неуклюжими пароходами. На берегу, в тени кипарисов, крошечные люди спешили и суетились, торговали и торговались, а еще молились. В свете восходящего солнца поблескивали купола трех огромных мечетей, остроконечные пики минаретов задевали облака, и там, где воды Босфора сливались в единый поток, перед Элеонорой предстал дворец, прекраснее которого ей видеть не доводилось. Бесконечные сады, арки, балюстрады, ряды окон, которые сверкали на белом мраморе стены под ревнивой охраной стеклянных башен, — дворец Топкапы, свидетельство баснословной власти и богатства, резиденция его величества Абдул-Гамида II, возвышался на мысе Сарайбурну.

Пароход подошел к причалу, капитан дал сигнал, который тут же смешался с шумом порта. Рабочие тянули веревки, трюм стоял раскрытый, а грузчики, как караван навьюченных мулов, перетаскивали сундуки на сушу. На причале, который находился напротив нового железнодорожного вокзала, царило лихорадочное оживление: фески, тюрбаны, европейские костюмы и турецкое платье, босоногие попрошайки, лоточники, размахивающие своим товаром над головой, экипажи, готовые унести в любой конец города, верблюды и бродячие собаки — все смешалось тут. Вот что имела в виду госпожа Ионеско, когда назвала железнодорожный вокзал в Бухаресте «неопрятным буйством людей всякого сорта, которые зубами и когтями вырывают друг у друга любую возможность занять более выгодное положение в толпе». Пока Элеонора смотрела на слона — хотя тот лишь мелькнул за углом, — между двумя грузчиками завязалась драка. Отец покрепче обнял ее, чтобы защитить от опасности. Она тут же устроилась поудобнее, вдохнула знакомый запах гибискуса и трубочного табака и осмелилась задать вопрос.

— Папочка, — спросила она, глядя на густую отцовскую бороду, — куда мы поедем?

Он вздохнул:

— Сначала, — Якоб вытащил щепотку табака из кармана, — мы телеграфируем Руксандре. Потом за нами заедет экипаж моего друга Монсефа-бея и отвезет нас к нему домой. Я собирался остановиться у него. Надеюсь, он согласится приютить и тебя.

Якоб раскурил трубку, подчеркнув молчанием значимость своих слов.

— Не знаю, как только тебе такое в голову пришло! — сказал он, затягиваясь табаком.

Пока отец попыхивал трубкой, Элеонора вдыхала острый соленый запах порта и мысленно возвращалась к дням, которые она провела в сумрачном чреве парохода. Потом вздрогнула и отогнала от себя воспоминания. К счастью, отец ничего не спрашивал о путешествии в трюме. Бывают темы, на которые лучше не говорить, сейчас она была в этом твердо уверена. Отец докурил, встал, подхватил чемодан, взял Элеонору за руку и повел ее в город.

— Экипаж, господин? Комнату? Донести ваш багаж?

Они еще не успели сойти с трапа, а их уже со всех сторон обступила толпа: лица у всех лоснились, все махали открытками и каждый норовил ухватить чемодан.

— Благодарю вас, нет, — говорил Якоб, пробираясь мимо. — Нет-нет, благодарю вас.

— Какая милая девчушка! — произнес один с гадким оттенком. — Ваша дочка?

Якоб вывел Элеонору к вокзалу, где народу было поменьше, и поставил чемодан на землю. Преподобного Мюлера нигде не было видно, — похоже, и Монсеф-бей еще не появился. Элеонора думала спросить отца, пойдут ли они отправлять телеграмму Руксандре, но увидела, как он хмурится, и передумала. Он еще раз поискал глазами в толпе, потом легонько подтолкнул ее по направлению к небольшому павильону и сказал:

— Сюда, Элли. Давай-ка зайдем и выпьем чая.

Едва они сделали заказ, к кофейне подъехал экипаж. Шелест его колес распугал чаек и неприятного вида шпиков. Внушительная конструкция была отделана дубовыми панелями, ее влекла четверка серых арабских скакунов. Экипаж остановился, дверцы распахнулись, и из него вышел широкоплечий человек. Наверное, это Монсеф-бей, решила Элеонора. На нем был синий костюм и красная феска, густые темные волосы и округлые черты лица придавали ему сходство с персидской миниатюрой. Элеонора подумала, что так должен выглядеть какой-нибудь герой «Песочных часов». Легко было представить, как он обсуждает вопросы первостепенной государственной важности в гостиной графа Олафа или наслаждается звуками музыки в ложе фон Герцога.

— Монсеф-бей!

Незнакомец улыбнулся и дружески обнял отца:

— Дорогой Якоб! Сколько воды утекло!

— Да, утекло, — ответил отец.

Они опять обнялись, потом Монсеф посмотрел в сторону Элеоноры, которая смирно сидела за столом.

— А это кто? — спросил он. — Что за прелестное дитя?

Элеонора почувствовала, как у нее запылали уши. Она подняла глаза и подарила Монсефу самую очаровательную улыбку, на какую только была способна.

— Это, — ответил Якоб, — моя дочь Элеонора. Надеюсь, что она не причинит вам неудобств. Я бы телеграфировал заранее, знай я, что она поедет со мной.

— Вовсе нет. — Монсеф отмел все сомнения Якоба небрежным движением руки и повернулся на каблуках, давая знак следовать за ним. — Ребенок принесет нам удачу, особенно такая хорошенькая девочка.

Вопрос был решен. Сундуки Якоба выгрузили из трюма, Монсеф дал указания кучеру, и они отправились в путь. Как и в большинстве стамбульских экипажей, место стекол в нем занимали деревянные решетчатые экраны. Это было сделано для того, пояснил Монсеф, чтобы защитить пассажиров от солнца и, что самое главное, не давало прохожим возможности рассматривать женщин. К счастью, это не мешало любоваться самими улицами. Элеонора поудобнее устроилась на красном бархатном сиденье, скрестила руки на коленях и как завороженная уставилась на экран, за которым, как в калейдоскопе, сменяли друг друга мечети, учреждения, хрупкие деревянные особняки, платаны, повозки, груженные овощами, и яркие пурпурные пятна, в которых можно было распознать удодов. Стая с победным видом кружила над ними, довершая картину.

— Город сильно изменился. — Якоб заерзал, закидывая ногу на ногу. — Но ведь в последний раз я был здесь почти десять лет назад.

Монсеф посмотрел поверх голов своих гостей: на секунду проносившиеся мимо картины полностью захватили его.

— Новые здания появляются каждый день, — сказал он. — Кофейни, магазины, школы, мечети, рынки, но сам дух города не изменился. Кто бы ни сидел на троне, сколько бы железных дорог ни проложили, кто бы ни контролировал Босфор — Стамбул останется прежним до скончания времен.

— Хорошо сказано. — Якоб поднял воображаемый бокал, как будто собирался произнести тост. — За Стамбул!

Вскоре экипаж подъехал к особняку Монсефа-бея, и вокруг засуетились слуги: выгрузили багаж, распрягли лошадей и увели их на конюшню. Огромный желтый с белым дом расположился прямо на берегу, откуда с непринужденной элегантностью пожилого бонвивана, который кормит голубей, сидя на скамейке в парке, наблюдал за движением судов на Босфоре. Монсеф-бей как раз приглашал своих гостей в дом, когда его внимание привлекли удоды. Они расселись на липе перед домом.

— Они прилетели вслед за тобой, — прошептал Якоб. — Прямо вся стая!

Не то чтобы Элеонора когда-либо сомневалась в преданности своих птиц, но дорога из Констанцы в Стамбул действительно была неблизкой. Картины морского путешествия стремительно пронеслись в ее воображении — птицы показались и тут же затаились в пустых спасательных шлюпках, — но тут они вошли в вестибюль, и Элеонориному взору предстала огромная хрустальная люстра. Тысячи подвесок бесконечно повторяли Элеонорино отражение, как будто оно заблудилось в густом лесу. Девочке на секунду показалось, что громадный светильник сейчас обрушится под собственной тяжестью на лестницу из белого мрамора. Сразу же за входной дверью, справа, у стены стоял особый столик, на котором гости оставляли свои визитные карточки. Слева в бессменном карауле разместились воинские доспехи. На полу полыхал огромный красный с синим и зеленым шелковый ковер. Он занимал все пространство вестибюля, от входа и до самой лестницы. Элеонора никогда раньше не видела такой замечательной работы: по краю шла цветочная кайма, а в центре были расположены три продолговатых медальона, в которых без труда можно было узнать изображения Ноева ковчега, Эдема и семи дней творения.

— К несчастью, — заговорил Монсеф, снимая пенсне, чтобы протереть его о полу пиджака, — женская половина закрыта. Женщины в этом доме не живут уже довольно давно. Но если госпожа Коэн не против обосноваться на мужской половине, я покажу ей комнату, которая, уверен, ей очень понравится.

Он помолчал и посмотрел на Элеонору, словно ждал ее согласия. В его глазах, когда он начинал смеяться, будто бы вспыхивал лунный свет.

— Не против, — ответила она, — я буду вам очень признательна.

— Прекрасно. Будет нам признательна. Тогда решено. Господин Карум, покажите госпоже Коэн Красную комнату.

При этих словах к ним подошел дворецкий и широким жестом руки, затянутой в белую перчатку, пригласил Элеонору подняться по лестнице.

— Ваша комната, госпожа Коэн, — сказал он, придерживая перед ней дверь. — Я постучу в восемь, перед ужином.

Стены комнаты, как и следовало из названия, были оклеены красными обоями оттенка красной фасоли. Чтобы хоть чуточку уравновесить это буйство красного, стенные панели были выкрашены в кремовый цвет, так же как потолок и рамы двух эркеров, которые располагались прямо напротив двери. Слева от себя Элеонора увидела кровать под кружевным балдахином, который напоминал императорский паланкин. Перед ней у окна стояло кожаное кресло светло-коричневого цвета и дубовый письменный стол, на нем красовался хрустальный чернильный прибор. Справа можно было разглядеть комод и туалетный столик, в каждом из которых было больше ящиков, чем всех вещей Элеоноры, вместе взятых. Она постояла в дверях, осматривая комнату, мебель и изумительной работы сине-зеленый тебризский ковер. После недели в трюме великолепие комнаты, в которой запросто мог бы поместиться весь их констанцский дом, поражало, но самое невероятное заключалось в том, что все это теперь принадлежало ей, пусть и ненадолго.

Элеонора осторожно, по самому краю ковра, подошла к туалетному столику и замерла напротив зеркала. Она смотрела, как облачко пара вдруг появилось на серебряной поверхности, смешно исказив ее черты. Потом отступила от стола, поправила непослушную прядь, улыбнулась и наклонила голову к левому плечу. Элеоноре еще никогда не случалось так внимательно рассматривать свое отражение, хотя как-то раз она уже гляделась в зеркало, у портного в Констанце. Она шагнула совсем близко к зеркалу, прижалась носом к стеклу так, что видела только свои глаза и верхнюю часть лица, и сосредоточилась. Но чем внимательнее она всматривалась, тем менее четким становилось отражение. Она отошла, вытерла зеркало и кинула еще один, последний взгляд. Девочка знала, что она хороша собой, ей говорили об этом всю жизнь, но сейчас вид у нее был несколько потрепанный: волосы спутаны, глаза запали, а платье походило на бесформенный мешок. И это несмотря на купание и на то, что она почистила одежду и всю предыдущую ночь проспала в нормальной кровати!

Надежды найти, во что переодеться, было мало, но Элеонора все же решила поискать. Она подошла к маленькой двери, которая, как она справедливо предположила, вела в гардеробную, и повернула ручку. Там было пусто, не считая детского костюмчика и фески, которые подошли бы мальчику ее лет. Она хотела потрогать феску, но тут послышался звук открываемой двери. Элеонора замерла и медленно обернулась. На пороге стояла пожилая женщина в синем платье. Похоже, она совсем не сердилась на Элеонору, которая открывала двери без спроса, наоборот, она сама выглядела напуганной. Женщина положила на стул у двери полотенца, поправила платок на седых волосах и утерла лоб рукавом платья.

— Элеонора, — сказала она глубоким голосом, — ты приехала.

Элеонора не знала, что отвечать, поэтому не ответила ничего. А женщина тем временем продолжала:

— Я — госпожа Дамакан. — Она подошла к Элеоноре. — Я знавала твоего отца когда-то много-много лет назад в Констанце. Теперь я служу у бея.

Госпожа Дамакан схватила Элеонорину руку обеими ладонями и чуть помедлила, как будто ей надо было собраться с мыслями.

— Он сказал, тебе нужно переодеться. Твой отец.

— Да, — ответила Элеонора. — Я думаю, да.

— Мне кажется, что стоило бы помыться для начала.

Госпожа Дамакан улыбнулась и провела Элеонору через смежную дверь в купальню, выложенную синей и белой плиткой. В комнате было влажно. Пахло березой. В одном углу помещалась фаянсовая ванна. В другом углу стоял большой медный кувшин. Служанка почесала в затылке, пробормотала несколько подбадривающих фраз, наклонилась и через голову стянула с Элеоноры платье. Потом подхватила под мышку кувшин и сказала, что скоро вернется. Раздетая Элеонора осталась одна посреди купальни. Ей не было холодно, но все же она задрожала и обхватила себя руками. Потом присела на бортик ванны и время от времени поглядывала на свое отражение в плитке, поджидая госпожу Дамакан. Вскоре та появилась с кувшином горячей воды и губкой.

— Когда я уезжала из Констанцы, — с этими словами она подлила воды в ванну, — ты вся умещалась на моих ладонях. А теперь... вон ты какая.

Элеонора подняла глаза и покраснела. Давно уже никто не видел ее совсем раздетой. За исключением самого раннего детства, она всегда умывалась и одевалась сама, одна в своей комнате. Но обращение госпожи Дамакан было таким ласковым, что смущение скоро прошло. Элеонора взялась за холодный фаянсовый край, перегнулась и опустила ноги в ванну. Вода оказалась горячее, чем она думала, но через несколько секунд неприятное покалывание прошло, она целиком погрузилась в воду и с удовольствием подставляла лицо под струю воды, вдыхала чистый запах оливкового мыла и чувствовала, как горячая вода прогревает тело до самых костей. Госпожа Дамакан терла ей спину, ноги, руки, шею и живот, сначала нежно, а потом все сильнее и сильнее, как усердная судомойка, которая отскребает пригоревший рис со стен горшка не за страх, а за совесть.

Уже потом, когда ее завернули в толстое белое полотенце, Элеоноре показалось, что она словно заново родилась. Все горести и тревоги прошедших недель сошли с нее, как сходит старая кожа, и поток воды унес их. Она еще не совсем пришла в себя, бедренные косточки торчали, как подпорки шатра, но теперь она стала совсем другим человеком.

— Надеюсь, тебе это подойдет.

Элеонора обернулась и увидела за спиной госпожу Дамакан. В руках у служанки было красивое бархатное платье. Она протянула Элеоноре чистое белье и помогла застегнуть пуговки на спине. Когда все было застегнуто, в дверь постучали. Это был господин Карум, дворецкий. Он молча проводил Элеонору вниз, в столовую. Отец и Монсеф-бей уже сидели за столом, но при виде Элеоноры оба поднялись.

— Великолепно! — сказал Монсеф. Он отодвинул стул рядом с собой и жестом пригласил ее садиться. — Платье тебе очень идет.

Комплименты бея смутили Элеонору, она нерешительно потеребила кружевной воротничок и посмотрела на отца. Он надел свой лучший костюм и аккуратно подровнял усы. С гордой улыбкой Якоб потянулся через стол и сжал руку дочери:

— Ты просто красавица, Элли.

Господин Карум внес блюдо с дичью на подушке шафранного риса. Обычно Элеонору больше занимали разговоры, чем еда, но после недели вынужденного поста в корабельном трюме сочное хрустящее мясо и крошечные изюминки, попадавшиеся в рисе, привлекали ее внимание гораздо сильнее, чем последние стамбульские новости. Тем не менее она услышала, как отец и Монсеф-бей обсуждали судьбу племянницы госпожи Дамакан, которая прослужила несколько лет у бея, а теперь была замужем за кузнецом, татарином из предместий Смирны. Как выяснилось, именно из ее гардероба было то платье, в котором Элеонора вышла к столу. Женщины привезли его вместе с другой одеждой, чтобы продать в

Стамбуле, но почему-то так и не донесли до базара. После пудинга из айвы мужчины перешли в библиотеку, а Элеонора, которая порядком устала, поднялась в свою комнату.

Сон восстановил их силы, и на следующее утро они перво-наперво велели везти себя на Галатскую телеграфную станцию телеграфировать Руксандре, потом сели в красный фуникулер, который вознес их вверх по главной улице Перы. Элеонора любовалась бульваром, что спускался по пологому холму, и ей чудилось, что она в Бухаресте или Париже, а может, на странице «Песочных часов» или какого-нибудь другого романа. Она смотрела, как мимо нее проплывают дамы, которые словно сошли с картинок модного журнала, и вдыхала сладкий аромат засахаренного миндаля — его продавал уличный торговец неподалеку от кафе «Европа».

— Пойдемте, госпожа Коэн, — поманил ее бей, и его каблуки застучали по камням мостовой. — Думаю, вас заинтересует цель нашей прогулки.

На Монсефе-бее был серый костюм и красная шерстяная феска, все это очень ему шло. Настолько, что некоторые иностранки с одобрением смотрели ему вслед, пока он вел Элеонору и Якоба по улице мимо галантерейной лавки, аптеки, фотографической мастерской к магазину, на витрине которого красовалась надпись «Мадам Пуаре. Модистка», выведенная золотом по стеклу. Они открыли дверь, тонко запел колокольчик, и женщина за прилавком, вероятно сама мадам, посмотрела на них поверх очков.

— Добрый день, — сказала она. — Чем могу служить?

— Мы хотели бы заказать платье, — начал бей, усаживаясь на диван перед трехстворчатым зеркалом. — Для юной госпожи.

Юная госпожа, сообразила Элеонора, — это она.

— Ну что вы, Монсеф. — Ее отец кашлянул, прикрыв рот платком. — В этом нет необходимости.

— Нет-нет, — ответил бей. — Это совершенно необходимо.

— Разумеется, ей нужна одежда. Но этот магазин не совсем то, что нам надо.

Мадам Пуаре подняла одну бровь и пригладила темные с проседью волосы.

— Я не сомневаюсь, что вы продаете товар наивысшего качества, — продолжил Якоб, обращаясь к мадам Пуаре, — но она еще совсем ребенок, не хотелось бы никого затруднять.

Бей закинул ногу на ногу, вынул золотые часы, откинул крышку и посмотрел на циферблат.

— Я настаиваю, — сказал он. — Уверяю вас, никакого беспокойства. Нам повезло, что у госпожи Дамакан нашлась эта одежда, но ведь у каждой девочки должно быть по крайней мере три красивых платья, как вы считаете, госпожа Коэн?

Элеонора теребила сборку на талии. Она считала именно так. Ведь нельзя же все время ходить в одном и том же, а модели в витрине выглядели поистине великолепно. Но больше всего, даже больше нового платья, Элеоноре не хотелось никого огорчать: ни отца, ни Монсефа-бея.

— Конечно, — вступила в разговор мадам Пуаре, — красивые наряды необходимы молодой девице, как лебедю — оперение. И любому здравомыслящему человеку понятно, что одним-двумя ей не обойтись. Теперь, госпожа Коэн, не соблаговолите ли вы присесть, и мы подберем ткани, которые будут вам к лицу.

— Хорошо, — ответил за нее Якоб и опустился на стул рядом с Элеонорой. — Ваша взяла.

Прошло довольно много времени, прежде чем они вышли от модистки со свертками в руках и спустились вниз на фуникулере. В дополнение к шелковому платью с рукавами-буф и бантом Монсеф-бей купил Элеоноре три платья на каждый день, две пары туфель и множество других вещей, которые, как пояснила мадам Пуаре, были совершенно необходимы девочке.

— Благодарю вас, Монсеф, — сказал Якоб, когда они переезжали Галатский мост. — Давайте сначала заглянем к Хаки Бекиру, а потом рассчитаемся.

— Да, — повторила за отцом Элеонора, — спасибо, большое спасибо.

— Пустяки, — начал отнекиваться Монсеф и замахал руками, останавливая поток благодарностей. — Какие пустяки.

Перед въездом на Египетский базар экипаж сначала свернул в оживленный проулок, весь заставленный прилавками, а затем еще долго петлял по узким улочкам, пока наконец не остановился в грязном тупике, по обе стороны которого располагались лавки золотых дел мастеров. Они вышли из экипажа и прошли мимо стариков, коротавших дни за чашкой чая и партией в нарды или просто перебиравших четки. В самом конце тупика виднелась обшарпанная зеленая дверь, которая вела в лавку влиятельнейшего стамбульского торговца коврами, сирийца по имени Хаки Бекир. Элеонора слышала от отца о Хаки Бекире и его коллекции ковров. Но одно дело — услышать, а вот увидеть все своими глазами! Лавка освещалась единственной газовой лампой и солнечным светом, который с трудом проникал внутрь сквозь грязные окна. Комната походила на пещеру, всю ее — от пола до потолка — загромождали ковры. Должно быть, только в ней хранилось не меньше тысячи ковров. А сколько же еще скрывалось во многочисленных подвалах, с которыми сообщалась лавка!

— Монсеф-бей.

Из-за сложенных штабелями ковров появился полный человек с оспинами на лице, он был одет в белейшую рубаху и зеленую феску. Это был Хаки Бекир. Он раскрыл объятия и бросился навстречу гостям.

— Господин Коэн, — произнес бей, покашливая в кулак, — позвольте представить вам моего друга и делового партнера, высокочтимого Хаки-Абдель-Азиза-Ибрагима Бекира.

Хаки Бекир закивал, подошел поближе и принялся трясти руку Якоба. Потом указал на скамью, которая шла вдоль стены лавки, сцепил пальцы в замок и перебросился парой слов с беем. Хаки Бекир говорил только по-арабски, так что Монсефу-бею пришлось переводить.

— Если вы не против, — сказал он, — Хаки Бекир хотел бы взглянуть на ваши ковры.

— Разумеется.

Могло показаться, что Якоб безучастно смотрел, как посыльный отпирал сундуки и один за другим вытаскивал ковры, хотя его палец, который поглаживал кончики усов, выдавал нетерпение. Пока они пили из крошечных чашек сладкий чай, ковры вынули и разложили двумя стопками у ног Хаки Бекира. Торговец причмокивал, поглаживал себя по щекам и не отводил глаз от ковров, которые расстилались перед ним. Потом он прочистил горло, указал на разноцветный ворох слева от себя и что-то сказал бею. Бей, явно опешив, начал задавать какие-то вопросы, но Хаки Бекир покачал головой и повторил те же три слова, после чего подул себе на нос, словно бы пытаясь отогнать назойливого комара.

— Хаки Бекир говорит, что ваши ковры прекрасны, — начал Монсеф. — Но на этот раз он возьмет только те, что лежат по левую руку. Его цена — пятьсот за все.

Элеонора наблюдала за отцом. Пятьсот фунтов — большие деньги, но по выражению его лица она поняла, что стоят ковры гораздо дороже. В то же время она была почти уверена, что Якоб согласится. Хаки Бекир был не из тех, с кем можно шутить. Он уже дважды прикрикнул на мальчишку-посыльного и даже замахнулся, но вспомнил, что он здесь не один. Как раз тогда, когда Элеонора задела носком туфли бахрому на ковре, Якоб поднялся со своего места и прошел в центр комнаты. Он не смотрел на Хаки Бекира, вместо этого он вопросительно взглянул на ковры и начал нежно перекладывать их один за другим. В отличие от Хаки Бекира, который уделил каждому не более десяти–пятнадцати секунд,

Якоб не торопился, отгибал углы и внимательно рассматривал работу. Когда он закончил изучать отобранные Бекиром образцы и распрямился, его губы были плотно сжаты. Продавец и покупатель застыли, не отводя глаз друг от друга, потом Якоб заговорил:

— Моя цена — девятьсот.

Бей начал переводить, но его прервали на полуслове. Хаки Бекир обиженно всхрапнул, как будто не верил своим ушам, и повторил свое предложение. Подумал немного и накинул еще сотню. Больше он не даст.

— Восемьсот, — сказал Якоб.

Когда бей перевел контрпредложение, Хаки Бекир прикусил нижнюю губу и что-то пробормотал себе под нос. Монсеф вздрогнул.

— Что он сказал? — спросил Якоб.

— Ничего, — ответил бей. — Он говорил сам с собой.

Так они торговались около часа, Хаки Бекир кричал и махал руками, Якоб настаивал на восьмистах фунтах.

— Это справедливо, ковры того стоят, — повторял он снова и снова, а Хаки Бекир мало-помалу все-таки поднимал цену.

Лицо сирийца покраснело, он хрипел так, что можно было подумать, его сейчас хватит удар; они дошли до очередного непреодолимого рубежа, и тут Якоб сдался:

— Семьсот пятьдесят.

При этих словах Хаки Бекир выскочил из угла и затряс руку Якоба, попутно отдавая приказания посыльному. Не успели они опомниться, как ковры уже упаковали, деньги тут же были отсчитаны, и все направились к выходу.

Уже в экипаже по дороге домой после того, как бей наотрез отказался принять деньги за наряды Элеоноры, Якоб спросил, что пробормотал Хаки Бекир.

— Лучше вам не знать, — ответил Монсеф.

Якоб подумал, кивнул и посмотрел на Элеонору.

— Вы правы, — согласился он. — Лучше нам не знать.

ГЛАВА 8

Сплетение пурпурных, золотых и зеленых кругов на потолке зала для аудиенций всегда напоминало султану павлиний хвост, который птица распустила в ярких лучах солнца. По дворцовым меркам помещение было невелико, не больше, чем комната главного лекаря или малая кухня, но влияние этого зала на жизнь империи было гораздо значительнее его скромных размеров. Именно здесь султан выслушивал новости, жалобы и просьбы, которые стекались к нему со всех концов государства. Его величество Абдул-Гамид II сидел на диване, по обе стороны которого стояли два глухонемых стража. Султан скрестил ноги и внимательно слушал доклад новопазарского санджакбея. Вести были недобрые. Толпа местных землевладельцев напала на сборщика налогов и вздернула его на городской площади. Санджакбею требовалась помощь — батальон или два восстановили бы порядок.

Конечно, Абдул-Гамид не собирался посылать войска в такую даль, да и случай был не слишком ясный, но санджакбей проделал большой путь от самого Нового Пазара лишь для того, чтобы лично попросить о помощи, — безусловно, его следовало выслушать. Санджакбей, армейский офицер в прошлом, излагал свои доводы в пользу немедленного военного вмешательства уже довольно долго. От возмущения он брызгал слюной, так что время от времени вынужден был прерываться и утирать рот, и почесывал затылок. До того как получить назначение в Новопазарский санджак, бей тридцать лет прослужил в Третьей армии, где прославился в основном свирепостью. Ходили слухи, что однажды он приказал вырезать целый болгарский город за то, что жители отказывались пускать его отряд на постой. Абдул-Гамид находил, что такая жестокость была излишней, но генерал Сипах-оглу особенно рекомендовал бея на пост в Новопазарский санджак, и великий визирь поддержал эту кандидатуру. Печально, что санджакбей оказался бездарным наместником, не смог самостоятельно справиться с таким простым делом. Следовало признать, что и на этот раз советники подвели его, надо было действовать по своему разумению.

Абдул-Гамид облокотился о диван и посмотрел на рукав кафтана, потом пропустил шелковую ткань между пальцами и потер, чтобы почувствовать переплетение нитей. У них с Джамалудином-пашой было столько важных дел, а вместо этого приходилось слушать бея, который все сильнее раздражал его. А ведь в это время шла война между сербами и болгарами, Пруссия в массовом порядке высылала евреев и поляков. Ну почему нужно докладывать о нападении на сборщика податей непременно самому султану? Вот что тревожит, так это греческая сепаратистская ячейка, которую Джамалудин-паша раскрыл в Салониках. Или нарастающее недовольство конституционалистов, которые требуют распустить парламент. Пока санджакбей говорил, султан обратился мыслями к событиям прошлого года и по привычке задумался о конгрессе, собравшем представителей Великих Держав в Берлине. По личному совету Бисмарка он послал самых опытных дипломатов в помощь Саддулаху-бею, но они оказались лишь пешками в большой игре: все, что от них требовалось, — усилить позиции Пруссии. Пока Великие Державы делили Европу, его эмиссары попивали аквавит со шведами и норвежцами. И это посланники когда-то великой Османской империи, зе́мли которой граничили с Веной на западе и Персидским заливом на востоке, — империи, с чьим мнением считались, чьего гнева страшились! Теперь же их повсеместно посчитают нацией рыбаков и пьяниц.

— Как вам известно, — заговорил Джамалудин-паша, прерывая монотонные жалобы санджакбея, — мы действительно посылали войска в Левант и Боснию в подобных случаях. Но вы должны признать, что прибегать к поддержке армии постоянно невозможно.

— Разумеется.

— Живи мы в совершенном мире, — продолжал великий визирь, расправляя пальцами кончики усов, — мы смогли бы поддержать каждого наместника, помочь всякому, кто нуждается в нашей поддержке, но, к сожалению, наш мир несовершенен.

— К сожалению.

Джамалудин-паша помедлил и сделал пометку в записной книжке:

— Не сочтите наше бездействие знаком пренебрежения, уважаемый бей.

— Ни в коем случае.

— Недавние события в Новом Пазаре и это последнее происшествие тревожат нас. При других обстоятельствах мы бы незамедлительно выслали войска. Однако сейчас это невозможно.

— Да, конечно, — ответил санджакбей, — благодарю вас за позволение изложить мою просьбу, паша.

— Не за что.

— Благодарю вас, ваше величество, — продолжал санджакбей, отвешивая глубокий поклон султану, — за ту честь, которую вы оказали мне, удостоив личной встречи.

— Мы всегда с вниманием прислушиваемся к нуждам наших подданных. Особенно тех, кто приезжает из отдаленных провинций.

— Да, ваше величество. Позвольте уверить вас в том, что спокойствие в Новом Пазаре будет незамедлительно восстановлено.

— Я уверен, что так и будет, бей, — сказал султан. — Сожалею, что не могу уделить вам больше времени.

С этими словами один из стражников проводил новопазарского санджакбея из зала. Когда дверь за ним закрылась, султан устроился поудобнее на диване, потом повернулся к великому визирю и сказал:

— Есть еще что-нибудь?

— Получено письмо от фон Сименса.

Абдул-Гамид вздохнул и прикрыл глаза. Лично участвовать в переговорах с банкирами и промышленниками было ниже его достоинства, но без их поддержки Багдадскую железную дорогу не построишь.

— Что вы намерены ему ответить?

— Я считаю, нужно пригласить его во дворец. Вы переговорите с ним, затронете лишь общие вопросы, а деталями займутся главы казначейства и Совет оттоманского долга.

Султан пробежал кончиками пальцев по краю подушки.

— Без них не обойтись? Без Совета?

— Думаю, нет.

Абдул-Гамид сжал губы и кивнул. Существование Совета оттоманского долга нарушало его суверенные права, но ничего нельзя было сделать. Империя погрязла в долгах, Совет был создан по требованию кредиторов. Другого выхода не было.

— Облегчить транспортное сообщение, — поспешил добавить Джамалудин-паша, — необходимо, чтобы оживить экономику провинций.

— Я знаком с аргументами в пользу строительства железной дороги! — резко оборвал его султан. — Мне также известно, как Берлин заинтересован в том, чтобы Багдад и Стамбул связала железнодорожная ветка. И ваши пропрусские настроения для меня тоже не тайна. Попрошу вас, паша, не прерывать мои мысли.

— Прошу прощения, ваше величество.

— Вышлите ему приглашение. Немедленно.

— Тотчас же распоряжусь, ваше величество.

Хотя султан понимал, что с визирями можно не церемониться, от этого разговора ему стало как-то не по себе: он почувствовал непреодолимое желание выйти на свежий воздух. Он кивнул страже, выскользнул из залы через заднюю дверь, зашел за новым полевым биноклем в библиотеку и направился в Тюльпанный сад. Утро было на диво ясное, яркое солнце согревало землю, как верный возлюбленный, но его тепла было пока недостаточно — тюльпаны еще не зацвели. Холодный воздух щекотал его лицо, пока он шел мимо спящих до поры цветов к Багдадскому павильону и дальше — к Слоновьему саду. Управление государством не терпит суеты. Правитель не должен сам биться в каждом сражении и входить в подробности каждой сделки, каждого договора, иначе он никогда не сможет сосредоточиться на главном — принять решение, которое определит судьбу империи. Но великий визирь этого так и не понял.

Абдул-Гамид помедлил, расправляя кафтан, потом присел на скамью в любимом уголке сада — под сенью вишневых деревьев. Наблюдение за птицами в это время года было, пожалуй, не слишком многообещающим занятием, хотя кто знает. Он раскрыл выстланный синим шелком футляр, вынул бинокль и навел на пролив. Новый бинокль, который изготовил по его специальному заказу сам Эмиль Буш, был просто чудом оптики, но смотреть пока было не на что. Несколько чаек парили над зубцами приземистой Галатской башни, белохвостый орел сидел на минарете мечети Али-паши. Султан собирался уже убрать бинокль, как вдруг его глазам предстало нечто необыкновенное: стая птиц, походивших на удодов с необычайно ярким, пурпурным с белым оперением, кружила над неким особняком где-то в Бешикташе. Несколько минут он наблюдал за ними, недоумевая, что же так привлекло стаю. Дом был самый обычный, разве что фасад выкрашен ярко-желтой и белой краской, никакая другая причина не приходила ему на ум.

Султан убрал бинокль и, к немалому удивлению, заметил пару пурпурных с белым удодов на ветке прямо у себя над головой. Птицы переговаривались между собой, поклевывая редкие белые бутоны, — последние несколько дней были обманчиво теплыми, и цветы начали распускаться, не дожидаясь весны. Абдул-Гамид смотрел, как птицы перепархивают с ветки на ветку. Удоды всегда ему нравились, с тех самых пор, когда он наблюдал за ними еще юным наследником. Они держались важно, с достоинством, как суверенные государи в кругу вассалов. В то же самое время мало кто из птичьего племени мог сравниться умом с удодами. Пусть они, так же как и другие птицы, купаются в пыли и строят гнезда из собственных испражнений. Но ведь именно удод, припомнил султан, принес царю Соломону слова царицы Савской, да-да, и у Фарида-ад-дина Аттара сказано, что именно удоды убедили других птиц отправиться на поиски великого Симурга. Абдул-Гамид был не слишком силен в латинских названиях, но это он помнил: Upupa Epops.

Он произнес название вслух, и в это самое время меньшая из двух птиц перепрыгнула на ветку как раз над его головой. Они обменялись долгими взглядами, удод порхнул вниз и сел рядом с ним на скамейку. Склонив голову, как будто в ожидании или пытаясь о чем-то попросить, птица запрыгала к нему. Не вполне уверенный в том, чего хочет от него птица, султан сорвал с ветки бутон и протянул ей. Удод подобрался поближе, взял бутон в клюв, как будто только этого и ждал, и полетел через пролив.

ГЛАВА 9

Для Элеоноры и ее отца потянулись стамбульские дни, очень похожие на первый. Лепешки с медом, оливками и рассыпчатым белым сыром на завтрак, потом в Перу — сначала в экипаже Монсефа-бея до фуникулера и оттуда вверх по холму, прогулка по Пере, во время которой Монсеф-бей покупал подарки Элеоноре, а иногда и Якобу. Сначала им обоим было неловко: Элеоноре оттого, что подарки были для нее в диковинку, — никогда раньше никто не дарил ей столько, а Якобу — от нежелания доставлять любезному хозяину беспокойство, о чем он неустанно твердил. Якоб несколько раз предлагал вернуть бею деньги за подарки, но его попытки успехов не имели. Монсеф-бей упорно повторял, что покупки не доставляют ему никаких хлопот, более того, приносят удовольствие. У него не было ни своих детей, ни племянников или племянниц, и он наслаждался, тратя деньги на прелестную девочку. Иначе зачем эти деньги вообще нужны? Когда хождение по магазинам заканчивалось, они шли обедать в какой-нибудь модный ресторан на бульваре, лакомились бореком, искандер-кебабом, жаренной на решетке рыбой, кюфтой, обвалянной в дробленых фисташках, и ломкой, припудренной апельсиновой цедрой кунафой. Затем спускались в ту часть базара, где торговали тканями. Там Монсеф-бей устраивал деловые встречи для Якоба. Поздно вечером они возвращались домой и расходились по комнатам, где каждый был занят своим делом.

Элеонора, как правило, усаживалась в кресло, которое стояло возле эркера, и читала обнаруженные в библиотеке бея «Песочные часы». Она совершенно случайно наткнулась на книгу, рассматривая полки в свой второй вечер в Стамбуле. Она как раз взбиралась по лесенке, чтобы полюбоваться внушительной коллекцией атласов, как вдруг на глаза ей попалась знакомая синяя с серебром обложка. Остаток вечера и многие-многие последующие вечера были отданы заключительным, триестским томам эпического романа. Элеонора уютно устраивалась в кресле, развернув книгу на коленях, и чувствовала, что ей нечего больше желать. Какое счастье было читать открыто, погрузиться в книгу без страха, что Руксандра, того и гляди, уставится ей через плечо. Время от времени девочка отрывалась от захватывающего чтения, чтобы выглянуть в окно: стая кружила в небе, опускаясь то на ветви деревьев, то на парапеты набережной, то на трубы пароходов, которые проплывали мимо красноватых от заходящего солнца холмов.

Она дочитала последнюю главу за несколько дней до предполагаемого отъезда из Стамбула. Ей хотелось немедленно перечитать всю эпопею от начала до конца, но впечатление от последних глав романа еще не улеглось, и она решила отложить чтение на один день. На ужин в тот вечер господин Карум подал им тушеного ягненка с баклажанами под соусом бешамель, потом вместе с Монсефом-беем они пошли в библиотеку, где их ждали кожаные кресла и огонь, потрескивавший в камине. Библиотека находилась в темной комнате, отделанной деревянными панелями. Ее главным украшением, помимо бесчисленных томов, были старинные глобусы и навигационные инструменты. На книжных полках от пола и до потолка теснились труды по языкознанию и географии, энциклопедии, биографические словари, сборники стихов, романы. Было там и довольно много богословских трактатов. Книги были искусно переплетены в марокканскую кожу всевозможных цветов. Пока господин Карум сервировал стол, расставляя тарелки с фисташковой пахлавой и чайные чашки, формой напоминавшие тюльпан, Монсеф-бей вынул доску — он собирался сразиться с Якобом в нарды. Доска для игры, инкрустированная крошечными ромбами темного кедра, была истинным произведением искусства. Элеонора смотрела, как большие руки бея скользят по поверхности, как он расставляет агатовые и стеклянные фигурки, и пыталась уловить смысл игры: почему шашки занимают именно эти места и как они двигаются по полю?

— Ты когда-нибудь играла? — спросил бей, заметив ее взгляд.

Элеонора почувствовала, что краснеет:

— Нет.

— Хочешь, научу? Это совсем недолго.

— Благодарю вас, — ответила Элеонора. — Но я лучше просто посмотрю, если вам это не помешает.

Она перевела взгляд с бея на отца, который был поглощен отрезанием кончика сигары.

— Совсем не помешает, Элли. Если чего-нибудь не поймешь, спроси.

Хотя и Якоб, и Монсеф-бей в жизни были людьми тихими, играли они страстно, с шумом передвигали шашки по доске и яростно трясли стаканчик с костями. Время от времени они останавливались отхлебнуть чая или выпустить облако сигарного дыма, но даже эти паузы не нарушали дыхания игры, не мешали стуку костей по доске и мельканию агата и стекла. Они играли, не задумываясь о следующем ходе, выкидывали кости отточенным движением мастерового, который в тысячный раз повторяет знакомую операцию. Оба сосредоточенно молчали, пока партия не закончилась.

— Забыл сказать, — проговорил Монсеф-бей, потряхивая кости в ладонях, — меня пригласили на прогулку по Босфору в честь семидесятипятилетия американского вице-консула. Она состоится завтра.

Якоб стряхнул в серебряную пепельницу столбик пепла.

— Мы с Элли найдем чем себя занять. Посмотрим Девичью башню или Румелихисар.

— Нет, — продолжил бей, выкидывая победный дубль. — Я хотел бы, чтобы вы с Элеонорой присоединились ко мне. Я редко выбираюсь на подобные приемы, но вам может понравиться. И уверяю вас, вы только окажете мне любезность. При обычных обстоятельствах я почти наверное отказался бы от этого приглашения, но сейчас мне неплохо было бы показаться в обществе.

Якоб подхватил игральную кость и постучал по ней кончиком ногтя.

— Мы так благодарны вам за все, — сказал он и обернулся к Элеоноре за подтверждением своих слов. — Нам будет очень грустно расставаться со Стамбулом.

Элеонора зажмурилась и кивнула. Конечно же, она знала, что наступит день, когда им нужно будет проститься с беем, со Стамбулом и с той жизнью, к которой она так быстро привыкла, но знать это и понимать, что час разлуки уже пришел, — совсем разные вещи. Ведь каждому известно, что настанет день, когда придется покинуть этот мир, но разве хоть кто-нибудь бывает к этому готов? Элеонора посмотрела на новые черные ботинки из лакированной кожи и стукнула каблуками:

— Поиграй со мной, папочка!

Не так уж ей хотелось играть, но кто знает, представится ли другая возможность сыграть на доске бея. Повисла пауза, Элеонора задумалась обо всех остальных неиспользованных возможностях, неосуществимых планах и мечтах, которые так и останутся мечтами.

— Я сыграю, — сказал бей, — если вы не возражаете, Якоб.

— Нет-нет, что вы. Одна партия никому не повредит. Просто... просто эти несколько недель тянулись так долго.

— Да, конечно, — ответил бей и повернул столик, чтобы удобнее было ставить шашки для новой партии. — Ты уверена, что хорошо поняла правила?

— Да, — сказала Элеонора, глядя на доску, — помоему, поняла.

Он вручил ей кости, она чуть помедлила, привыкая к ощущению холодка слоновой кости в ладонях, и выкинула единицу и двойку — хуже начала не придумаешь. Элеонора бросила взгляд на отца и склонилась над доской, раздумывая, как пойти. Потом сделала три хода влево.

— Не хочешь переходить? — спросил бей. — Так тебя будет легко атаковать.

Она отрицательно помотала головой.

— Смотри, — продолжал он, показывая ей возможные ходы, — если я выкину два или четыре, я побью тебя.

— Я уверена.

Бей повел плечом и выкинул восемь.

— Тогда, — сказал он и сделал последний глоток чая, — я пойду так.

К концу первой партии Якоб вовсю храпел, что должно было бы напомнить игрокам о позднем часе, но за первой партией последовала вторая, и только тогда, когда Элеонора обыграла бея дважды, они решили, что пора спать.

При свете масляной лампы Элеонора медленно поднималась к себе, в комнату, которую ей совсем скоро предстояло покинуть. Меньше чем через сорок восемь часов она скажет «прощай» и этому дому, и бею, и всему городу. А что потом? Путешествие по морю и беспросветная, тоскливая жизнь в Констанце. Элеонора зашла в комнату, одно окно было открыто. Подул ветер, огонь в лампе затрепетал, и Элеонора поежилась. Не успела она повернуться, чтобы закрыть дверь, как с одного из столбов, на котором покоился балдахин над кроватью, слетела птица.

Это был один из ее удодов. Птица уселась на подоконник и выжидающе застыла. Элеонора поставила лампу на прикроватный столик, подошла к окну, опустилась на колени перед подоконником и положила голову на перекрещенные руки. Удод принес ей влажный вишневый бутон, едва раскрывшийся, но с уже заметными белыми лепестками. Птица не улетала, она смотрела прямо на Элеонору, и пурпурный с белым хохолок на ее голове покачивался.

Элеонора взяла бутон и поднесла его к лицу.

— Ну почему мы не можем остаться в Стамбуле? — сказала Элеонора вслух.

При звуке ее голоса удод склонил голову набок, как будто прислушиваясь к словам. Элеонора смотрела на огни города, которые сверкали, как пригоршня шаловливых звезд, пойманных неводом пролива. Она вздохнула, а город погрузился в сон. Земля замедляла ход.

— Если бы я могла остаться. Вот бы остаться в Стамбуле навсегда.

При этих словах пернатый посетитель запрыгал по подоконнику и вылетел в окно. Развернувшись в полете, он снизился к самой воде и, нагнав стаю, скрылся в ночи.

На следующее утро она проснулась оттого, что в комнату вошла госпожа Дамакан со стопкой полотенец в руках и с кувшином горячей воды. Хотя первое купание стало для Элеоноры некоторым потрясением, теперь она каждый раз с нетерпением ждала, когда же госпожа Дамакан наберет полную ванну горячей воды, от которой пощипывает все тело, ждала приятного запаха жасминового мыла и похрустывания согретого полотенца. Больше всего она любила заключительную часть процедуры, когда старая служанка усаживала вытертую насухо и одетую Элеонору на обитый красным бархатом стул и принималась расчесывать ей волосы, напевая какую-то татарскую песню. Мелодия переносила девочку в прошлое, словно бы она видела фрагменты почти забытого сна. Только тогда, когда последняя пуговка на платье была застегнута и можно было спускаться к завтраку, Элеонора поняла, что госпожа Дамакан, возможно, купала ее в последний раз.

Когда Элеонора с отцом и Монсефом-беем подъехали к причалу в Бешикташе, ее стая была в сборе. После того как последний гость вице-консула взошел на борт и пароход отошел от причала, несколько удодов отделились от стаи и последовали за Элеонорой. Птицы держались на почтительном расстоянии. Монсеф-бей посмотрел на них, потом взглянул на берег в сторону своего дома, где они провели несколько последних недель. Он как будто бы собирался что-то сказать, но потом передумал.

С Босфора дул резкий ветер, а небо было того же оттенка синего, что и изразцы, украшавшие мечеть султана Ахмеда. Элеонора взяла у отца платок и одной рукой махала портовым рабочим и матросам, суетившимся возле павильона на берегу, а другой держалась за поручень. На ней было платье цвета свежей листвы, с короткими рукавами-буф и пышной юбкой из тафты, совсем как те модели, что были выставлены в витрине магазина мадам Пуаре. Как же давно она впервые прошлась по Пере, думала Элеонора, а между тем они пробыли в Стамбуле меньше трех недель. Она так много узнала об этом городе, да и о жизни вообще, а теперь, что бы она ни говорила, как бы ни сопротивлялась, им придется возвращаться домой. Мысль о скором отъезде была невыносимой. Остаться бы в Стамбуле навсегда.

Тем временем бей подозвал проходившего мимо официанта, взял с подноса пару бокалов и подал один Якобу.

— Шерефе![1] — воскликнул он, поднимая бокал.

Якоб поднял свой в ответ:

— Шерефе!

В тот день, по словам Монсефа-бея, на борту находились: леди Кэтрин де Берг, прусский военный атташе, художник-авангардист из Вены, который уже приобрел скромную известность, посол Франции, мадам Корвель и, разумеется, сам вице-консул. Консула не было: его вызвали утром по неотложному делу, связанному с депортационной политикой Пруссии. Элеонора прислонилась спиной к поручню и смотрела, как одетые в красное официанты с подносами, полными икры и канапе, лавируют среди одетых в смокинги и пышные платья гостей. У каждого в руке был бокал, а в каждом бокале лежал кубик льда, в котором отражалось солнце. Бей разговаривал с немолодой американкой, а Якоб только что опустошил свой бокал и подхватил крошечный волован с подноса. Он как раз отправлял его в рот, когда Элеонора заметила преподобного Джеймса Мюлера, пробиравшегося к ним через толпу.

— Мой дорогой Коэн! Какая негаданная радость!

---

[1] Традиционный турецкий тост.

Они сердечно пожали друг другу руки, потом Якоб притянул преподобного к себе и поцеловал его в лоб.

— Монсеф-бей, — сказал он, выпустив Мюлера из объятий, — разрешите представить вам моего доброго друга и попутчика преподобного Джеймса Мюлера. Он американец, из штата Коннектикут, и ректор Робертс-колледжа.

— Весьма польщен, — ответил бей, и они обменялись рукопожатием.

— А это, преподобный Мюлер, мой радушный хозяин, дорогой друг и деловой партнер Монсеф Барк-бей. В Стамбуле не найдется человека лучше.

— Монсеф Барк-бей, — вступил в разговор преподобный, — это имя повторяют все и каждый с самого моего приезда в Стамбул. Очень рад нашей встрече.

— И я наслышан о вас, преподобный Мюлер.

— Надеюсь, ничего дурного.

Бей сделал глоток и усмехнулся:

— В целом только хорошее.

— Ну, этого уже вполне достаточно.

— Я полагаю, вы знакомы с юной госпожой Коэн, — сказал бей, отступая на шаг, чтобы дать Элеоноре возможность вступить в разговор. — Очень смышленая молодая особа и искушенный игрок в нарды, как выяснилось вчера вечером.

— Неужели?

Элеонора отвела взгляд и посмотрела на носки своих светло-зеленых туфель, думая, хорошо ли они смотрятся на фоне палубы.

— Вчера вечером она дважды разбила меня, — сказал бей. — И поражение было сокрушительным.

Хотелось бы приписать ее победу удаче, но, знаете, у нас говорят, что человек ищет удачу, но удача находит человека.

— Понимаю, — сказал преподобный, несколько возвысив голос, как он всегда делал, цитируя кого-нибудь. — Удача важна в любом деле. Закидывай крючок, и рыба клюнет там, где меньше всего этого ожидаешь.

— Не думаю, что тут дело в удаче, — встрял в разговор Якоб. — Помните, я говорил вам на пароходе, она читает все, что попадает ей в руки?

— Все? — переспросил преподобный Мюлер. Он перехватил Элеонорин взгляд и скривил губы в усмешке. — И какая же ваша любимая книга, госпожа Коэн?

— Ну же, Элли, — сказал отец и положил руку ей на плечо, — скажи ему, какая твоя самая любимая книга.

Она смотрела на них, чуть жмурясь от яркого солнца. По правде говоря, она всего-то и прочла что пару десятков книг.

— Ну, — протянула она, — моя любимая — «Песочные часы».

— Сколько, говорите, вам лет? — спросил преподобный, наклоняясь к ней.

— Восемь.

— Восемь, — повторил он. — И уже читаете романы. Да, недурно. Весьма недурно.

Преподобный Мюлер как раз собирался развить свою мысль, когда к нему подошла энергичная молодая женщина, тронула за плечо и зашептала на ухо. На ней было удивительное оранжевое платье: спереди оно было отделано белым кружевом, а сзади собрано в огромный турнюр. Элеонора решила, что женщина похожа на какую-то редкую улитку.

— Прошу прощения, — извинился преподобный. — Мадам Корвель напомнила мне об одном обязательстве. Я отлучусь на одну секунду.

— Разумеется, — ответил бей. — Я как раз собирался проводить Коэнов на корму. Оттуда открывается великолепный вид. Присоединяйтесь к нам, когда освободитесь.

— С удовольствием, — ответил преподобный Мюлер, потом повернулся к Якобу и продолжил: — Дорогой друг, нам надо обсудить с вами один вопрос. Не думайте, что я забыл тот тебризский ковер, который, по вашим словам, так подойдет к моему кабинету.

— Да, — ответил Якоб. — Хереке. Но об этом успеется.

— Успеется, — отозвался преподобный, и мадам Корвель увлекла его за собой.

С кормы открывался воистину великолепный вид. Солнце чуть оттеняло яркую голубизну утреннего неба, на котором не было ни облачка. Дворец Топкапы превратился в точку на горизонте, и только купола самых высоких минаретов виднелись за холмами. С кормы берега́ Босфора казались длинной полосой густого хвойного леса, которую через каждые пару километров прерывал орнамент из деревень, причалов и пивших чай мужчин в поношенных фесках. Воздух был солоноватый, пропитанный дымом и ароматом сосен. Элеонора глубоко вздохнула, принюхалась и решила сохранить запах в памяти. Он будет напоминать ей о Стамбуле.

Но память так же непостоянна, как и судьба.

Они простояли на корме совсем недолго, как вдруг поднялся ветер. При первом ударе волны Элеонора схватила отца за руку, а он уцепился за поручень. Якоб хотел что-то спросить у Элеоноры, но тут его лицо исказила гримаса, как если бы он увидел призрака, щеки ввалились, он позеленел, пробормотал, что это, должно быть, морская болезнь, схватился руками за живот, бросился на нос и чуть не упал, споткнувшись о запасное весло.

— Прости меня.

Шаги Якоба затихли вдалеке, ветер донес звуки веселья с носовой части палубы. Элеонора сморгнула, бей открыл рот, словно собирался что-то сказать. В этот момент раздался взрыв, судно накренилось и стремительно пошло ко дну под крики ужаса, долетавшие с нижней палубы.

ГЛАВА 10

Утро будто бы затерялось в гусином пухе и тенях. Осторожные шаги и шепот, бакланы как заведенные носятся над водой, их клекот смешивается с громкими криками лепешечника. Некоторое время спустя одинокие крики растворились в городском шуме, стуке колес по мостовой, крике торговцев рыбой, призывах муэдзинов, заунывном вое бродячих собак — привычных контрапунктах стамбульского многоголосья, смысл которого в одном: жизнь продолжается. Что бы ни случилось.

Когда звуки нового утра проникли в комнату, Элеонора лежала под грудой одеял, свернувшись, как сухой чайный лист, и прерывисто дышала в своем беспокойном сне. Стук в дверь вырвал ее из мира дремоты, хотя все, на что она была пока способна, — понять, что ей не хочется возвращаться к реальности. Послышалось шарканье комнатных туфель, звякнула ложка, госпожа Дамакан положила худую шершавую ладонь на Элеонорин затылок. Тепло этой чужой руки заставило ее вздрогнуть.

— Завтрак на столике у кровати, — тихонько окликнула ее госпожа Дамакан и, шаркая, вышла из комнаты.

Элеонора подождала, пока не закроется дверь, и только потом перевернулась на спину. С накрытого крышкой подноса доносился запах сваренных вкрутую яиц и лепешек, но она совсем не хотела есть. Девочка с головой накрылась одеялом, зажмурила глаза и свернулась клубком. В висках стучало, подкатывала тошнота. Она окончательно проснулась, но воспоминания о предыдущей ночи были пока довольно смутными, как будто караван то появлялся на горизонте, то скрывался из виду за огромным песчаным барханом. Сначала холодная вода, потом укус медузы за лодыжку, бей протягивает к ней руки, а потом она понимает, что отца больше нет.

Элеонора поперхнулась, желудок скрутило. Тогда она выдохнула из легких весь воздух, а потом набрала его снова. Жизнь раскололась пополам. То, что бывает только с незнакомыми людьми, соседями, героями романов или горемыками из газетной хроники, случилось с ней. Она прижала подушку к животу и невидящим взглядом уставилась на белый кружевной полог над кроватью. Отец мертв, он лежит на дне Босфора или на берегу, с другими погибшими, а может, его только что опустили в могилу, или... или... Одно было несомненно: он мертв. Она вновь и вновь возвращалась к этой мысли, пыталась посмотреть с разных точек зрения, но это было все равно что смотреть на солнце: глаза устают и ничего уже не разглядишь.

Все утро в голове Элеоноры роились невысказанные, страшные, как черные вороны, вопросы. Что делал тот удод на подоконнике? Как это связано с ее желанием остаться в Стамбуле? А что, если смерть отца и всех остальных – не несчастный случай? А вдруг это все из-за нее, из-за глупого ребяческого желания остаться? Элеонора вздрогнула и накрыла голову подушкой. Она хотела заснуть и не просыпаться, пока жизнь не вернется в обычную колею. Или хотя бы избавиться от всех этих вопросов. Но человек предполагает, а Бог располагает. Приговор судьбы свершился, и черный вихрь, зародившийся в яви, теперь трепал ее и во сне.

Позже, а может быть, это был уже следующий день, бей постучал в Элеонорину дверь и позвал ее по имени. Она не ответила, хотя бодрствовала. Ей не очень-то хотелось разговаривать. Ей вообще ничего не хотелось, разве что оставаться в постели, да и то за неимением лучшего. Бей дважды постучал и позвал ее, прежде чем войти. На нем был все тот же синий свежеотглаженный костюм и галстук, но лицо осунулось, и глаза запали. Сначала он не заметил Элеонору, которая зарылась в одеяла и подушки, как испуганная лисица в нору, но потом их глаза встретились. Оба замерли, глядя друг на друга, потом бей прикрыл за собой дверь и опустился на красный бархатный стул у кровати:

– Я пробовал связаться с твоей тетей Руксандрой.

Элеонора оторвала голову от подушки, чтобы лучше слышать, что он ей говорит.

– Не знаю, помнишь ли ты, – заговорил он, сжимая руки у самого рта, – о том, что случилось вчера.

Она кивком подтвердила, что все помнит и знает, и почувствовала, что ее губы дрожат.

— Власти еще ищут уцелевших, — продолжал он, кладя руку на спинку кровати, — хотя надежды почти никакой.

В комнате повисла тишина, бей встал и подошел к окну, тому самому, у которого Элеонора произнесла вслух роковые слова. Он посмотрел на суетившихся на берегу людей, потом извлек из жилетного кармана часы и несколько раз в задумчивости открыл и закрыл крышку.

— Я попытался связаться с твоей тетей, — повторил он, разглаживая кончики усов. — К сожалению, ответа еще нет.

Бей пересек комнату и опять сел на стул рядом с кроватью.

— Я не сомневаюсь, что она ответит мне в ближайшие дни, — продолжал он, — а покамест ты желанная гостья в этом доме.

Элеонора кивнула. Она подумала, что надо бы что-то сказать, что так полагается делать, но сама мысль, что нужно что-то произносить, была ей нестерпима.

— У тебя есть кто-нибудь еще, кому можно было бы написать?

Элеонора застыла и почувствовала, как слезы наполняют глаза. У нее больше никого не было. Она сирота, одна на всем белом свете, не считая Руксандры. Рыдания наконец прорвались наружу, и Элеонора уткнулась лицом в подушку. Когда она подняла голову, бея в комнате уже не было.

Элеонора провела в постели почти целую неделю, то забываясь целительным сном, то просыпаясь в холодном поту от страшных ночных видений. Дважды в день госпожа Дамакан приносила поднос с едой, которая оставалась почти нетронутой, Элеонора съедала разве что ломтик сыра или кусочек вареного яйца. Она расставалась с успокоительным теплом одеял и подушек только для того, чтобы облегчиться и умыть лицо. Почти все остальное время она спала, потому что сон уносил печаль. И молчала. После того, что случилось с Якобом, она еще не произнесла ни слова. Молчание становилось привычным, спасительным плащом-невидимкой. Мир за пределами спальни превратился в размытое пятно. Она не знала, здесь ли птицы или нет, и ей было все равно. Краем глаза она улавливала вспышки пурпура за окном, хотя кто знает, может, это ей только снилось?

Однажды утром, через неделю после гибели Якоба, госпожа Дамакан вошла в комнату Элеоноры с полотенцем вместо подноса. Так как за эти дни Элеонора убедилась в том, что идти по пути наименьшего сопротивления легче всего, она соглашалась со всем, что ей предлагали, поэтому она позволила служанке увлечь себя в купальню, раздеть и отмыть вялое, почти безжизненное тело. После купания госпожа Дамакан оставила Элеонору одну перед зеркалом. На ней было то же синее бархатное платье, в котором она провела свой первый вечер в Стамбуле. Она чувствовала себя слабой, как после болезни, чистой и совершенно опустошенной, без сил и надежд. Она подошла к окну, открыла его впервые за неделю, вдохнула первые запахи весны и вспомнила то место из второго тома «Песочных часов», где описывалось состояние госпожи Холверт после гибели ее любимых родителей: «Первые бутоны раскрывались без сожалений о прошлом, каждый лепесток острыми кинжалами пронзал все ее существо, вспарывал вены, как жнец, острым серпом срезающий колосья. А она думала, что раны уже затянулись. Но такое уж время весна. Как бы ни хотели мы остановить ее бег, помешать движению, жизнь побеждает. И это ее торжество оскорбляет и память о смерти, и память, и самую смерть».

Элеонора глубоко вдохнула, перед тем как закрыть окно, и почувствовала, как колючий воздух наполняет легкие. Потом она вышла из комнаты и спустилась в столовую. Бей как раз заканчивал завтрак. Она стояла в проеме двери, держа в руках листок бумаги и перо. Рот был крепко сжат, а волосы еще не до конца обсохли.

— С добрым утром, госпожа Коэн.

Элеонора кивнула и опустилась на стул напротив, посмотрела бею в лицо, как будто видела впервые, взяла перо и написала:

«С добрым утром».

Бей прочел и кивнул в ответ, не выказав никакого удивления такому способу изъясняться.

— Ты позавтракаешь?

«Да, — написала она, подумала немного и добавила: — Спасибо».

Стол был накрыт, как обычно. Но сегодня вид привычных блюд вызывал у нее приступы дурноты. Элеонора все же решилась поесть. Пристально глядя на еду на подносе, она взяла оливку и положила за щеку. Жевать упругую солоноватую массу было тяжело, она едва сдержала тошноту, вынула косточку изо рта и отщипнула кусочек лепешки, намазанной малиновым вареньем. Но сегодня у всего был слишком резкий вкус: варенье показалось ей приторным, лепешка — грубой, а сыр был нестерпимо соленым. Что бы она там ни писала, утро вовсе не было добрым. И трудно представить, что когда-нибудь хоть одно утро еще будет добрым.

Она сидела напротив бея в холодной и пустой столовой, а мысли о том, что случилось с отцом, метались в ее мозгу, как мыши, застигнутые врасплох на кухонном столе. Ведь она была с беем, когда корабль начал тонуть, держалась за тот же обломок дерева. Потом, уже на берегу, куталась в мокрое шерстяное одеяло и крепко цеплялась за его локоть, почти висела на нем, и ее глаза широко раскрывались от леденящего ужаса — она начинала понимать, что ее жизнь изменилась навсегда. Так они и простояли до глубокой ночи, Элеонора и бей, вздрагивая каждый раз, когда море отдавало тела погибших. К утру положение дел прояснилось: все те, кого не удалось спасти сразу же после крушения, погибли. Среди них были и американский вице-консул, и мадам Корвель, и посол Франции, бóльшая часть команды, знаменитый русский генерал Николай Каракозов и ее отец Якоб Коэн. Все они были мертвы.

— Чего только не бывает в жизни! — начал было бей, но тут же замолчал, как будто ему захотелось привести мысли в порядок. После секундного размышления он продолжил: — От Руксандры по-прежнему нет новостей. Боюсь, она не получила моих телеграмм. Ты можешь оставаться у меня сколько захочешь. Твой отец был моим другом, и это самое малое, что я могу сделать в его память.

Он прочистил горло, сделал последний глоток мутноватого кофе и перевернул чашку на блюдце. Подождал, пока гуща не растечется по стенкам, поднял чашку и принялся изучать содержимое. Он вглядывался в кофейную гущу, потряхивал чашку, подносил ее к свету, пока наконец не встретился взглядом с Элеонорой.

— Удача, — усмехнулся он. — Мне пора. Хочешь чего-нибудь? Что тебе привезти?

Она покачала головой.

«Нет, спасибо».

Бей посмотрел ей в глаза, пытаясь прочесть в них честный ответ. Она снова покачала головой.

Бей попрощался и ушел. Элеонора еще довольно долго вглядывалась в свое отражение на гладкой поверхности стола, а сверкающие подвески люстры свисали над ней, как хрустальные лезвия. Когда она оторвала взгляд от смутных теней, у буфета стоял господин Карум с видом робкой собаки, которая ждет приказаний нового хозяина. Он как раз собирался убирать со стола, но заметил Элеонору и не решился нарушить ее горестное одиночество.

Элеонора взяла свое перо и бумагу, встала из-за стола и вышла из комнаты. Она прошла через большой зал, где с портретов на стенах смотрели на нее скорбными глазами предки бея. Дверь из зала вела в библиотеку. Элеонора постояла перед ней, тронула ручку: замок щелкнул и дверь подалась. Она села в кожаное кресло, то самое, в котором сидела в ночь перед катастрофой. Неужели всего неделю назад отец сидел рядом с ней, на этом самом стуле, пил чай и играл в нарды? Неужели столько всего могло произойти лишь за несколько дней? Она всхлипнула и уткнулась носом в обивку стула в надежде, что та все еще хранит отцовский запах. Но, увы, аромат кожи перебивал все.

Следующие несколько недель Элеонора заново привыкала к обычной жизни, и хотя это мало ее утешало, по крайней мере занимало время. Каждое утро после купания она брела к столу и старалась поесть, хотя ей редко удавалось проглотить больше одного яйца или лепешки. После завтрака бей уходил по делам, господин Карум убирал со стола, а она слонялась по дому, дремала, свернувшись в кресле в гостиной, или читала у себя в комнате. Время тянулось бесконечно, она сидела у окна и перечитывала «Песочные часы», покусывая прядь волос. Теперь она знала, что ждет каждого из героев, и глубокомысленные сентенции о том, что наша жизнь подчинена высшему плану, суть которого мы не способны представить и понять, мало утешали. Иногда она отрывалась от страниц и уносилась мыслями вдаль, следом за облаками. Иногда по вечерам, когда воды в проливе не было видно из-за лодок, она наблюдала за юркими суденышками и важными неторопливыми пароходами, которые направлялись к Черному морю. Но чаще всего она просто читала. Так она отвлекалась, забывала о собственном горе, мысленно переносясь то в Бухарест, то в Триест, и только крики муэдзинов и темнота, опускавшаяся на город по вечерам, напоминали о том, что время в ее собственном мире тоже не остановилось.

Шли недели, но Руксандра молчала, и Элеоноре становилось ясно, что она задержится у Монсефа-бея на неопределенное время. Мысль остаться в Стамбуле нравилась ей, тем более что она не очень-то и хотела, чтобы тетя забрала ее в Констанцу, хотя то, что Руксандра не отвечает, задевало девочку. Бей, наверное, прав: она просто-напросто не получала его телеграмм. Но от этого Элеонора чувствовала себя еще более одиноко, словно о ней забыла не только тетя, но и весь мир, как будто ее имя стерли со страниц книги жизни, а саму ее забросили на необитаемый остров посреди океана.

Как бы то ни было, Элеонора была благодарна бею за великодушие, ей уже почти начинала нравиться жизнь в его доме. Между ними не было никаких формальных договоренностей, они ни разу не заговорили об условиях, на которых она остается, все, что было сказано, — она желанная гостья бея и может жить у него сколько пожелает. Им было легко и уютно вместе, хотя бо́льшую часть дня каждый был занят своими собственными делами. Она не задавала ненужных вопросов. Каждое утро сразу после завтрака бей уходил по делам и не возвращался до позднего вечера. Они ужинали вместе по крайней мере трижды в неделю. Если же бей не возвращался к вечерней трапезе, господин Карум приносил холодный ужин в комнату Элеоноры, и она съедала его в одиночестве, потом задувала лампу и засыпала.

Все это время самым близким и постоянным компаньоном Элеоноры была госпожа Дамакан. Она купала девочку по утрам и постоянно заходила к ней справиться, не нужно ли чего. Она приносила книги, чай, дополнительные одеяла и лакомства с кухни. Просыпаясь, Элеонора часто заставала госпожу Дамакан в комнате — служанка сидела на стуле подле кровати. Однажды Элеонора проснулась от тихого мурлыканья госпожи Дамакан.

— Когда-то давно я пела тебе эту песню. — Она слегка улыбнулась.

Госпожа Дамакан замолчала, но Элеонора все еще слышала звуки песенки, которая будто потягивала за разрозненные ниточки ее воспоминаний. Потом она исчезла, растворилась, как чайка в густом тумане.

ГЛАВА 11

Унылый звон доносился с колокольни Робертс-колледжа. Звук наполнил дом преподобного Джеймса Мюлера и пробудил его от полуденного сна. Это был первый сигнал к ужину — три коротких удара приглашали младших школьников к столу. Преподобный прижался подбородком к холодной коже кресла, в котором заснул, и задумался о планах на вечер. Он ужинает с Монсефом-беем, это он помнил, но вот когда? Он зевнул, встал, подошел к письменному столу у противоположной стены и тут же опять сел, на сей раз на стул, пошарил среди бумаг и извлек письмо:

Преподобный Джеймс Мюлер,

приглашаю Вас поужинать с госпожой Элеонорой Коэн и со мной в этот четверг. Как Вы, вероятно, понимаете, госпожа Коэн чрезвычайно опечалена гибелью своего отца. Тем не менее я уверен, что она будет рада встрече с Вами. Прошу прислать ответ с посыльным, который доставит Вам письмо. Мы ужинаем в половине восьмого.

Искренне Ваш,

Монсеф Барк-бей

Половина восьмого. Рановато для вечерней трапезы, но что ж теперь делать. Он послюнявил пальцы, подцепил листок и внимательно рассмотрел его в свете настольной лампы. Водяной знак роскошного писчебумажного магазина в Риме, записка написана совсем недавно, а бумага пожелтела по краям. Похоже, дела у бея идут не так хорошо, как принято считать. Как бы то ни было, приглашение пришлось как нельзя кстати. Теперь, когда по городу закружили совершенно невероятные слухи о причинах крушения судна, любые сведения пойдут нарасхват, как горячие пирожки. Военное министерство и великий визирь будут довольны отчетом о частной жизни Монсефа-бея, а Джеймсу так нужно заслужить одобрение и того и другого. Конечно, Мюлер всерьез не подозревал Монсефа ни в чем, кроме участия в литературных кружках и пылких обсуждениях трудов Руссо, но при таком давлении со стороны как турецких властей, так и американцев даже самые невинные с виду камни нужно переворачивать — вдруг под ними затаилась ядовитая тварь.

Преподобный повертел письмо в руках, отложил его в сторону и погрузился в изучение документов, которые ему посчастливилось добыть несколько дней назад, на приеме у немецкого адмирала Круппа. Они оказались не слишком-то важными: пара писем, документы на покупку участка земли где-то под Штутгартом и газета с заметками на полях. Преподобный не очень-то полагался на свой немецкий, поэтому решил, что внимательно посмотрит бумаги попозже — со словарем. Ведь никогда не знаешь, что окажется действительно важным. Заметки на полях могут быть зашифрованной информацией о военно-морских учениях или планами строительства новых железных дорог.

Преподобный вздохнул и повертел головой, разминая шею. К заботам по колледжу прибавлялась перспектива провести вечер в компании словаря, кроме того, накопилось множество мелких дел: бумаги не разобраны, книги стоят на полках как попало, на столе высилось по крайней мере двенадцать бумажных пиков, каждый из которых венчал кучу документов, требующих внимательного изучения. Он обмакнул перо в чернильницу, и на бумаге появился список дел на ближайшие три дня. Довольный результатом, преподобный положил лист посреди стола и пошел переодеваться к ужину.

Когда преподобный Мюлер вышел наконец из дому, яркое, как апельсин, солнце садилось в сосны за Тепебаши. Преподобный остановился на гребне скалы, нависавшей над Босфором, заслонил глаза от слепящего света и вгляделся в даль пролива: немецкий броненосец скользил к Мраморному морю. Прямо под ним лежали зубцы Румелихисара, той самой крепости, откуда четыреста лет назад Мехмед Фатих вел осаду Стамбула. Попечители не ошиблись, выбирая место для колледжа. Да, в уставе Робертса было записано, что цель учреждения — «учить молодежь Османской империи, нести ей знания о современном мире», но мало для кого было секретом, что часть американского персонала колледжа, как и сам преподобный, сотрудничала с Военным министерством на постоянной основе. Он не видел в этом никакого противоречия, никакого конфликта интересов. Если можно служить своей стране и в то же время обучать детей другой — что в этом плохого? Досадно только, что иногда сбор информации уводил его так далеко от исполнения обязанностей ректора Робертса, его главнейшей заботы.

Преподобный Мюлер спускался с холма по тропинке, которая змеей вилась через древнее кладбище. Время не пощадило его. Место было жутковатое; на надгробиях, каждое из которых венчала высеченная из камня феска или тюрбан покойного, было не разобрать надписей. Он старался не думать о костях, по которым шел, и о плоти, когда-то облекавшей их. Джеймс миновал кладбище, и перед ним открылся вид на дом Монсефа-бея: старый ярко-желтый исполин расположился у самого берега. Внутри преподобному никогда не доводилось бывать, но он часто обращал внимание на особняк во время прогулок. Дом всегда напоминал ему о раскрашенном слоне, на котором он ездил однажды в Калькутте. Такие вот шутки шутит с нами память.

Подойдя поближе, он заметил живую гирлянду пурпурных удодов, — похоже, именно эту стаю он заметил на причале в день катастрофы. Он вспомнил, что ему и раньше уже случалось видеть этих птиц, только вот где? Преподобный вышел на дорожку, которая вела прямо к дому, и остановился посмотреть на птиц и перевести дыхание. Под мышкой у него был потрепанный томик адаптированных переводов из Геродота, который он захватил в самый последний момент. Джеймс заглянул под красную с золотом обложку, но тут залаяла собака, он вздрогнул. Этот момент никак бы не задержался в его памяти, не подними он голову и не заметь Элеонору, которая наблюдала за ним из окна. Когда она поняла, что ее увидели, она не улыбнулась и не помахала, не отошла и даже не попыталась притвориться, что ее внимание направлено не на него Она просто стояла и смотрела пустым, ничего не выражавшим взглядом. Странный ребенок. Они замерли, разглядывая друг друга, потом преподобный отвернулся и постучал в парадную дверь.

— Прошу вас, — сказал дворецкий. — Преподобный Мюлер?

— Да.

— Прошу вас, проходите. — Он придержал дверь, пропуская гостя. — Я сообщу Монсефу-бею, что вы здесь.

— Чудесно.

В отличие от кричащего фасада передняя была обставлена изысканно, сочетая классический османский стиль со стилем Людовика XVI. Преподобный поправил шейный платок и осмотрелся. Будь он настоящим агентом, он бы не упустил случая пошарить в ящиках или, по крайней мере, обследовать замки на двери. Оглядевшись по сторонам, он решил хотя бы бросить взгляд на визитные карточки, лежавшие на столе. Ничего интересного, впрочем, нельзя же рассчитывать, что заговорщики открыто оставляют свои визитки в передних. Когда преподобный оторвался от созерцания карточек на столе, Элеонора стояла на лестнице и смотрела на него тем же пустым, слегка подозрительным взглядом. Даже издалека было заметно, что лицо у нее бледное и осунувшееся, глаза запали, а веки покраснели. В руке она держала листок бумаги и перо. Потом она сошла по ступеням, ступая осторожно, совсем как старушка.

Преподобный Мюлер шагнул навстречу, изобразил на лице сочувствие и сказал:

— Примите мои соболезнования.

Элеонорин подбородок вздрогнул, но она не произнесла ни слова в ответ.

— Он был честным человеком, — продолжил преподобный, — хорошим человеком и очень вас любил.

Она приложила палец к губам и покачала головой.

— Госпожа Коэн молчит со дня катастрофы.

Преподобный Мюлер обернулся и увидел бея, который стоял в глубине коридора.

— Когда ей хочется что-то сказать, она пишет на листке бумаги.

— Да, — ответил преподобный, — понимаю.

— Конечно, это не очень-то удобно, но она решительно отказывается разговаривать.

Они оба посмотрели на Элеонору, которая так и стояла у лестницы, после чего бей вежливо произнес:

— Позвольте проводить вас в столовую.

Преподобный сел слева от хозяина и напротив Элеоноры и предпринял еще одну попытку завязать разговор с девочкой.

— Так вы умеете писать? — спросил он, расправляя салфетку на коленях. — Это очень похвально. Кто же вас научил?

Элеонора взяла перо, написала что-то на листке и повернула, чтобы он мог прочитать:

«Папа».

— Понятно, — он снова разгладил салфетку, — конечно, кто же еще.

Преподобному не удалось продолжить свои расспросы — в столовой появился господин Карум с тремя серебряными блюдами, которые он тотчас же поставил перед едоками. На ужин подали жареного ягненка с морковью на подушке из сладкого булгура. Компания за столом подобралась не слишком разговорчивая, но еда оказалась отменной. Ягненок был приготовлен именно так, как следует: хрустящая корочка снаружи и чуть-чуть крови у кости, морковь напоминала спелый фрукт, а булгур хранил нотки апельсиновой цедры, с которой его томили. Единственное, чего не хватало за столом, так это беседы. Не считая дежурного обмена любезностями и просьб передать соль да мерного позвякивания серебра по тарелкам, они ели в полной тишине.

— Интересные настали времена, — попытался завязать разговор преподобный.

— Совершенно с вами согласен.

— Не помню таких беспорядков и неразберихи со времен нашей гражданской войны. Махдисты, сербы, армяне, евреи — все требуют невесть чего. Весь мир чего-то требует.

Бей кивнул с задумчивым видом.

— Покричат и перестанут, — сказал он.

— Но многие считают, что наступает заря новой жизни.

— Мало ли кто что считает.

Преподобный отрезал ломтик мяса и тщательно прожевал его, прежде чем повторить попытку вовлечь бея в спор.

— Находятся люди, которые говорят, что скоро вся политическая система решительно переменится.

Бей вежливо улыбнулся, но не заглотил наживку. Он явно не хотел поддерживать разговор на эту тему, тогда Джеймс обратился к Элеоноре.

— Если я не ошибаюсь, — сказал он, — вы большой книгочей. Что же вы читали в последнее время?

Элеонора смутилась, но, как он и ожидал, воспитание не позволило ей оставить вопрос без ответа:

«Я перечитываю „Песочные часы“».

— Перечитываете?

«Да».

— Потому что не все поняли с первого раза?

«Нет, — написала она. Потом, почувствовав, что такого короткого ответа недостаточно, добавила: — Там были слова, которых я не знала, но можно было догадаться по контексту».

Преподобный помолчал, а потом, вместо того чтобы продолжить расспросы, вынул потрепанного Геродота, выбрал короткий рассказ и протянул книгу Элеоноре.

— Не согласитесь ли вы прочесть вот это? — сказал он, указывая ей на начало отрывка.

Она кивнула, как будто в такой просьбе за обеденным столом не было ничего необычного, и склонилась над страницей, водя пальцем по строчкам. На середине отрывка она остановилась.

«Что он имеет в виду, — написала она, — говоря, что воздух наполнен перьями?»

Преподобный перегнулся через стол, взял книгу и прочел вслух, чтобы бей тоже мог их слышать:

— «Об упомянутых перьях, которыми, по словам скифов, наполнен воздух и оттого, дескать, нельзя ни видеть вдаль, ни пройти...»[1]

Неподходящий он выбрал отрывок для проверки сметливости восьмилетнего ребенка, но что сделано, то сделано. Он пробежал глазами по строчкам и остановился на том месте, где Геродот объяснял значение перьев.

— Вот и ответ, — сказал он и прочел вслух: — «К северу от Скифской земли постоянные снегопады, летом, конечно, меньше, чем зимой. Таким образом, всякий, кто видел подобные хлопья снега, поймет меня; ведь снежные хлопья похожи на перья, и из-за столь суровой зимы северные области этой части света необитаемы. Итак, я полагаю, что скифы и их соседи, образно говоря, называют снежные хлопья перьями. Вот сведения, которые у нас есть о самых отдаленных странах».

Он вернул ей книгу, и Элеонора погрузилась в чтение.

«Почему же он сразу не сказал, что перья — это снег? Как это глупо».

— Истинная правда, — согласился преподобный. — Очень глупо.

---

[1] *Геродот.* История. IV, 31. Пер. Г. Стратановского.

Джеймс отложил вилку и задумался. Типичный вундеркинд типа Лукреция или Мендельсона, но что-то в ней было еще: внутреннее благородство, погруженность в себя и при этом почти полное отсутствие рефлексии, во всяком случае на первый взгляд. Как бы то ни было, вопрос не в том, вундеркинд она или нет. Вопрос в том, что с ней делать.

Увы, Стамбул не слишком-то питательная почва для того цветка. Робертс-колледж сразу же отпадает по нескольким причинам. Местные школы для девочек — просто несерьезно. Лучше всего пригласить к ней учителя, того, с кем она сможет заниматься греческим, латынью, риторикой, философией и историей. Но ведь в Стамбуле не сыщешь и мало-мальски приличного преподавателя. Он на секунду задумался, и решение пришло само собой. Да, это лучше всего. Он сам будет ее учить. Занятно видеть такой ум за работой. Каждодневное наблюдение за тем, как расширяется ее словарный запас, даст материал на целую монографию. Да и беспрепятственный доступ в дом Монсефа-бея будет обеспечен.

После сыра преподобному представился случай предложить свои услуги. Бей позволил Элеоноре уйти к себе и пригласил преподобного в библиотеку выкурить сигару и выпить коньяка.

— Надеюсь, еда вам понравилась, — проговорил бей, усаживаясь в кресло.

— Да, превосходный ягненок. И булгур. Сварен с апельсиновой цедрой?

Бей повертел бокал в руках, наблюдая, как золотистая жидкость медленно стекает по стенкам.

— Скажите мне, — сказал он, пропуская вопрос преподобного мимо ушей, — как вы находите мисс Коэн? Меня интересует ваше профессиональное мнение.

— Она неплохо держится, учитывая, что ей довелось пережить.

Бей поставил бокал на столик рядом с собой.

— Я ценю вашу деликатность, — заговорил бей. — Но сейчас не время для нее. Девочка не разговаривает со смерти отца. А это, как вам известно, случилось почти месяц назад. Вы считаете, это нормальное проявление скорби?

Преподобный затянулся сигарой и стряхнул столбик пепла. Пусть молчание скажет все за него. Потрескивание огня, поскрипывание кресла и подрагивание колена бея — во всем этом будто бы разлилось его беспокойство за судьбу девочки.

— Вы не думали пригласить к ней учителя? Он будет направлять ее чтение и поможет в занятиях.

Бей сплел пальцы перед носом и чуть подался вперед:

— Мне казалось, что проблема частично кроется в чтении.

— Дело не в чтении, — поправил его преподобный. — А в выборе книг. Я никогда не считал чтение романов достойным занятием, разве что для праздных девиц и романтически настроенных юнцов. Такая легкомысленная книга, как «Песочные часы», хоть и прекрасная вещь в своем роде, не отрицаю, не может принести никакой пользы. Но вот если давать девочке книги по философии, истории, риторике — это сослужит ей хорошую службу.

Бей расцепил пальцы и налил себе еще коньяка.

— Не могли бы вы посоветовать для нее учителя?

Джеймс пробежал глазами по корешкам книг, которые стояли на полках на другом конце библиотеки, выдержал паузу, как будто взвешивая все «за» и «против», и сказал:

— Если хотите, я сам позанимаюсь с ней в память о Якобе. Он был хорошим человеком.

ГЛАВА 12

На рассвете лейтенант Брашов приторочил седельные сумки, вскочил в седло и выехал из лагеря. Четырнадцать часов без остановки под проливным дождем, через реки, вздувшиеся от мертвых коровьих тел, полевые госпиталя, разбитые прямо в грязи, и поля сахарной свеклы, засыпанные солью. Он скакал весь день и всю ночь сквозь дождь, который сыпал, словно рис из полотняного мешка, по грязным и раскисшим дорогам, увязая в глине, а дождь лил как из ведра так, что он едва различал голову собственной лошади. Потом дождь прекратился. Прореха в небе вдруг исчезла, и яркая белая луна...

— Госпожа Коэн.

Элеонора оторвалась от книги. Господин Карум.

— Преподобный Мюлер ждет вас внизу, — сказал он. — Проводить его в библиотеку? Вы там будете заниматься?

Элеонора кивнула, дочитала до конца абзаца, заложила страницу закладкой и захлопнула книгу. Она подождала, пока господин Карум выйдет из комнаты, потом встала с кресла, оглядела себя в зеркале и пошла вниз. Вряд ли в этих уроках есть какой-то смысл, но ведь она пообещала Монсефу-бею попробовать. Позаниматься хотя бы месяц. Ведя рукой по холодному мрамору перил, она спустилась в переднюю, пересекла ее наискосок. Потом открыла дверь в библиотеку и постояла на пороге. Отсюда ей было видно только его спину, поэтому рассмотреть, что он делает, она не могла. Насколько можно было судить, он теребил пальцем кончик носа.

— Здравствуй. — Преподобный заметил наконец Элеонору. Лицо у него было доброе и открытое, а водянистые глаза напоминали цветом небо, каким оно бывает в конце лета. — Рад очередной встрече, госпожа Коэн.

В облике преподобного не было ничего особенно неприятного: одежда аккуратная, дыхание отдает мятой, ни тени снисходительного пренебрежения. Тем не менее Элеонора только утвердилась во мнении, что преподобный Мюлер ей не нравится.

— Садись, — пригласил он девочку, пододвигая к ней стул, — пожалуйста.

После секундного колебания Элеонора пересекла комнату и села рядом с ним. Они устроились за внушительных размеров дубовым столом, который по неизвестным ей причинам бей всегда называл полковничьим, вероятно имея в виду занятие его прежнего владельца.

— Все молчишь?

Она утвердительно кивнула.

— Пожалуй, так будет сложновато читать вслух.

Элеонора нашла в столе листок бумаги, выудила перо из кармана и написала:

«Я буду слушать. И я умею читать».

— Отлично.

Преподобный перелистал страницы красного с золотом тома, явно знававшего лучшие дни, открыл в самом начале и начал читать, водя пальцем по строчкам:

— «Mensa, Mensa, Mensam, Mensae, Mensae, Mensa». — Он закончил склонять, остановился и повернулся к Элеоноре. — Ты понимаешь?

Она покачала головой.

— Это латынь, язык Древнего Рима. Язык Вергилия, Овидия, Цицерона и Цезаря.

Овидия она знала. Кто в Констанце не знает Овидия. Цезарь — римский император, Вергилий написал «Энеиду», а вот кто такой Цицерон? О нем она никогда не слыхала.

«Кто такой Цицерон?»

— Марк Туллий Цицерон, — начал объяснять преподобный, — считается величайшим оратором во всей истории. В ближайшие месяцы тебе предстоит провести с ним немало времени. И что-то подсказывает мне, что вы станете добрыми друзьями.

Между ними с беем было условлено, что преподобный будет приходить дважды в неделю, по понедельникам и четвергам после завтрака. Элеонора попрежнему держалась настороженно, но заниматься ей нравилось: склонения, спряжения, четкость правил и то, как они связаны между собой, даже скрипучий голос наставника — все это завораживало, и она схватывала на лету. Ей не составляло труда вспомнить слово в слово текст, который они читали неделей раньше, самые запутанные философские трактаты не ставили ее в тупик, она улавливала причинно-следственные связи там, где даже сам преподобный их не видел. Однако больше всего поражали ее лингвистические способности. Она щелкала новые языки, как орешки. Спустя три недели после первого урока Элеонора уже овладела начатками латыни, через два месяца переводила длинные пассажи из «Энеиды» и полемизировала с Цицероном. Успехи Элеоноры так вдохновили преподобного, что он начал заниматься с ней еще и греческим, познакомил ее с Аристотелем, Птолемеем, Геродотом, Эсхилом и Блаженным Августином.

Занятия не нарушили привычного распорядка Элеоноры, но вода камень точит. Она по-прежнему проводила бо́льшую часть дня в кресле у окна с «Песочными часами» и теми книгами, что выбирал ей ее наставник. Она по-прежнему молчала и отказывалась выходить из дому. Однако изысканная аргументация классиков доставляла ей удовольствие, так же как крупицы волшебства, рассеянные по страницам отточенной прозы: *«...и нахлынет на него целая орава всяких горгон и пегасов и несметное скопище разных других нелепых чудовищ»*[1]. Она повторяла это снова и снова, пока явственно не начинала различать их всех: горгон, пегасов и нелепых чудовищ, которые летали вокруг нее по комнате.

Но, несмотря на удовольствие от занятий с преподобным, Элеонора не доверяла ему. Особой причины не было, скорее дело было в массе совсем малозначительных деталей. Он часто переносил занятия, ссылаясь на неотложные встречи, которые нельзя было отменить. Задавал странные вопросы о бее. Не раз Элеонора замечала, как он шарит по ящикам полковничьего стола. Однако несколько недель спустя, после того как преподобный начал учить ее греческому, произошел эпизод, который окончательно

[1] *Платон.* Федр. Пер. А. Егунова.

укрепил Элеонору в ее подозрениях. В то утро преподобный опоздал почти на час и, когда наконец пришел, был чем-то, видимо, расстроен. Он несколько раз задергивал и раздергивал шторы и только потом обратился к Элеоноре. Пока она читала, водя пальцем по строкам, он ходил взад-вперед по библиотеке, покусывая кончик пера. Шуршание его шагов отсчитывало время, как беспокойный метроном. «Недолгое время спустя после кражи Автоликом коров с Эвбойи царь Эврит решил...»[1]

Преподобный дотронулся до плеча Элеоноры, и она остановилась.

— Что ты знаешь про Автолика?

Он переминался с ноги на ногу, и в следующее мгновение шуршащая ткань его рубашки скользнула по ее руке. Элеонора вся сжалась, палец ее замер под строкой:

«Про него написано в „Одиссее“. Он — дедушка Одиссея».

Потом посмотрела на узор красных обоев, припоминая отрывок из Гомера, и написала:

Вдруг узнала рубец, кабаном нанесенный когда-то.
Ездил тогда Одиссей на Парнас, к Автолику с сынами.
Дедом его он по матери был. И был он великий
Клятвопреступник и вор[2].

— Да, верно, — улыбнулся преподобный, убрал руку с ее плеча и отошел от стола. — Если не возражаешь, сегодня мы попробуем кое-что новенькое.

---

[1] *Аполлодор.* Мифологическая библиотека II. 6.2. Пер. А. Шапошникова.

[2] *Гомер.* Одиссея. Песнь 19, 395. Пер. В. Вересаева.

Он присел к столу, запустил руку в свою сумку и извлек из нее небольшой серебряный футляр, по верхнему краю которого шла выгравированная надпись, потом раскрыл его и извлек свернутый в трубочку листок. Он разгладил бумагу и положил на стол, придавив с каждой стороны пресс-папье. Элеонора увидела греческие буквы, которые почему-то не складывались в слова. Что это все значило — листок и футляр, — Элеонора не знала.

— Вот видишь, — сказал преподобный, — на первый взгляд то, что написано здесь, — бессмыслица. Буквы не складываются в слова. Но все-таки смысл в этих знаках есть. Нам нужно разгадать эту загадку. Это наш сегодняшний урок.

Элеонора оперлась щеками о ладони и погрузилась в изучение букв. Она смотрела и смотрела, полностью сосредоточившись на задании, как поступала всегда, когда пыталась что-то запомнить: цитату, правило, дату, новое слово. Память у нее была превосходная: раз выучив, она никогда ничего не забывала. Но расшифровывать тайнопись — задача не из легких, это все равно что учить язык без учебника, угадывать, что перья, про которые говорится в книжке, — это снег. Элеонора вздохнула, выпрямилась на стуле. Вместо того чтобы концентрироваться на решении загадки, лучше расслабиться и подумать о чем-то другом — тут-то ответ и найдется. Она прикрыла глаза, и перед ее внутренним взором заплясали буквы. Каждая танцевала сама по себе, но вместе они принимали форму разных слов на всех известных Элеоноре языках, пока наконец не сложились в два предложения: «В полдень в среду. За кафе „Европа“».

Элеонора открыла глаза и посмотрела на преподобного, который держал в руках серебряный футляр. Он вопросительно поднял брови, а она тем временем написала разгадку:

«В полдень в среду. За кафе „Европа“».

— Как ты догадалась?

«Это верный ответ?»

— Да, — подтвердил преподобный, покусывая губу. — Думаю, да. Но гораздо важнее, как ты смогла прочесть.

«Сначала представим, что каждой греческой букве соответствует число. Альфа — один, бета — два, гамма — три, дельта — четыре. Потом вычтем два. Потом сопоставим полученное с буквами арабского алфавита».

— Именно так!

Он помедлил, проверяя, правильно ли ее решение, после чего свернул листок, спрятал его обратно в футляр, сказал, что урок на этом окончен, — он все объяснит ей в четверг — и ушел.

Занятия с преподобным намечали контуры Элеонориного ежедневного расписания, хотя на уроки и подготовку домашних заданий уходило чуть больше двенадцати часов в неделю. Покончив с уроками, Элеонора могла распоряжаться своим временем как захочет. Она просиживала дни напролет, погрузившись в чтение, но вновь пришло лето, над Босфором закружили перелетные птицы, возвратившиеся после зимних странствий, и постепенно в ней стал просыпаться интерес к жизни. Она все еще не хотела выходить из дому, но аромат цветущего абрикоса дразнил, и она храбро пускалась в экспедиции по пустующим комнатам и коридорам. Однажды в среду, в начале июня, ее одолело желание исследовать женскую половину дома. Она заложила страницу «Естественной истории» Плиния, которую как раз читала, спустилась вниз и прошла дальше по коридору, за библиотеку, гостиную и музыкальный салон, на который она наткнулась незадолго до того. В конце коридора находилась высокая и узкая дверь, украшенная узором из переплетенных шестиугольников.

Она вела в сумрачную комнату, затянутую паутиной. Под паутиной виднелись разрозненная мебель и вытертые подушки из розового атласа. Воздух был затхлый, от пыли у Элеоноры защекотало в носу, и она чихнула. Потом еще и еще раз. Она шагнула в комнату, все еще чихая, и закрыла за собой дверь. Комната была наполнена полудюжиной призраков, в которых под белыми простынями можно было угадать разную мебель, кроме нее, там были две двери. Одна позади Элеоноры, а другая прямо — перед ней. Элеонора огляделась по сторонам и вдруг заметила лестницу, которая уходила куда-то под потолок. Вверху, на крошечной площадке, виднелась дверь. Что там, Элеонора не знала, но разве это не настоящее приключение?

Вдыхая затхлый воздух, Элеонора прошла через комнату и начала подниматься. Ступеньки под ногами скрипели, и она взялась за перила. Еще несколько шагов — и перед ней оказалась гладкая дверь из кедрового дерева. Она тронула ручку, дверь легко подалась. За ней начинался темный коридор, который уходил куда-то вглубь стены. Внутри все было в паутине, вдоль плинтуса сновали мыши. Элеонора утерла лоб и несмело шагнула в коридор. На некотором расстоянии от нее на полу лежали пятна света. Элеонора шла к ним, вытянув руки перед собой, как слепая. Ей приходилось пригибать голову, чтобы не удариться о низкие балки, и останавливаться, чтобы стряхнуть с волос паутину.

Выяснилось, что свет проникал в коридор сквозь узорчатый экран наподобие того, который был в экипаже бея. Что там за ним? Она прижалась лицом к решетке: прямо под ней были знакомые книжные шкафы, глобусы, столики — библиотека. Уже позже она узнала, что такие коридоры — обычное дело для старых стамбульских особняков. Так женщины могли наблюдать за торжествами, не роняя своего достоинства. Но в тот миг, когда Элеонора впервые переступила этот порог, ей почудилось, что она нашла дверь в другой мир, что у нее появилась собственная ложа в театре, откуда она теперь будет наблюдать за игрой домашней труппы.

Она уже была готова повернуть обратно, но тут по ногам пробежал холодок сквозняка. Значит, надо идти дальше, значит, впереди есть другой выход. Она миновала столовую и как раз шла над прихожей, когда заметила госпожу Дамакан: та вытирала пыль с балясин перил. Элеонора наблюдала за ритмичными движениями старой служанки. Госпожа Дамакан закончила с балясинами, обтерла руки о передник и обошла комнату слева направо; все ее движения были скупы, но вместе с тем изящны и точно рассчитаны. Она вышла из прихожей, а Элеонора все продолжала стоять, глядя на оседающую пыль. Потом она встрепенулась и пошла навстречу сквозняку. Вниз от угла уходила узенькая лесенка. Элеоноре показалось, что ветер дул именно оттуда.

Она осторожно спустилась по ступеням, держась за перила, и оказалась перед небольшой металлической дверцей, запертой на задвижку. Дверь была ненамного выше самой Элеоноры и довольно узкая, вся в пыли, щеколда совсем порыжела от ржавчины. Похоже, что никто уже давно ее не открывал. Ветер дул из узкой щели между дверной рамой и стеной, вероятно, она появилась, когда дом просел от старости. Сквозь отверстие прорывался тонкий луч света и запах сена. Элеонора обернулась, потом стукнула в середину двери. Она глухо и гулко откликнулась, совсем как большой колокол. Элеонора приложила ухо к двери, но услышала только эхо. Она простояла некоторое время, не снимая руки с дверной ручки, потом решила, что пора возвращаться, что на сегодня, пожалуй, хватит приключений. Поднялась по лестнице и поспешила назад. Да, для одного дня более чем достаточно.

ГЛАВА 13

Лето проскользнуло в Стамбул под плащом полуденного ливня. Он начался у Галатского моста и побывал повсюду в городе, как бродячая собака. Лето чувствовалось повсюду: в аллеях парков, в том, с какой настойчивостью кружили фруктовые мушки над фиговыми деревьями, в криках муэдзинов, которые становились звонче день ото дня, и в раздражительности рыночных торговцев. Подобно свежевыдубленной шкуре, которая натягивается все туже и туже, каждый следующий день старался тянуться дольше предыдущего, утра начинались все раньше, а солнце светило все сильнее. Деревья покрывались бутонами, цвели и плодоносили, а перелетные птицы кружили над проливом. Стаи ястребов, аистов, ласточек и бакланов пролетали над Босфором, возвращаясь на летние квартиры в Европу.

Лето чувствовалось во всем: в запахе вишневого шербета, от которого невозможно было избавиться, в аромате пускавших парок на жаровне голубей и в сладковатой вони подгнивающей айвы.

Элеонора наблюдала за оживлением над проливом, за белогрудыми соколами, которые проносились над водой в невидимых глазу потоках теплого воздуха, за черными соколами-осоедами, кружившими между куполами мечети Сулеймана, за рыжими цаплями с шеей тонкой и длинной, как змея, которые широко раскидывали крылья, подобные парусам рыбацких суденышек, проходивших прямо под ними. Так случилось, что как раз тем утром на одной из дальних полок библиотеки она обнаружила переплетенный в телячью кожу том свенсоновской «Естественной истории и классификации птиц». Теперь, сверяясь с картинками, Элеонора могла различить в небе ястребов, соколов, соколов-осоедов, цапель, стаю белохвостых орлов и сапсана, который нес морскую птицу в цепких когтях.

Когда солнце перестало палить и опустилось в деревья за Ускюдаром, Элеонора краем глаза заметила аметистовую вспышку, и пурпурный удод с белым хохолком опустился на подоконник. Птица кокетливо склонила голову влево, как будто хотела указать на нечто любопытное, и Элеонора увидела, что ее стая появилась над Золотым Рогом. Они летели к ней, вычерчивая сложные фигуры на фоне залитого солнцем грозового неба, и при виде птиц лед, который сковывал ее сердце в последние недели, захрустел и надломился. Она открыла окно, и пернатый посланец улетел к своим товарищам.

Элеонора откинула прядь волос со лба, оперлась локтями о подоконник, и ее глазам открылась чудесная картина заката. Тем вечером в городе царило необычное оживленис. Вместо того чтобы затихнуть, как всегда на склоне дня, движение лодок по проливу стало еще более суматошным, пассажиры спешили по своими делам. Между минаретами Новой мечети несколько человек натягивали что-то напоминающее фонари. Баржи причаливали к Бешикташу. Но к тому моменту, когда солнце коснулось горизонта, город опустел: ни лодок, ни экипажей. Смолкли уличные торговцы. Блеяние ягненка, который был привязан к бешикташской мечети, было единственным звуком, прорезавшим тишину. Когда последний луч заката исчез за горизонтом, со стороны Топкапы раздался пушечный залп. Элеонора в ужасе бросилась на пол, забилась под стол и закрыла голову руками. Если пушка выстрелит еще, если это война — надо спасаться.

Там ее и застал господин Карум, который принес поднос с ужином.

— Что случилось? — спросил он и поставил поднос на стол у кровати.

Элеонора вылезла из-под стола и выудила лист бумаги из ящика:

«Пушка».

Господин Карум усмехнулся:

— Пушечный залп означает завершение дневного поста. Сегодня первый день Рамадана. Вы знаете, что это такое?

Элеонора замотала головой. Она слышала о Рамадане, во время которого целый день приходится голодать, зато потом, после заката, настает время ифтара — традиционной обильной трапезы, но вот о пушечном залпе слышала впервые. Немногочисленные мусульмане в Констанце обычно нанимали человека, который бил в барабан, сообщая, что пришло время поесть.

— Разумеется, — сказал господин Карум. Он перегнулся через подоконник и вгляделся в огни на реке. — Отсюда прекрасно будет видно фейерверк.

Элеонора села к столу и съела чечевичный суп в полном одиночестве, а звезды, как маленькие свечки, освещали темное небо. Пока она ужинала, Стамбул хранил тишину. Но к тому времени, когда Элеонора положила в рот последний кусок пирога с финиками, город пробудился к жизни. Фонари, которые зажгли между минаретами Новой мечети, образовали надпись — пожелание счастливого Рамадана. Продавцы шербета и гадалки раскинули на набережной свои шатры. Во дворе каждой мечети как из-под земли вырастали палатки из красной и синей ткани. Целые семьи выходили на улицы: дети, родители, двоюродные братья, прадедушки. Большие мальчики в лохмотьях проталкивались сквозь толпу. Первый сноп света взвился в небо с визгом кота, которому наступили на хвост, и рассыпался гроздью зеленых огней. За ними последовали белые. Толпа одобрительно загалдела. Красные, синие, зеленые и белые фейерверки расцвечивали праздничную ночь фосфоресцирующими огнями. Праздник продолжался до рассвета.

Была ли тому причиной праздничная атмосфера первого летнего дня, совпавшего с началом Рамадана, или возвращение удодов, или что-то еще — кто знает, но Элеонора вдруг почувствовала перемену в своих чувствах. На следующее утро она подошла к шкафу, осторожно потрогала кончиком пальца ноги половицу и вздрогнула. Она поздно проснулась, сон еще туманил ей глаза, но все-таки она точно знала — ее чувства изменились, лед внутри треснул. Элеонора постояла, внимательно разглядывая свои наряды из шелка, кру́жева и шифона, с которыми соседствовал шерстяной костюм неизвестного мальчика;

ее выбор пал на элегантное платье светлого пурпура, купленное во время второго посещения мадам Пуаре. Она натянула платье через голову, скользнула в подходящую пару туфель и обернулась посмотреть на свое отражение в зеркале. Без помощи госпожи Дамакан она не могла толком застегнуть платье на спине, но, несмотря на некоторый беспорядок в своем туалете, спустилась вниз. Ей нужно было попросить Монсефа-бея кое о чем, и она собиралась сделать это, пока присутствие духа не оставило ее.

— Доброе утро, госпожа Коэн.

Бей уже начал завтракать и как раз намазывал вишневое варенье на хлеб.

«Доброе утро, — написала она на клочке бумаги. Помедлила и спросила: — Монсеф-бей, можно, я поеду с вами сегодня? В Пéру. Я не буду вам мешать».

Он прищурился и положил запачканный вишней нож на тарелку.

— Конечно. Буду рад твоей компании. Ты мне вовсе не помешаешь. Только, боюсь, тебе будет скучно.

«Нет, мне не будет скучно. Совсем нет. Я буду вести себя тихо, как мышка».

Бей взял нож и намазал остатки варенья на хлеб, потом отломил кусок нежного белого сыра.

— Тогда решено, — сказал он. — Но ты обещаешь сидеть тихо, как мышка?

Она кивнула в знак согласия, а бей отдал распоряжение господину Каруму:

— Велите приготовить экипаж. Госпожа Коэн поедет со мной.

— Да, господин. — Дворецкий с поклоном удалился.

Передумать ни он, ни она не успели — вскоре Элеонора уже сидела в экипаже и наблюдала через узорчатый экран, как мимо проносятся улицы. Когда желтые стены дома остались позади, за бешикташской мечетью, у нее в груди словно натянулась невидимая нить, еще секунда — и нить оборвалась. Она вышла из дома. Она на улице, свежий ветер коснулся лба, острый запах Босфора заставил ноздри трепетать. По обеим сторонам дороги цвели сиреневые цветы, облака над головой походили на клубки сахарной ваты. Она сложила руки на коленях и смотрела на мечети, лавки, особняки, фонтаны, платаны и рыбаков. Они проехали мимо ослика, который тащил тележку, полную спелой мушмулы, мимо палаток, оставшихся со вчерашнего дня, и других следов ночного празднества. Элеонора посмотрела на свои раскрытые ладони, закрыла ими лицо и вдохнула нежный запах туалетного мыла.

— Мы выйдем здесь, — сказал бей, и экипаж остановился. — Дальше улицы слишком круты.

Галатский фуникулер был в нескольких шагах. В нарядном павильоне прятались от солнца дамы-европейки, каждая в сопровождении носильщика с багажом. Поглядывая в черноту туннеля, откуда должен был показаться головной вагон, пассажиры разговаривали приглушенными голосами и подозрительно оглядывали друг друга. Через пять минут в конце туннеля показался свет газовой лампы, потом раздалось характерное шипение пневматических клапанов — и перед ними остановился красный лакированный состав. Они сели в передний вагон, и, хотя разглядеть что-то в темноте было невозможно, Элеонора всю дорогу простояла, прижавшись к стеклу, в надежде все-таки понять, куда лежал их путь.

— Ну вот и приехали, — объявил бей, когда фуникулер остановился и они вышли.

Пера ничуть не изменилась: арки украшены красочными рекламными афишами, витрины заманивают покупателей полюбоваться новейшими товарами. Знатные дамы проплывали по бульвару, наряженные в элегантные светлые платья. Элеоноре почудилось, что она вынырнула на поверхность после томительных часов под водой, выбралась из тихого омута собственного горя к солнцу и соленому морскому бризу. Она вбирала в себя запахи и звуки, но тут на нее накатила новая волна грусти: на этом самом месте, в начале главной улицы Перы, всего лишь несколько месяцев назад она стояла рядом с отцом. Он тогда взял ее за руку, и они вместе зашагали по бульвару. Она явственно ощутила его запах, теплоту его руки на затылке, и на глаза набежали слезы. Монсеф-бей молча ждал, Элеонора отерла слезы рукавом платья, бей протянул ей два пальца, за которые Элеонора ухватилась, и они пошли по направлению к кафе «Европа».

Бей придержал большую красную дверь, пропуская Элеонору в кафе. Они прошли через сизый от табачного дыма шумный зал, вышли через заднюю дверь, спустились по крутой деревянной лесенке и попали в заросший кустарником мощеный дворик, который бей назвал задним садом. Когда они спускались, Элеонора заметила клочки зеленой с белым ткани, которая свисала с перил, — остатки вчерашнего праздника. Под кустом миндаля несколько стариков в фесках курили наргиле, а прямо под лестницей молодой европеец в очках читал газету, его спутник делал пометки в маленькой записной книжке. Бей присел за столик рядом с пустой поилкой для птиц и велел подать два чая и круассан. Когда официант ушел, один из молодых людей, тот, что делал записи, подошел к их столику. В руках у него была доска для игры в нарды. Юноша был щуплый и нервный. Одет он был в короткий синий сюртук, легкие серые брюки и бархатную ермолку, расшитую крошечными цветами. Он говорил с акцентом, но Элеонора не могла определить, откуда он, — ей показалось, что с Кавказа. Они обменялись взаимными приветствиями, потом он подвинул стул и начал расставлять фигурки на доске. Тут у стола появился белый, без единого темного пятнышка, кот и вскочил к нему на колени. Глаза у кота были разные: один голубой, а другой желтый. Молодой человек рассеянно поглаживал кота, не прекращая своего занятия.

Разноцветные кошачьи глаза заворожили Элеонору, она подложила руки под себя и уселась на них так, что металл сиденья оставил глубокие следы на ладонях. Кафе «Европа» — вся эта унылая мебель и плющ — выглядело совсем не так, как она предполагала. Правда, что именно было не так, она не знала сама. Все равно она была рада тому, что вышла из дому. Она и забыла, что за стенами ее комнаты так много всего: солнечные лучи, которые греют шею, запах винограда... Пока она вбирала в себя новые впечатления, над городом пронесся призыв к молитве и один из ее удодов сел на край стола. Он застыл, дернулся при виде кота и улетел, но никто, кроме Элеоноры, этого не заметил.

— Три — четыре, — сказал молодой человек, сбрасывая одну из шашек бея с доски.

Бей подхватил кости, подул в сложенные ладони и потряс. Ему нужна была пятерка или единица, чтобы вернуть фигуру в игру.

— У вице-короля, — сказал его противник, возвращаясь, по всей видимости, к прерванному разговору, — есть выбор.

— Безусловно, — ответил бей. Он выбросил три — пять, и съеденная шашка вновь очутилась на доске. — Но кто знает, возможно, в данном случае лучший выбор — подождать.

— Слишком долго ждать нельзя.

Некоторое время они играли в молчании. Бей выигрывал. Его шашки упорно продвигались к победе. Элеонора наклонилась к столу: ритм игры, мерный стук шашек и щелканье костей захватили ее, как философский трактат. Она мысленно перенеслась на доску. Ветер шуршал листьями плюща, тепло металлического стула приятно грело спину.

— Я вижу, вы не соблюдаете пост, — заметил молодой человек, указывая на чай и круассан.

Бей размешал чай и сделал глоток.

— Нет, — сказал он. — Я уже давно не пощусь, но буду признателен, если вы сохраните этот маленький секрет в тайне. Дневной пост во время Рамадана все равно что закят[1]. Никто толком не платит, но общество обязано поддерживать иллюзию, будто платят все.

---

[1] В мусульманских странах — обязательный ежегодный налог на благотворительность. Зака́т (*араб.* очищение) — один из пяти столпов ислама, как и пост в месяц Рамадан.

— Уверен, что низшие слои общества постятся.

— Должно быть, вы правы, — задумчиво сказал бей, тряся кости. — Но уверяю вас, никто из общих знакомых так не делает.

— А барышня?

Элеонора как раз поднесла круассан ко рту.

— Барышня?

— Она не мусульманка?

— Нет, ответил бей. Она иудейка.

Он помолчал, размышляя, достанет ли этого объяснения. Очевидно, придется продолжить:

— Это дочь моего делового партнера Якоба Коэна. Он погиб при крушении судна два месяца назад. Помните?

— При крушении? Том самом, что так расстроило царя?

Бей кивнул. Распространяться дальше он намерен не был. Беседа некоторое время продолжалась в том же духе, возвращаясь так или иначе к теме крушения, пока наконец не зашла в тупик. Тогда молодой человек обернулся к Элеоноре:

— Как же вас зовут?

Она посмотрела, не найдется ли где листка бумаги, но ничего не нашлось.

— Она молчит с самой смерти отца, — объяснил бей. — Пишет записки.

— Она умеет писать?

— Да, — сказал бей и не без гордости перечислил языки, на которых она умеет писать: — На латыни, по-гречески, по-французски и по-турецки.

— Неужели? — переспросил его собеседник и вынул из кармана записную книжку и перо. — Напишите что-нибудь.

Она открыла чистую страницу и написала:

«Что мне написать?»

— Что захотите, — сказал он. — Что-нибудь из Вергилия. Вы знаете «Энеиду»?

Она кивнула и выбрала отрывок из начала поэмы:

Битвы и мужа пою, кто в Италию первым из Трои —
Роком ведомый беглец — к берегам приплыл
Лавинийским.
Долго его по морям и далеким землям бросала
Воля богов, злопамятный гнев жестокой Юноны[1].

Когда Элеонора протягивала книжку, на глаза ей попалось имя преподобного Мюлера. Оно было написано мелкими буквами на самом верху страницы и подчеркнуто.

— Чудесно, — сказал молодой человек. — Замечательно. — Он повернулся к бею. — Сколько ей, вы говорите?

— Восемь, — ответил бей, — почти девять.

Юноша недоверчиво покачал головой:

— Вы не перестаете удивлять меня, Монсеф-бей.

Он встал и опустил кота к ногам Элеоноры. Они так и не закончили партию, но оба, видимо, утратили интерес к игре.

— Наш друг, — сказал он, снимая ермолку, — встретится с вами завтра в полдень на Тепебаши.

Бей кивнул и протянул через стол конверт. Не сказав больше ни слова, молодой человек опустил его в карман и вышел из сада.

После того как он ушел, Элеонора допила чай и сыграла несколько партий в нарды с беем. Она не за-

[1] *Вергилий.* Энеида. Кн. I, 1–4. Пер. С. Ошерова.

давала никаких вопросов о том, кто это был, почему имя преподобного Мюлера было в записной книжке, с кем бей собирался встречаться завтра на Тепебаши. Ничего этого она не спросила, хотя ее разбирало любопытство. В особенности ей хотелось знать, есть ли связь между молодым человеком и тем листком, который показывал ей преподобный, — тем, на котором греческими буквами было написано: «В полдень в среду. За кафе „Европа“». Хотя была вовсе не среда, они были как раз за кафе «Европа». Может, дело в этом? Чем больше она узнавала, чем больше понимала, тем лучше осознавала, что многое так и остается для нее загадкой.

Элеонора нагнулась погладить кота, который терся об ее ноги, и заглянула ему в глаза. Он был погружен в себя, как часто бывает с котами, но что-то в его манерах показалось ей необычным: то, как он запрыгнул ей на колени и заурчал. Ей показалось, что кот предостерегал ее от ненужных вопросов, хотел, чтобы она перестала совать нос в дела, которые ее не касались, чтобы она погрузила пальцы в его гладкую белую шерсть и забыла обо всем на свете.

ГЛАВА 14

Предводитель правоверных, его величество султан Абдул-Гамид II отложил в сторону книгу и внимательно посмотрел в сторону облицованной зеленой плиткой арки, которая вела на половину валиде-султан. Там было необычайно тихо. Из ниши между колоннами раздавались звуки музыки — юная одалиска упражнялась в игре на кеманче, фонтан посредине двора выбрасывал струю журчащей воды. Султан следил, как она выливается из чаши на землю, но тут к фонтану подлетел пурпурный с белым удод, присел на край чаши, сделал глоток воды и тут же поднялся ввысь. Он выглядел точь-в-точь как тот, которого султан заметил несколькими месяцами раньше. Или это была та же самая птица? В любом случае оперение у него было необычное.

Султан попытался сосредоточиться на английском романе «Женщина в белом», но тут у него заурчало в животе. Какое уж тут чтение! Шел второй день Рамадана, а его уже мучил невыносимый голод. При мысли об этом он невесело усмехнулся: он — халиф всех мусульман, защитник святых городов Мекки и Медины, а в Рамадан в животе урчит, как у простого башмачника! Вот истинно говорится в суре «Марьям»: «Мы унаследуем от него то, что он говорит, и придет он к Нам одиноким»[1].

Он опять отложил книгу и засмотрелся на валиде-султан, которая упражнялась в искусстве каллиграфии. Она сидела за низким столом орехового дерева, сосредоточенно сжимая перо между большим и указательным пальцем, ее плечи были напряжены, ноги скрещены. Каллиграфией она занималась давно, с самого приезда в гарем его отца, султана Ахмеда IV. Пока другие девушки перебирали струны уда и сплетничали, она сидела одна в своих покоях и без конца выводила петли и точки в надежде отточить свой ум и примириться со своим положением. Теперь ей уже ни на кого не надо производить впечатления. Она — валиде-султан. При звуке ее голоса служанки разбегаются, как испуганные косули. Невероятно, чтобы женщина столь низкого происхождения, черкешенка из бедной крестьянской семьи, которую отдали в гарем в двенадцать лет, вознеслась на самый верх благодаря лишь красоте и воле. Ей почти удалось избыть грубость манер, но иногда Абдул-Гамид различал голоса низкородных предков-черкесов в поступках матери, во вспышках ее гнева. Ее напряженная поза говорила о том, что она до сих пор на него сердится и ему придется уступить, если он хочет мира.

— Если вы так настаиваете, — сказал он, нарушая затянувшееся молчание, — я велю отменить эту встречу.

Она не поднимала головы, пока не дописала слово, которым была поглощена.

---

[1] Сура 19, 80. Пер. И. Ю. Крачковского.

— Я не настаиваю, ваше величество. Не мне решать, кого приглашать во дворец. Я беспокоюсь о том, какое впечатление производят такие приглашения. Стоит только пойти слухам, и их уже не остановишь. Вы помните, конечно, что началось из-за вашего дяди Джихангира.

Султан недовольно кивнул, как обычно, когда кто-то произносил имя его дяди. Сластолюбец, чревоугодник, постоянно дававший повод для пересудов, Джихангир умер прямо за пиршественным столом, подавившись куском ягнятины.

— Матушка, я согласен с тем, что слухи опасны, но пригласить во дворец хироманта — это совсем не то же, что умереть после того, как съел целого ягненка.

— Это не просто хиромант, — отозвалась валиде-султан. — Он — заклинатель змей, суфий, собака о двух головах, говорящая птица. Люди и так говорят, что вы предпочитаете встречу с нищим переговорам с генуэзским посланником.

— Это не так.

Она поднесла лист к лицу и посмотрела, хорошо ли вышло слово.

— Матушка, вы же знаете, что это не так.

— Не важно, так это или нет, — сказала она, возвращая лист на стол. — Но именно так говорят люди.

Абдул-Гамид подошел к столу полюбоваться работой. Она выбрала известную своей едкостью строку из Аль-Мутанабби: «Цари, у которых сердце зайца, и во сне не закрывают глаз». Слова были аккуратно выписаны квадратиками североафриканских куфических букв. Работа была безупречна, как всегда.

— Прекрасно, матушка.

— Благодарю вас, ваше величество. Это вам.

Его губы растянулись в кислую усмешку. «Цари, у которых сердце зайца, и во сне не закрывают глаз». Не очень-то изящный выпад. Аль-Мутанабби славился беспощадностью суждений, к кому бы ни обращался, даже к собственным покровителям.

— Я понял, что вы хотите сказать, матушка.

— Ваше величество, — сказала она, поднимаясь со стула, — до того как попросить у вас позволения уйти, я хотела бы спросить вас вот о чем...

Он кивнул, разрешая ей продолжить.

— Я все думаю о том трагическом происшествии на судне.

Абдул-Гамид кивнул. За последние недели это событие приобрело дополнительную значимость. Расследование, которое провели агенты русской секретной службы, показало, что крушение было подстроено. Царь настаивал на выплате пятидесяти тысяч фунтов — за смерть русских подданных, которых султан не смог должным образом защитить. Более того, русские угрожали немедленными мерами, если требование оставят без ответа. Султан заплатил бы и вдвое больше, оставайся это требование частным делом. Но информация как-то просочилась в газеты. Выплатить деньги сейчас — значит показать свою слабость. И следом за одним требованием немедленно возникнут другие. Отказать русским? И у них тут же появится повод бряцать оружием.

— Чудовищная трагедия, — сказал он. — Столько безвинно погибших. Но что же нам делать теперь? Мы и так сделали все, что возможно. Я лично выразил соболезнования семьям погибших и правительствам стран, чьи подданные пострадали. Джамалудин-паша присутствовал на церемонии прощания с американским вице-консулом и французским послом. Мы позволили американским военным судам войти в Босфор, чтобы принять на борт тело для доставки в Нью-Йорк. Мы и русским предоставили такую возможность, но они отказались.

— Да, это трагедия, — согласилась валиде-султан. — И все, что нужно, было сделано. Но я спрашиваю вас о другом: вы думаете, это был несчастный случай?

Ему было известно, что во дворце существовали различные мнения о том, что же произошло на самом деле. Он только что выслушал версию великого визиря, что все подстроили англичане, чтобы напугать американцев и отвлечь внимание от Пруссии. У него не было никакого желания вникать в домыслы матери. Приходилось признать, что в пользу версии саботажа говорило почти все, но ему не хотелось противоречить собственному официальному заявлению, в котором причиной крушения называлась поломка корабельного оборудования. Стоит лишь раз, даже в разговоре с матерью, согласиться с такой трактовкой событий, как это еще больше укрепит позицию царя и ослабит его собственную.

— Да, — сказал он с легким раздражением, — я думаю, что это случайность. Что же еще?

— Я не сомневаюсь, — ответила она, бросая косые взгляды через плечо, — что это была диверсия, которую подстроил сам американский консул.

Султан недоверчиво фыркнул. У валиде-султан богатая фантазия, но это предположение поистине смехотворно.

— И зачем же американцам топить собственное судно? Со своим же вице-консулом на борту?

— Не американцам, — ответила она и слегка усмехнулась. — Американскому консулу.

— Но...

— Как вам известно, американский консул не просто американец. Он иудей.

Абдул-Гамид моргнул. Неприязнь матушки к евреям не была для него секретом. Ее чувства были ему вполне понятны, но обсуждать такую вероятность он не собирался. Хотя теория не лишена изящества.

— Подумайте об этом, — сказала она, положила лист на стол и вышла из комнаты.

Абдул-Гамид стоял в дверях и смотрел, как струи воды переливаются через чашу фонтана и падают в бассейн. Предположение было многообещающим, но какой мотив? Абдул-Гамид попытался представить, какую выгоду могли бы извлечь из крушения американцы или иудеи, но тут в животе опять заурчало, болью резануло почку. Он ухватился за бок, но тут закрутило желудок. Он стал вспоминать, кому позволялось нарушить пост. Он не болен, и не в дороге, и не ждет ребенка. Но ведь голод может затуманить его разум, помешать судить справедливо. Позволительно прерывать пост, если от этого зависит спасение жизни. А разве от его решений не зависят жизни? Рассудив так, он оглядел пустой двор и направился на кухню.

Там было пусто, чисто и прибрано. Еду к ифтару готовили на центральной дворцовой кухне, поэтому на половину валиде-султан повара не заглядывали месяцами. Но ведь должно же быть хоть что-нибудь в кладовых. Конечно, вряд ли там найдется мясо, но хотя бы хлеб или курага, финик, на худой конец. Лишь бы продержаться до вечера. Султан посмотрел, не идет ли кто по двору, открыл дверь, пошарил среди пряностей: банка сардин и засохшая лепешка — вот и весь улов. Он уже было собрался открыть банку, когда в самом темном углу ему попалась коробка пахлавы. Блестящие квадратики теста, пропитанного сиропом, были посыпаны зеленой фисташковой крошкой. Его мать была известной сладкоежкой. Неудивительно, если она припрятала коробку для себя, чтобы было чем подкрепиться во время Рамадана. Она уже немолода и страдает сахарной болезнью. В любом случае она никогда не догадается, что это он раскрыл ее секрет. Он бросил виноватый взгляд через плечо, положил в рот кусочек и проглотил его, почти не разжевывая. Утолив острый голод, он с наслаждением сжевал и еще один кусочек, ощущая, как ни с чем не сравнимый вкус дробленых фисташек оттеняет сладость нежнейшего теста, которое тает у него во рту.

Абдул-Гамид облизал пальцы и проскользнул обратно, в покои матери. Великий визирь Джамалудин-паша склонился над столом, изучая каллиграфическую надпись. Их взгляды встретились, и каждый тотчас понял, чем только что занимался другой.

— Ваше величество, — начал великий визирь, — я искал вас.

— Истинное произведение искусства, — похвалил султан работу. — Разве нет?

— Да, ваше величество. Валиде-султан славится прекрасным куфическим почерком. Можно подумать, она родилась в Фесе. — Он задумался, вчитываясь в текст. — Хотя я бы на ее месте выбрал другую строчку.

Абдул-Гамид не дал Джамалудину-паше продолжить разговор о валиде-султан, и беседа потекла по обычному руслу. Великий визирь выпрямился, заложил руки за спину и начал:

— Из Новопазарского санджака доносят, что санджакбею удалось справиться с недовольными. К несчастью, жители деревни, которых он решил примерно наказать, все православные христиане. Русские не преминут раздуть это событие. Всего три дня назад их посол заявил Хишаму-паше, что царь намерен защищать православных подданных нашей империи как своих собственных.

— Да, санджакбей выбрал неудачное время, — сказал султан. — Как можно успокоить русских?

— Заплатить им то, что они требуют, — ответил Джамалудин-паша. — Хотя сомневаюсь, что это их успокоит. И европейские газеты... Если они узнают о Новом Пазаре, они раздуют из этого второе избиение болгар.

Тишину прорезало урчание в животе.

— Подождем реакции русских, — сказал он и переменил тему: — А теперь хотелось бы услышать хорошие новости. Что сообщают наши агенты?

Джамалудин-паша лично занимался секретными службами и всегда был рад похвалиться своими успехами.

— Да, — довольным голосом сказал великий визирь, — хорошие новости есть. Как раз на прошлой неделе наш человек проник на собрание заговорщиков в Бейоглу́.

Султан равнодушно кивнул. Каждую неделю агентам Джамалудина-паши удавалось проникнуть по крайней мере на два собрания предполагаемых заговорщиков. По большей части ими оказались гнилые интеллигенты, которые ограничивались чаем и разглагольствованиями.

— Небезынтересно и то, — продолжил визирь, — что тайное послание, благодаря которому мы узнали об этой встрече, расшифровал ребенок, девочка-сирота восьми лет от роду.

— Ребенок?

— Госпожа Элеонора Коэн, — отозвался визирь. — Дочь торговца коврами, еврея из Констанцы. Это не простой ребенок, она — вундеркинд. После смерти отца, а он погиб при взрыве на корабле в день рождения вице-консула, она живет у Монсефа-бея.

— У Монсефа-бея? — переспросил султан. — И он же устроил это собрание?

— Да, — улыбнулся Джамалудин-паша. — Примечательное совпадение. Хотя, возможно, не случайное. К сожалению, агенту не удалось узнать ничего нового ни о нем самом, ни о его целях. Монсеф-бей утверждает, что его интересует только чтение Руссо, а секретные шифры — не более чем игра. Как бы то ни было, мы отметили этот случай в его личном досье.

— Как же девочка прочла зашифрованное послание, если она живет у Монсефа?

— А очень просто, — пояснил визирь, разглаживая усы, — один из наших людей занимается с ней. Он принес записку на урок и сказал ей, что это загадка.

Султан помолчал.

— Что еще о ней известно? Как ее имя?

— Элеонора Коэн. Я уже сообщил вам все, что сейчас о ней известно. Если ваше величество желает, я соберу подробную информацию. Это не составит большого труда.

— Да, — подтвердил султан. — Я желаю.

ГЛАВА 15

Рамадан пришелся на начало лета. Пока один за другим катились жаркие, истончавшиеся к вечеру дни, Стамбул словно замирал. Корабли лениво пересекали воды пролива, все больше держались у самого берега, голоса муэдзинов скрипели так, что хотелось предложить им воды, а Элеонора сидела на подоконнике и обмахивалась раскрытой книгой. Напряжение, которое начинало расти с самого утра, разряжалось пушечным выстрелом на закате. Даже те, кто не постился — армяне, греки, европейцы, евреи, — вздыхали с облегчением, когда после захода солнца улицы заполнялись продавцами лакомств, гадалками и красными пропыленными шатрами. Каждую ночь между минаретами Новой мечети развешивали фонари с пожеланиями счастливого Рамадана. Не смолкали и фейерверки, хотя уже не такие величественные, как в первые дни. Обычно по вечерам бей уходил из дома трапезничать с друзьями, торговыми партнерами и дальними родственниками. Он звал и Элеонору, но она отказывалась. Шумные компании незнакомцев, еда и суета все еще пугали ее. Привычный распорядок занятий, чтение и ужин в одиночестве — вот что ей пока было нужно.

Однако во вторник, на третьей неделе Рамадана, все разом переменилось. В тот день преподобный Мюлер опоздал на несколько минут. Он был оживленнее обычного, лицо раскраснелось и было покрыто мягким, как у молоденького юноши, пушком.

— Кто это тут у нас? — пропел он, ероша Элеонорины волосы. — Убей меня бог, если это не знаменитая госпожа Коэн.

Он засмеялся, как будто сказал что-то удивительно смешное, только вот шутка была явно для посвященных, и положил стопку книг на угол полковничьего стола.

— Сегодня мы попробуем кое-что новенькое.

Он жестом пригласил ее садиться и протянул потрепанную книгу в темно-зеленом переплете. Элеонора взяла книгу и посмотрела на корешок. Овидий, «Метаморфозы».

— Вам известно, какого я мнения о романах и лирической поэзии, — сказал преподобный. — Но Овидий, чей голос не только сладок, но и мудр, заслуживает всяческих похвал. Если я не ошибаюсь, он ведь провел последние годы жизни в Констанце.

Элеонора бережно прижала к себе книгу, потом открыла на первой странице. На ней красовалась надпись, сделанная твердым наклонным почерком: «Медоточивому Джимми, что ласкал мой слух. Май 1865. Нью-Хейвен».

— Подарок времен моей студенческой юности. — С этими словами он взял книгу из ее рук и небрежно перелистал страницы.

На этот раз преподобный останавливал ее безмолвное чтение только тогда, когда хотел прочесть строки сам, почувствовать вкус слов. Он прогуливался у нее за спиной и следил за ее указательным пальцем, рассеянно повторяя стихи про себя. Когда она дошла до истории Каллисто, движение за спиной прекратилось. Элеонора решила, что он хочет ее о чем-то спросить, поэтому перечитала последние несколько строк: «Одежду пряжка держала на ней, а волосы — белая повязь. Легкий дротик она иль лук с собою носила...»[1] — и оглянулась. Похоже, что мысли преподобного были далеко. Он стоял, скрестив руки на груди, веки были опущены, губы чуть приоткрыты. Секунду спустя он открыл глаза и перехватил ее взгляд.

— Пожалуйста, — сказал он, — продолжай.

Он вел себя необычно, но Элеонора ничего не заподозрила даже тогда, когда он сказал, что задержится после занятия записать несколько важных мыслей. Он часто оставался в библиотеке после уроков. В таких случаях она обычно ждала его, сидя в кресле у окна с книгой в руках. Но в тот день ей показалось, что в библиотеке невыносимо душно, и она решила еще раз прогуляться потайным коридором, который обнаружила на женской половине. Там было темно и оттого гораздо прохладнее, чем в любой другой комнате дома, поэтому она частенько бродила там, надеясь укрыться от зноя.

Элеонора уже не раз ходила по рассохшимся половицам под самым потолком, но каждый раз ее сердце гулко стучало, стоило только подняться по лестнице. Она придерживала подол платья и пригибалась,

---

[1] *Овидий*. Метаморфозы. 2. 410. Пер. С. Шервинского.

потому что потолок почему-то становился все ниже и ниже, хотя, может, это ей только казалось? В темноте пыльных коридоров, где пахло подгнивающим деревом, едва удавалось различить лишь собственные руки да сужавшиеся стены. Она собиралась наведаться к той маленькой железной двери, которую обнаружила во время первой прогулки, но пятно рассеянного света над библиотекой заставило ее остановиться. Элеонора пригнула голову к коленям, пропустила пальцы сквозь решетку и заглянула в комнату, из которой только что вышла.

Преподобный Мюлер все еще сидел у стола. Со своего наблюдательного пункта ей было видно красное пятно солнца на его шее и крошечную плешь, которая потихонечку начинала расползаться по темени. Сначала она не поняла, чем он занят, но потом, наклонившись вперед, увидела, что он открыл ящики стола и осторожно шарит в них. Вскоре он нашел то, что искал, и сунул это в портфель. Чтобы лучше видеть, Элеонора вытягивала шею изо всех сил и вдруг звонко чихнула.

Преподобный поднял голову и осмотрелся по сторонам. Повисла долгая пауза.

— Кто здесь? Госпожа Коэн? — позвал он.

Кровь застучала у Элеоноры в ушах, от страха перехватило дыхание. Она уже собиралась метнуться назад, но сообразила, что лучше замереть и подождать. Так она и сделала. Тем временем преподобный поднялся со стула, позвал ее и, не получив ответа, принялся ходить по комнате, заглядывая под столы и стулья, — кроме него, в комнате никого не было. Он подхватил портфель и поспешно вышел.

Элеонора словно приросла к полу. Она простояла так довольно долго, прежде чем повернуть обратно — в коридор и на женскую половину.

Остаток дня и позже, во время ужина, Элеонора все время мысленно возвращалась к происшествию: открытый ящик, портфель, он зовет ее по имени. Конечно, можно было придумать разумные объяснения тому, что она видела: бей попросил преподобного принести ему какую-то бумагу; он мог потерять перо и искать его в ящике, да что говорить... сколько объяснений она ни придумывала, правдоподобным представлялось только одно: ее учитель что-то украл. Но мучило ее совсем не это. Как ей поступить? Рассказать ли о случившемся? Платон сказал бы, что это ее долг, что истина — начало всякой добродетели. С другой стороны, Тертуллиан говорил, что не успела истина явиться на свет, как тут же стала всем ненавистна. Вопрос терзал ее весь остаток дня, и даже фейерверки и сон не отвлекли от моральной дилеммы.

На следующее утро она спустилась к столу, так ничего и не решив. По обыкновению, они завтракали в молчании. Господин Карум поставил перед ней тарелку, и она принялась за еду. Но немой вопрос, как же ей все-таки поступить, нависал над ней, как прибитая к стене голова носорога. Она не солгала. Никого не предала. Но при этом чувствовала себя виноватой. Может быть, она не сделала того, что должна была сделать? Или это два разных греха? Трапеза подходила к концу в привычном безмолвии, Элеонора посмотрела на истекающую кровавым соком клубнику на тарелке и решила: нужно рассказать, так будет правильно, но возводить напраслину на преподобного ей не хотелось. Она подцепила вилкой ломтик клубники, отправила в рот и жевала, пока та не растворилась во рту.

— Элеонора, — сказал бей, встав из-за стола, — сегодня я задержусь допоздна. Я приглашен к Хаки Бекиру.

Перед Элеонорой пронеслись воспоминания о Хаки Бекире, его нечестности и дурном нраве, и вопрос решился сам собой. Она вынула из кармана лист бумаги и перо и написала:

«У вас есть минутка? Мне надо вам что-то сказать».

— Конечно, — сказал бей. — Что тебя тревожит?

«Вчера, — начала она после долгого колебания, — я была в коридоре на женской половине».

Она посмотрела на него, ожидая ответа. Насколько ей было известно, бей ничего не знал о ее вылазках. В любом случае ее признание его совсем не потрясло.

«Я случайно нашла это место. Я хожу туда, когда хочу побыть одна. Извините, если я что-то делаю не так».

— Хорошо, — сказал он. — Это все?

Элеонора бросила быстрый взгляд на господина Карума, который стоял у буфета.

«Я была наверху. Оттуда увидела преподобного. Наш урок закончился, а он остался в библиотеке, сказал, ему надо что-то записать. Я не хотела за ним подглядывать, но когда посмотрела вниз, то увидела, как он что-то искал в ящике полковничьего стола».

Бей крепко сжал губы:

— Это все?

«Я не уверена, там плохо видно, но мне показалось, что он взял что-то из ящика и положил в свой портфель».

— Что он взял? — спросил бей неожиданно взволнованным голосом. Такого она еще никогда у него не слышала. — Перо, письмо, лист бумаги?

На душе у Элеоноры тоскливо заскребли кошки. Она тут же увидела, к чему приведет ее честность, какую яму она себе роет и кто первый в нее упадет. На секунду ей захотелось сказать, что она ошиблась, что все не так, но было слишком поздно. Оставалось лишь сказать бею всю правду:

«Листок бумаги. Или несколько. Небольшую пачку».

Бей не медлил ни секунды. Он понесся в библиотеку, Элеонора бежала за ним.

— Какой это был ящик, — спросил он у нее, садясь к столу. — Ты помнишь?

Она указала на левый верхний ящик, и бей стал лихорадочно перебирать бумаги. Он, очевидно, не нашел того, что искал, поэтому совсем вынул ящик и вывалил все его содержимое на стол. Внимательно изучал каждый листок. В конце концов, просмотрев их все, обхватил голову руками.

— Нельзя было ему верить, — прошептал он. — Ректор Робертс-колледжа нанимается в учителя к маленькой девочке!

Элеонора стояла у стола и слушала горестное бормотание бея. Ей чудилось, что она только что своими руками расколола мир надвое. Тут бей сжал плечи Элеоноры, посмотрел ей прямо в глаза и спросил:

— Ты точно видела, как он вынимал бумаги из этого ящика?

Она кивнула, но в глаза ему посмотреть не решалась.

— Все это очень серьезно. Если то, что ты говоришь, — правда, нам больше нельзя приглашать его в дом ни под каким видом. Придется прекратить ваши занятия и оборвать все связи с ним.

Бей помолчал, собираясь с мыслями, и отпустил ее плечи.

— Но не забывай, что оговорить человека — тяжкий проступок. Мухаммед считает это одним из четырех величайших грехов.

«Да, я понимаю».

— Тогда ничего другого нам не остается.

«А что это была за бумага?» — робко написала она.

Бей закрыл глаза, глубоко вздохнул, взял из верхнего ящика стола чистый лист бумаги и перо и только тогда ответил:

— Ничего важного. Дело в другом. Мы не можем больше доверять преподобному Мюлеру. — С этими словами бей начал писать короткое письмо.

Элеонора время от времени заглядывала ему через плечо.

Преподобный Джеймс Мюлер!

С сожалением сообщаю о прекращении Ваших занятий с госпожой Элеонорой Коэн. Непреодолимые обстоятельства, которые мы с Вами, к моему прискорбию, не можем обсуждать, вынуждают нас прервать все отношения с Вами. Госпоже Коэн очень полюбились Ваши уроки, и она желает Вам всяческих успехов и благополучия, так же как и я. Мы оба искренне надеемся, что это решение не доставит Вам никаких неудобств и не нанесет ущерба.

Искренне Ваш,

Монсеф Барк-бей

Прежде чем вложить лист в конверт, бей перечитал письмо и посмотрел на Элеонору — одобряет ли она написанное. Вот и все, на этом ее занятия закончатся. В том, что она поступила правильно, сомнений не было, но кошки на душе скребли по-прежнему. Элеонора пробовала читать, пообедала, в конце концов уныло поплелась к себе и скользнула в постель, вспоминая слова генерала Кржаба о природе истины: «Скользкая рыба, что сверкнула чешуей в воде, благородный боец, который не боится поставить жизнь на карту, но и тяжкий груз, что тянет корабль на дно». Чистая правда. Чем сильнее Элеонора восхищалась идеей истины в теории, тем больше вопросов возникало по практическому применению. На следующее утро Элеонора проснулась от щелчка открывающейся двери и тихого мурлыканья — госпожа Дамакан напевала знакомую мелодию. Сны разбежались в разные стороны, словно мыши по углам — кто куда. Элеонора потерла глаза, выбралась из кровати и пошла в купальню. Влажный воздух был пропитан запахом мыла. Утро заглядывало в окошко над умывальником, словно бродяга. Элеонора шагнула в воду и немедленно покрылась гусиной кожей. Дрожь пробежала по спине, и она начертила букву S на поверхности квадратной голубой плитки.

Затем она ухватилась за край ванны, запрокинула голову, и госпожа Дамакан принялась за ее волосы. Что теперь делать? Без занятий будущее казалось безбрежным океаном, недели и месяцы потянутся бесконечной чередой приливов и отливов. Она не жалела о том, что сделала, ведь она поступила правильно, но результат ее огорчал. Кроме того, ее пугала возможность ошибки: а что, если обвинение было несправедливым? А вдруг ей показалось, что преподобный открывал ящик? Может быть, он просто-напросто любопытствовал? Движения губки успокаивали, она нагнулась вперед и обхватила колени руками. В полумраке купальни можно было разглядеть, как в плитках на стене отражается ее силуэт, красная от мочалки кожа и высоченная, как свадебный торт, башня из пены на голове. Она коснулась подбородком воды и подумала о кувшинках.

— Элеонора...

Госпожа Дамакан тихо звала ее, как будто произносила магическое заклинание, записанное на оборотной стороне амулета. Старая служанка пересела так, чтобы видеть лицо девочки. Ее платок сбился сильнее обычного, из-под него выбивались жесткие седые волосы, в которых узкими лентами змеились редкие черные пряди.

— Ты верно поступила, — сказала она. — Правильно.

Как она узнала о том, что произошло, — Элеонора ума не могла приложить. Но уверенность ее голоса унесла прочь все сомнения, по крайней мере на некоторое время.

— Ты правильно поступила, — повторила госпожа Дамакан. — Ты все правильно сделала.

Сполоснув Элеоноре голову, служанка вынула пробку, собрала одежду и оставила девочку в одиночестве наблюдать, как серая мыльная вода закрутилась водоворотом и со всхлипом исчезла в сливе. Когда последняя капля воды утекла, дрожь пробежала по Элеонориному телу, а все волоски на коже встали дыбом.

ГЛАВА 16

Прекращение занятий не слишком нарушило привычный распорядок. Элеонора по-прежнему вставала рано утром, умывалась и спускалась в столовую позавтракать с беем. Дневные часы проходили в кресле за полковничьим столом, там она читала, накручивая прядь волос на палец. Книг в библиотеке достало бы, чтобы занять ее на ближайшие пару лет, но без размеренных шагов преподобного Элеоноре трудно было сосредоточиться. Чтение античных историков и ораторов преподносило ей загадки, страницы книг воскрешали жаркие споры ушедших веков, но мысли Элеоноры нередко блуждали далеко от книги. Даже легкое чтение — случайно обнаруженные детективные романы и полное собрание сочинений Бальзака — с трудом удерживало ее внимание.

Хотя происшествие с преподобным Мюлером больше никогда не обсуждалось, она то и дело возвращалась к нему. Вид обоев на стене воскрешал памятную картину: открытый ящик, голос, окликнувший ее по имени, а потом преподобный выходит из библиотеки. Она поступила правильно, никаких сомнений у нее не было. Она отчетливо видела, как преподобный шарил в ящиках стола, — нельзя было не рассказать об этом бею. Никаких сомнений. Все просто. Преподобный украл что-то, поэтому бей отказал ему от дома. Но все же Элеонору не оставляло тревожное чувство. Она не могла понять, что же могло так заинтересовать преподобного и почему ее рассказ так взволновал бея. Может быть, она читала слишком много детективов? Или это было природное любопытство? Как бы то ни было, Элеонора чувствовала, что поступок преподобного связан с тем молодым человеком из кафе «Европа» и зашифрованной запиской, что он показывал ей за несколько недель до своей отставки. Но как эти события связаны между собой, она не знала.

Как раз тогда, в пору между прекращением занятий и окончанием Рамадана, бей начал приглашать Элеонору на прогулки по городу. Если они заговаривали о Гомере, он непременно упоминал о руинах Трои, только что раскопанных менее чем в дне пути от Стамбула. Стоило ей спросить об архитекторе Синане, и бей принимался расхваливать красоту внутреннего убранства Голубой мечети. Не раз он расхваливал и прекрасный вид, что открывался со стен Румелихисара, добавляя, что лучшего места для пикника в Стамбуле не сыщешь. Монсеф-бей никогда не действовал прямо, не принуждал ее выходить из дому, и Элеонора никогда прямо не отказывалась. Они словно бы разыгрывали шахматную партию, делая ходы и возвращаясь обратно, каждый оставаясь при своем, как король и ладья в патовой ситуации. Бей превозносил чудесную погоду, Элеонора кивала, а мысли ее витали где-то далеко.

Однажды перед самым концом Рамадана Элеонора сидела за полковничьим столом и читала Аристофана. Ночью прошла короткая гроза, поэтому госпожа Дамакан не стала задвигать шторы, и в комнату просачивался бледный вечерний сумрак, от которого все в комнате приобретало меланхолический вид.

> Уже не раз тоска мне душу мучила.
> Две или три всего и было радости,
> А горя — больше, чем песку на дне морском[1].

Элеонора вздохнула и бросила взгляд на рисунок на обоях. Все тот же: темно-красный узор из «восточных огурцов» и золотистые полосы, но чем дольше она вглядывалась, тем явственнее на обоях проступало изображение крошечных перекрещенных мечей, которых она никогда раньше не замечала. Она откинулась на стуле, чтобы получше рассмотреть обои, стукнулась коленками о стол, и тут ее взгляд упал на бронзовую, всю в завитушках ручку левого ящика. Потирая ушибленное место, Элеонора задумалась, как делала уже не раз, о том, что же преподобный искал и сумел ли найти. Но сегодня — она и сама не могла бы объяснить почему — Элеонора пошла дальше. Она отодвинула стул, взялась за ручку и потянула. К ее удивлению, ящик не был заперт и легко подался, а в нем, словно ласточкины гнезда, что плотно лепятся к верхушке минарета, лежали пачки писем, каждая перевязана тесьмой.

Элеонора бросала быстрые взгляды на дверь, а пальцы ее тем временем проворно развязывали узел. Сверху лежал толстый квадратный конверт: пригла-

[1] *Аристофан.* Ахарняне. Эпизод 1. Пер. С. Апта.

шение на имя мистера Монсефа Барка-бея. Вытисненный на обороте адрес указывал на отправителя — американское консульство в Бейоглу. Ниже был изображен орел с земным шаром в когтях. Она открыла конверт и вытряхнула содержимое: приглашение на костюмированный бал в американское консульство. Датировано октябрем 1883 года, почти два года назад. Элеонора отложила приглашение и стала просматривать другие письма: обычная мешанина из личной корреспонденции, несколько приглашений, две официальные бумаги из дворца — ничего интересного. Она уже собиралась оставить свою затею и вернуться к Аристофану, как вдруг на глаза ей попалось письмо, ничем не похожее на предыдущие.

Конверт был весь захватан жирными пальцами, от него так и веяло провинциальным захолустьем. Ни марки, ни обратного адреса, единственным ключом к разгадке было имя адресата: госпоже Дамакан для передачи Монсефу Барку-бею. Элеонора поднесла конверт к лицу и почувствовала знакомый запах — в памяти возникла дорога, где-то далеко-далеко от Стамбула. Уж точно преподобный искал не это, но знакомый запах точно дернул за какую-то невидимую ниточку, мелкий, неуверенный почерк разбередил ее душу. Она убрала остальные письма в ящик и закрыла его, потом пододвинула стул поближе к столу и выпрямилась. Письмо выпало из конверта и лежало перед ней, на листе промокательной бумаги. Два листка пожелтевшей по краям бумаги были исписаны с обеих сторон нервной скорописью и сложены пополам.

— Госпожа Коэн...

За секунду до того, как он позвал ее, Элеонора услышала, как бей прочищает горло. По его интонации она тут же поняла, что он наблюдал за ней уже некоторое время. Он подошел и склонился над столом. Конечно же, он заметил письмо. Он смотрел прямо на него. Он притворился, что ничего не видит, но взгляд выдавал его.

— Что это ты тут читаешь? — спросил он и показал на книгу.

Она провела пальцем по корешку.

— Аристофан, — прочел он.

Не зная, куда девать руки от смущения, она подняла книгу и переложила на середину стола.

— Я подумал, — сказал бей, — что было бы неплохо прогуляться к Румелихисару.

Элеонора, хотя и не совсем понимала, к чему он клонит, согласно кивнула, радуясь тому, что разговор принял такой оборот и бей ничего не говорит о письме, которое лежало на промокашке.

— Цветы в полях благоухают, — продолжал он, — у меня сегодня нет других дел. Можем прогуляться ненадолго, захватим ужин с собой.

Элеонора обвела взглядом библиотеку: плотные занавеси красного бархата, глобусы, ковры на полу, книжные стеллажи. Сколько же часов провела она тут? Сколько страниц прочла? Бей недвусмысленно дает ей понять, что хочет поехать с ней в Румелихисар. Разве он не заслужил хотя бы этого?

— Ну как, — спросил он, — согласна ты съездить в Румелихисар сегодня вечером?

«Да, с удовольствием».

Она поставила книгу на место, и всего час спустя они уже ехали по западному берегу к устью Босфора. День был прекрасный. Солнце постепенно садилось за горизонт, вдоль дороги прыгал кролик, сквозь прорези в узорчатой решетке экипажа Элеонора видела удодов, следовавших за ними. Как бей и обещал, ехали они недолго.

— Вот это, — сказал он, когда экипаж остановился, — и есть Румелихисар. С одной из этих башен четыреста лет назад султан Мехмед Фатих следил за осадой Константинополя, тогда город пал и византийцы покинули его.

На первый взгляд крепость не производила впечатления, могло показаться, что приземистые башни натыканы чьей-то беспечной рукой среди травы и камней без всякого плана. Они заплатили стражу и вскарабкались прямо к зубчатой вершине, тут Элеонора убедилась, что башни сами по себе мало что значили. Важно было место, выбранное для крепости. Султан повелел строить крепость над самым входом в пролив, откуда мог полностью контролировать движение всех судов. Румелихисар был укутан покрывалом голубых летних цветов, зеленые ростки тянулись к свету из каждой трещины в каменной кладке. Дневная жара отступила, с моря дул ветерок. Пока бей раскладывал припасы — холодное мясо, хлеб, сыр и оливки, — удоды покинули верхушку минарета ближайшей к крепости мечети и заскользили над водой. Равномерные мазки пурпурного на фоне ярко-оранжевого неба напоминали размеренное дыхание какого-то фантастического существа. Элеоноре чудилось, что стая пытается ей что-то сказать, хотя она не понимала что. Птицы сделали несколько кругов над проливом и растворились в сосновой роще позади Ускюдара.

Элеонора вдохнула свежий морской воздух и залюбовалась городом. Какая же безжизненная картина открывалась из окон ее комнаты! Город был живой, люди сновали по улицам, до нее доносились крики, музыка, запах свежеиспеченного хлеба. Вот купол Новой мечети, похожий на гигантскую черепаху. А вот и тонкий, как игла, минарет Голубой мечети. Желтый с белым дом бея. А там, где все воды соединяются, стоит дворец султана, жемчужина Босфора на самом кончике Золотого Рога, — сверкают его мраморные стены, переливаются в закатных лучах башни, цветет глициния в дворцовых садах. Когда последний луч заката коснулся изгиба Золотого Рога и окрасил стены Топкапы в золотистый и розовый цвета, Элеонора ахнула от восхищения и прикусила щеку. Но вот небесное око закрылось, и звук пушечного выстрела далеко разнесся над водой.

— Несколько лет назад, — сказал бей и жестом пригласил ее присоединиться к трапезе, — я был приглашен во дворец.

Он протянул ей наполненную тарелку.

— Да ты, наверное, и сама уже знаешь из тех писем, что читала сегодня.

Он помолчал и положил в рот оливку.

— Должен признать, когда я предложил тебе свой кров, Элеонора, я руководствовался только чувством долга и уважением к памяти твоего отца. Но прошедшие месяцы хотя и были далеко не легкими, но доставили мне много радостей, редких при моем холостяцком образе жизни. Я хочу сказать, — продолжал он, — что мне совсем не нравится твой интерес к моей корреспонденции, хотя я понимаю, чем он вызван. Тебя мучают вопросы о том происшествии с преподобным Мюлером. Но прежде, чем ты начнешь их задавать, я хотел бы изложить ситуацию со своей точки зрения.

Он откусил хлеба с мясом.

— Ты читала Жан-Жака Руссо?

Она кивнула.

— Юношей, — начал бей, — я попал под влияние Руссо: общественный договор, гражданское общество, общая воля и тому подобное. В каком-то смысле эти идеи стали для меня откровением. И я был такой не один. В те времена многие молодые люди — сыновья богатых торговцев, чиновников, офицеров, землевладельцев воспринимали рассуждения Руссо со всем пылом молодости. Я собрал кружок, мы встречались раз в месяц, читали и делились впечатлениями. Вскоре он приобрел некоторую известность. Я даже написал несколько статей о правах человека.

Бей посмотрел, желая убедиться, что она слушает.

— То, что я получил назначение в Констанцу, было прямым следствием моего увлечения Руссо. К этому времени я уже был членом парламента, а мой отец был влиятельным коммерсантом, одним из крупнейших поставщиков текстиля для армии.

Поэтому мой арест, неизбежный при других обстоятельствах, заменили дипломатическим постом, а по сути, почетной ссылкой на самый край империи.

Элеонора понимающе кивнула.

— В Констанце я познакомился с твоим отцом, там у меня завязались отношения со многими влиятельными деловыми людьми. Время там текло не без приятности, но меня тянуло домой, в Стамбул. И как только тучи над столицей рассеялись, я вернулся. Мне было поставлено условие, что я отказываюсь от участия в политической жизни. И я согласился. Я придерживаюсь тех же взглядов, но предпочитаю действовать иначе. С тех пор как я перебрался обратно в Стамбул, великий визирь внимательно следит за каждым моим шагом. Его подозрения безосновательны, могу тебя уверить. Никогда я не призывал к революции. Но я понимаю, почему он интересуется мной, памятуя о моем прошлом, да и это происшествие на судне... Я никогда не подозревал преподобного. Не знаю почему. Сейчас я понимаю, что должен был заподозрить его с самого начала. Я не знаю, в чью пользу он шпионит: дворца ли, американцев или и тех и других сразу, но в любом случае ты с ним заниматься больше не будешь. Ты поняла?

Элеонора сглотнула и подняла глаза. Да, она поняла. Но все же в голове назойливо крутились вопросы, как мухи, которые завязли лапками в варенье и теперь никак не могут выбраться.

— Все это я говорил к тому, — подытожил бей, — чтобы ты поняла: я прожил хорошую жизнь, приятную, но одинокую, лишенную как женской ласки, так и детского тепла, не считая самого последнего времени, конечно же. Ты знаешь, что я очень серьезно отношусь к обязанностям опекуна, поэтому хочу попросить тебя больше никогда не смотреть мои бумаги без спроса. В первую очередь я забочусь о твоих собственных интересах. Когда придет время, я сам тебе все покажу.

ГЛАВА 17

Когда преподобный подошел к воротам Приветствия, ему пришлось остановиться и утереть пот со лба. Несмотря на все старания, попасть во дворец до этого случая ему не удавалось, и теперь он не мог сдержать восхищения. Массивные башни обрамляли тонкое кружево высокой решетки, отчего вход во дворец казался гостеприимным, однако это впечатление было обманчивым: чужих здесь не жаловали. Ну и правильно, решил он. Правда, у него были основания полагать, что к нему лично во дворце относятся благосклонно, а вот надолго ли хватит этой благосклонности — другой вопрос. Преподобный аккуратно свернул платок и убрал его в карман. В тот же миг путь ему преградил один из дворцовых стражей в пурпурном одеянии.

— Ворота Приветствий закрыты для посетителей! — рявкнул он, явно не понимая, какая ирония скрыта в этих словах.

Однако имя Джамалудина-паши заставило стража опустить оружие и отступить. Чужестранец направляется к великому визирю — тут надо, пожалуй, осторожнее. Он подошел к караульному, чей пост был у самого входа внутрь, и препоручил посетителя его заботам. В сопровождении эскорта преподобный миновал бесчисленное количество внушительных деревянных дверей, пока не достиг святая святых — второго внутреннего двора.

Суета и шум города остались далеко, за мощными стенами. Стамбул казался призраком, луной высоко-высоко на бледном небе, дворец жил своей собственной жизнью. Преподобный залюбовался прохладной струей воды, что сбегала по мрамору фонтана, птицей, устроившейся на ветке на ночлег, вдохнул нежный аромат гибискуса. Во втором дворе было тихо, лишь изредка дипломаты, повара и музыканты направлялись на ночь домой, к семьям, или в кафе, или к иным радостям ночной жизни. Его верный аргус прошептал несколько слов дворцовому распорядителю, и тот повел преподобного по одной из бесчисленных тенистых дорожек, расходившихся во все стороны от ворот. Раньше ежемесячные встречи с великим визирем всегда проходили в городе: на кладбище или в уединенных банях; почему в этот раз Джамалудин-паша пригласил его во дворец, преподобный не знал. Может, уже поползли слухи о том, что бей отказал ему от дома? Или все дело в контактах с русскими? Хотя не стоит волноваться по пустякам; возможно, великому визирю просто недосуг выходить из дворца. Распорядитель кивнул, дворцовый караул расступился, и преподобный вошел в отделанное мрамором помещение. На стенах комнаты висело старинное оружие. Распорядитель объявил, что это Большой зал совета визирей, приемная Джамалудина-паши — слева в конце зала.

— Вы сами увидите, — сказал он и исчез.

И он увидел. Приемная была не больше классной комнаты в Робертс-колледже, зато ее потолок вздымался ввысь, словно это был собор, а не дворец, стены украшала красная и зеленая изразцовая плитка. У стены стоял квадратный диван красного дерева, на нем сидел и сам великий визирь. Нервной повадкой и глазами цвета неспелого винограда он напоминал грызуна. Грызуна в белой накидке и зеленом тюрбане. При виде гостя он слегка привстал в знак приветствия:

— Мой друг. Надеюсь, вы добрались без происшествий?

— Благодарю вас. Ваши слуги весьма предупредительны.

Визирь сжал руки и наморщил нос, оценивая ответ. Все его внимание было отдано преподобному, однако присесть он ему не предложил. Да и некуда. Преподобный не знал, было ли в этом намерение унизить его, — да какая, в сущности, разница.

— Не хотите ли чая? — спросил Джамалудин-паша. — Или кофе?

— Нет, благодарю вас.

— Дворцовые кухни славятся своим кофе, — настаивал визирь. — Уверяю вас, вы не пожалеете.

— Я в этом совершенно уверен, — ответил преподобный, поправляя воротничок. — Но тем не менее вынужден отказаться. Я беспокойно сплю в последнее время, чашка кофе в столь позднее время совсем лишит меня ночного отдыха. Надеюсь, вас не обижает мой отказ.

— Пустое.

Великий визирь прошептал несколько слов слуге, и тот немедленно удалился через потайную дверь в задней стене. Они сидели в молчании, потом дверь отворилась, и в комнате показался тот же слуга, на сей раз с чашкой чая на серебряном подносе.

— Полагаю, — сказал Джамалудин-паша и помешал сахар ложкой, — вы в курсе последних новостей о наших отношениях с русскими.

— Да, — ответил преподобный. — Я читал во вчерашней газете.

— Тогда вы догадываетесь, как нас беспокоят те домыслы, на которые опирается царь в своем заявлении. Однако по зрелом размышлении надо признать, что ничего серьезного за этим не стоит и все, чего мы хотим, — это покончить со всей историей как можно скорее.

Преподобный промямлил что-то, что можно было принять за согласие.

— Разумеется, мы не можем принять требования царя.

— Разумеется.

— Его угрозы совершенно беспочвенны, — сказал визирь, однако интонация была вопросительной.

— Судя по всему, да.

— Мы хотели бы знать точно. Полагаю, вы не владеете информацией, которая пролила бы свет на серьезность его намерений и на последствия — если мы откажемся платить требуемую компенсацию?

— Нет, — ответил преподобный. — К сожалению, мне ничего не известно.

— И у вас нет никаких полезных связей с русскими?

Преподобный переступил с ноги на ногу и скрестил руки на груди — Джамалудин-паша знает о его недавних встречах с русскими. Но служить посредником между двумя непредсказуемыми державами — нет уж, увольте.

— Ничего полезного для нашего правителя.

Джамалудин-паша улыбнулся и погладил кончик носа.

— Очень хорошо. А помимо этого? Как идут ваши дела?

— Весьма неплохо, — ответил преподобный. — Робертс-колледж не меняется. Статья о религиозных обрядах езидов продвигается вполне успешно, скоро выйдут мои новые переводы.

Джамалудин-паша кивал в такт его словам и сосредоточенно смотрел на полы белой накидки. По-видимому, его гораздо больше занимали собственные мысли, он сжимал губы, как бывает при обдумывании сложной моральной дилеммы, потом посмотрел на преподобного и спросил:

— Надо думать, кроме рассказов о ваших академических успехах, вам нечем больше поделиться?

— Нет.

— А Монсеф Барк-бей?

Преподобный развел руками:

— Да, надо сказать, события приняли неожиданный оборот.

— Какой же?

— Монсеф-бей и госпожа Коэн решили, что больше не нуждаются в моих услугах.

— Отчего?

Преподобный собрался с мыслями:

— Непреодолимые обстоятельства. Так они выразились.

— Вы не подозреваете настоящую причину? Вы не потребовали объяснений?

— Они уведомили меня о своем решении письмом, в котором очень ясно говорилось, что они не намерены обсуждать причины. Думаю, у бея денежные затруднения.

Великий визирь надавил на переносицу большими пальцами.

— Так у вас нет никаких предположений о том, что привело к вашей отставке? Не мог ли Монсеф-бей разгадать ваши истинные намерения?

— Это первое объяснение, которое пришло мне в голову, — ответил преподобный.

Он вернулся к случаю в библиотеке. Кто угодно мог заметить, как он берет те бумаги со стола, — Элеонора, господин Карум, госпожа Дамакан, но даже если кто-то его видел, даже если бы он точно знал, что его поймали на месте преступления и поэтому отказали от дома, делиться с великим визирем он уж точно не собирался.

— Я тщательно взвесил каждый свой шаг в доме Монсефа-бея, — продолжал он, — и могу уверенно сказать, что не дал ему ни малейшего повода заподозрить меня.

— Ни малейшего?

— Нет, — преподобный выдержал долгую паузу, делая вид, что он действительно взвешивает каждый свой шаг, — ни малейшего.

— Что ж, — сказал Джамалудин-паша, — остается только сожалеть. К счастью, за Монсефом-беем наблюдают и другие близкие к нему люди.

Он сделал глоток чая, преподобному же оставалось только гадать, кто были эти неведомые соглядатаи.

— А как ваша ученица?

— Госпожа Коэн?

— Да, госпожа Коэн. Вы, помнится, как-то назвали ее вундеркиндом?

Преподобный разжал взмокшие от пота руки, радуясь, что разговор приобретает другое направление.

— У госпожи Коэн поразительные способности к языкам, почти безукоризненная память, а ее пониманию истории и философии позавидовали бы многие выпускники колледжа. Поразительно, всего несколько недель назад она по памяти прочла первую песнь «Илиады». Я говорил вам, что собираюсь написать о ней работу?

— Да, вы упоминали об этом.

— Конечно, теперь, когда мы больше не занимаемся, это будет уже не так легко, но, по-моему, я собрал достаточно материала.

Великий визирь сделал еще один глоток.

— Могла бы госпожа Коэн быть полезна здесь, во дворце?

Преподобный Мюлер сменил позу и уставился в пол, размышляя. Ему не хотелось впутывать Элеонору в дворцовые интриги, но прежде всего следовало позаботиться о себе. Он не раз слышал о том, что случается с агентами, когда они перестают верно служить. Не стоило дразнить пашу.

— Можно... — начал он, еще не зная, как закончит предложение, — можно привлечь ее к работе в бюро переводов.

— У нас и без того переводчиков больше, чем работы для них.

— А шифровальщики? — поинтересовался преподобный.

— Есть и они.

— Они справляются со всеми шифрами?

Визирь задумчиво откинулся на подушки:

— В нескольких случаях они потерпели неудачу.

— Если госпожой Коэн заняться, она станет прекрасным шифровальщиком. Для нее взломать шифр — все равно что выучить иностранный язык.

— Интересно, — сказал Джамалудин-паша и сделал заметку в черной книжечке, которую всегда носил в кармане. — А как обстоят дела с ее родными? Я так понимаю, она только живет у Монсефа-бея? Есть ли у нее какие-то родственники в Констанце?

— Ее отец погиб, — отозвался преподобный. — По-моему, у нее есть то ли тетка, то ли мачеха, кто-то не очень близкий.

— Что еще вы можете о ней рассказать? — спросил визирь. — Каковы ее политические симпатии?

— Насколько мне известно, никаких, — ответил преподобный. — Она же еще ребенок.

— Да-да, понимаю.

— Пожалуй, вас заинтересует то, что она очень скрытная, предпочитает держать свои мысли и чувства при себе, — сказал преподобный. — С тех пор как она перестала разговаривать, эти черты ее характера только усугубились.

Паша приподнял бровь, явно ожидая продолжения.

— Она молчит с тех пор, как погиб ее отец. При том взрыве на судне.

Джамалудин-паша пожевал губами, сделал еще одну пометку в книжечке и встал. Встреча подошла к концу. Он выудил из кармана накидки кошелек, подозвал ближайшего к дивану слугу, чтобы тот передал кошелек преподобному.

— Надеюсь, это послужит вам некоторой наградой, — сказал визирь. — Здесь более чем достаточно, чтобы возместить вам убытки от несостоявшихся уроков.

Небольшой кожаный кошелек оказался тяжелее обычного.

— Благодарю вас, Джамалудин-паша. Рад служить вам.

— Если узнаете что-нибудь новое о Монсефе-бее и госпоже Коэн, немедленно свяжитесь со мной, — продолжал великий визирь. — Если вы нам понадобитесь, мы сами вас разыщем.

Эхо его слов еще разносилось по залу, а преподобного уже вели вон, через Большой зал совета визирей к потайному ходу, который оканчивался прямо за стенами дворца. Преподобный вынырнул на улицу из-за обшарпанной рыбной лавки, остановился и пересчитал монеты. Пятнадцать фунтов. В три раза больше обычного. Видимо, Джамалудина-пашу заинтересовал его рассказ.

ГЛАВА 18

Ей снилось, что она сидит на веслах. Облака над водой пурпурные, темные, а из-за них проглядывают звезды, совсем как медузы. На берегу толпятся люди. Они что-то ей говорят, но она не оглядывается. Если она обернется, то непременно сбавит ход, а она и так гребет слишком медленно. Ей надо передать сообщение человеку в башне. Оно написано на листке бумаги, листок у нее в руке, и она гребет от берега.

Громада вокзала Хайдарпаша лежит на линии горизонта спящим циклопом, вот он потягивается, зевает, рельсы разбегаются венами, соединяя сердце с каждым органом, поезда — его руки, часы — его око. За ним высится белая башня, она похожа на темницу. Туда ей надо доставить послание. Луна подмигивает. Она понимает.

Кыз-Кулеси, Девичья башня. Это название приклеилось намертво, как кусок нуги. Она пытается вспомнить историю башни: султан, его дочь, проклятие, змея, корзина винограда. Девушку заточили в башне. Кажется, что-то связано с Афродитой? Или это другая история? Да и какое это имеет значение? Она плывет в лодке через пролив, высокие волны ударяют о борт, в них звездочками блестят медузы, вот и все.

Странно, что она забыла послание. Не может припомнить, что ей нужно передать человеку в башне и почему. Но она точно знает, что это важно. Оно на листке, который она держит в руке. Лодка проплывает мимо здания вокзала Хайдарпаша, из воды выпрыгивает рыбка, обдает ее брызгами. Потом еще, еще. Вода вся кишит рыбой. Рыбы шлепают хвостами по воде, окатывают ее водой, но она гребет — гребет изо всех сил мимо вокзала, несмотря на рыб и сопротивление воды.

Лодка ударяется о берег. Призрачная башня качается, как пьяный, что с трудом нащупывает дорогу палкой. Когда лодка со стуком ударяется о берег, она видит птиц. Это ее стая. Сотни пурпурных с белым удодов, они вычерчивают в небе узоры, плавные, как обводы скрипки. Они глотают звезды. Пытаются что-то ей сказать, она не хочет их слушать. Не за этим она здесь. Ей надо передать послание человеку в башне.

Она открывает дверь, на лестнице птицы. Там сыро, взмахи крыльев окрашивают пространство пурпуром, башня наполняется взволнованным птичьим гомоном. Она снимает капюшон, и волосы рассыпаются по плечам. Птицы переговариваются все разом — разом пытаются что-то сказать. Или они поют? Она не понимает. Она с трудом поднимается по лестнице в комнату на самом верху.

Там она останавливается. Птицы пропали. Перед ней толпа, лес рук и ног. Все они собрались в зале на самом верху, все они ждут вестника. Она показывает им послание, машет листом бумаги и говорит, что она вестник. «Вот послание! — кричит она. — Вот та весть, которую вы все ждете. Я — вестница». Но никто ее не слышит. Да если бы и слышали, ей нечего сказать. Потому что в руке у нее чистый лист бумаги.

Когда Элеонора открыла глаза, ее лоб был мокрым от пота, а подушка от слюны. Утро накрыло город легкой газовой вуалью, а заря розовыми с оранжевым перстами разогнала клочья тумана и усыпила ночных стражей. Элеонора перекатилась на спину и засмотрелась на кружевной полог кровати. Обычно ее сны были лишь фрагментами бессвязных воспоминаний: запах жавеля, раненая косуля, далекий портовый город, но не более. Этот же сон был совершенно другим. Должно быть, так чувствовала себя Пенелопа, когда увидела орла, который передушил всех гусей, или бедный Пип[1] в роли Гамлета перед двадцатью тысячами человек, или Иаков, всю ночь боровшийся с ангелом. Сон был вещим, она это чувствовала, только вот как его истолковать?

Элеонора окончательно проснулась, соскользнула с кровати и натянула домашнее платье. Жесткие нити ковра щекотали ее босые ноги. Она подошла к окну и посмотрела на пробуждавшийся к жизни город. По сравнению с ночным кошмаром Кыз-Кулеси выглядела грузной и печальной. Квадратную башню венчала караульня под тонким медным шпилем. Когда-то там была тюрьма, потом маяк и таможня, сей-

[1] Имеется в виду известный эпизод из «Больших надежд» Ч. Диккенса.

час же, насколько она знала, крошечный остров был необитаем, не считая птиц: вот пара черных аистов длинными клювами ищет себе завтрак на мелководье, под самой крышей устроился одинокий щегол. Элеонора наблюдала за щеглом, который скакал взад-вперед по подоконнику караульни, и на секунду ей почудилось, что она заметила вспышку пурпурного в глубине. Солнце било в стекло, слепило ей глаза, она распахнула окно, чтобы получше рассмотреть, но, кроме щегла, ничего больше не было видно. Если удод и был там, то теперь он уж точно улетел.

Следом за ним отправился щегол, и тут внимание Элеоноры привлек экипаж, который как раз останавливался у их дома. Очень странно. У бея редко бывали гости и никогда — так рано утром. Элеонора затянула кушак и стала смотреть. Золотой с пурпуром экипаж остановился у самой воды. Едва лошади встали, дверца открылась изнутри. Оттуда вылез человек в пурпурной ливрее, с важным видом пошел прямо к парадной двери и постучал. Элеонору разбирало любопытство, поэтому она быстро переоделась и выскочила на лестницу. Сквозь балясины она видела, как господин Карум с обычной надменностью открывал дверь, но на этот раз все его высокомерие мигом слетело, стоило только рассмотреть пришедшего. Он отступил и опустился на одно колено.

Элеоноре не было слышно, о чем они говорили, но, когда господин Карум встал наконец с колен, она заметила, что он смотрит в сторону ее комнаты. Увидев ее на лестнице, он позвал:

— Госпожа Коэн, не могли бы вы спуститься на минутку? С вами хотят поговорить.

Чем ближе Элеонора подходила, тем лучше ей было видно посетителя в ливрее. Он стоял вытянувшись по стойке «смирно», грудь колесом, шапка горделиво заломлена, сюртук из пурпурного атласа украшен хрустальными пуговицами. Почти неуловимый запах лаванды шел от его одежд, в руке он держал серебряный футляр размером с огурец. Элеонора решила, что глазеть на визитера не очень-то вежливо, и потупила взгляд. Когда она подошла, господин Карум произнес, обращаясь к посетителю:

— Разрешите представить вам госпожу Элеонору Коэн, дочь Якоба Коэна из Констанцы, ныне проживающую в Стамбуле на попечении Монсефа Баркабея.

Посетитель еще сильнее выпятил грудь, прочистил горло и сказал:

— Госпожа Коэн, султан Османской империи, защитник священных городов, халиф всех мусульман, повелитель правоверных и верховный падишах, его величество Абдул-Гамид Второй приглашает вас посетить его во дворце. — Он передал ей серебряный футляр. — Завтра в этот же час вас будет ждать экипаж, — продолжал он. — Надеюсь, время вам подходит?

Элеонора посмотрела на изящный предмет. Его украшал сложный цветочный орнамент, выгравированный по краю, крышка была из слоновой кости. Элеонора держала его обеими руками, как меч. Ей показалось, что она узнала работу, — из такого же футляра преподобный вынимал листок с шифром. Кровь застучала в висках, комната поплыла перед ее глазами.

— Да, разумеется, — услышала она голос господина Карума.

Он одним движением выхватил футляр из рук Элеоноры, вынул приглашение и вернул серебряную вещицу посланцу.

— Мы удостоены великой чести, — сказал он, внимательно изучая приглашение. — Госпожа Коэн удостоилась внимания его величества.

День прошел под знаком недоверчивого изумления. Откуда султан узнал о ней, почему из тысяч жителей Стамбула, из миллионов своих подданных он пригласил именно ее? Множество вопросов вертелось на языке, но ответа на них Элеонора не знала. Она бездумно бродила по комнате, листала книгу, садилась в кресло у окна, но так и не могла до конца поверить в то, что завтра она встретится с самим султаном. Повелитель мусульман, правитель всех земель от Салоник до Басры, он мог приказать любому явиться во дворец, но почему-то выбрал ее, Элеонору Коэн.

Ужин подали рано. Все шло заведенным порядком: Элеонора села на свое обычное место, бей занял свое, господин Карум подал рагу из говядины с бобами. Элеонора была уверена, что не съест ни кусочка, но стоило ей поднести вилку ко рту, как в животе громко заурчало.

— Такая честь, — сказал бей, раскладывая на коленях салфетку. — Тебе оказана редкая честь.

Элеонора прожевала кусок и кивнула. Она поняла, что приглашение действительно было редкостной честью.

— Меня дважды удостаивали приглашения во дворец, но аудиенция у самого его величества...

Бей отрезал кусок мяса и насадил его на вилку.

— Хотелось бы знать, почему его величество прислал за тобой. Известно, что его интересует все... — он помедлил, подбирая верное слово, — необычное: гадалки, говорящие птицы и тому подобное. Сначала я решил, что он узнал о твоей поразительной памяти и пожелал лично с тобой об этом поговорить.

Элеонора сглотнула и отложила нож и вилку. Ей было не до конца понятно, куда ведет бей.

— Но потом я подумал, что за этим могут скрываться и другие побуждения, — продолжил он. — Возможно, его интересуют наши с тобой отношения. Возможно, он хочет узнать, не замечала ли ты в доме чего подозрительного.

Элеонора удивилась. Честно говоря, она вообще не задумывалась о побуждениях султана.

— Ты знаешь, что мне нечего скрывать. — Бей взмахнул руками, как будто приглашая всякого убедиться в правдивости своих слов. — Если помнишь, мы говорили об этом во время прогулки на Румелихисар. Все, чего я хочу ради нашего общего блага, — чтобы ты была осторожна и не сказала султану ничего лишнего. Упаси меня Всевышний толкать тебя на ложь, особенно перед лицом его величества и великого визиря. Просто будь осмотрительна и взвешивай каждое слово, подумай, как то, что ты говоришь, может отразиться на жизни других людей.

Элеонора понимающе кивнула.

— Ведь ты прекрасно знаешь, что наши судьбы связаны.

Элеонора подцепила вилкой одинокий стручок фасоли и положила его в рот. Она прекрасно понимала, насколько ее жизнь связана с беем. Он и все его домочадцы были ее самыми близкими людьми. Она вспомнила, как госпожа Ионеско сказала, что ее отец — это «каменная стена, что охраняет мой сад, дождь, что питает его, и упряжка лошадей, что влечет мой плуг». Меньше всего ей хотелось причинить бею вред, вольно или невольно. Но как странно, что он так настойчиво предостерегает ее. Хотя, конечно, он пострадал от политического преследования в прошлом, поэтому скрытые мотивы султана не могут не тревожить его. Да, должно быть, причина в этом.

После ужина Элеонора попросила разрешения подняться к себе. Было еще довольно рано, она совсем не устала, но ей хотелось побыть одной и все хорошенько обдумать. Она уже выбрала платье, в котором завтра поедет во дворец, но вот какие украшения надеть? В верхнем ящике туалетного столика лежали ее драгоценности: изумрудная подвеска в форме капли, которую бей подарил ей вскоре после приезда, золотые браслеты, что он купил для нее в крошечной лавке на рынке. Она рассеянно надела браслеты, и тут ее взгляд задержался на деревянной закладке, которую она привезла с собой из Констанцы, — той самой, что когда-то принадлежала ее матери и помогла ей выбраться из сундука. Она вынула закладку из ящика, взяла ее, как обычно берут лупу, и стала рассматривать свое отражение на полированной поверхности дерева. Она открыла рот, внимательно осмотрела переливающееся красно-желтое ложе, на котором покоился ее язык. Завтра ей предстоит встреча с султаном.

Трактаты Макиавелли научили Элеонору тому, что не следует давать советы правителю, пока он сам не попросит. Если же он обратится к ней, нужно стараться говорить только правду. Но все же у нее не было ни малейшего представления, как следует держаться. Никто из героев «Песочных часов» никогда не удостаивался аудиенции у королей, хотя госпожу Холверт однажды пригласили на верховую прогулку с принцем из дома Габсбургов. Конечно же, все закончилось ужасно: «...единственным напоминанием о том дне стала коробка с засушенными цветами, слезы и неотправленные письма». Впрочем, этот случай можно использовать как пример от противного. Не нужно ждать, что султан удостоит ее особым вниманием. Возможно, он будет занят совсем другим.

Она так долго стояла перед зеркалом, что совсем потеряла счет времени, но вдруг дверь открылась, и в комнату вошла госпожа Дамакан. На этот раз в руках у нее не было ни полотенец, ни стопки простынь. Элеонора положила закладку на туалетный столик и задвинула ящик.

— Ты завтра поедешь во дворец. — Госпожа Дамакан дотронулась до плеча Элеоноры. — Это честь.

Элеонора подняла голову и заметила озорной огонек, сверкнувший в глазах служанки.

— Это большая честь, — повторила госпожа Дамакан, — но ты, наверное, волнуешься?

— Я не знаю...

Слова соскользнули с губ так легко, что Элеонора сама не поняла, как это получилось. Какое-то время назад Элеонора перестала задумываться, заговорит ли когда-нибудь вновь. Молчание стало удобной привычкой — она слушала, кивала, писала ответы, когда без них было не обойтись, — но она давно уже не была в его власти. Она поняла это только сейчас, сбросив с себя покров безмолвия, позволив ему рассыпаться в прах у своих ног. Она сама себя заколдовала, и все это время никто, кроме нее, не мог снять с нее заклятие. Госпожа Дамакан ободряюще кивнула.

— Я не знаю, что надо говорить, — прошептала Элеонора. После стольких месяцев беззвучия ее голос ослаб и царапал ей горло.

Пальцы госпожи Дамакан легко скользнули по плечу Элеоноры и осторожно сжали ее ладонь.

— Откуда же знать ответ, пока не услышишь вопроса? — спросила она. — Доверься себе, ты даже не подозреваешь, как много всего тебе ведомо!

Старая служанка поцеловала Элеонору в лоб и вперевалку вышла из комнаты.

ГЛАВА 19

У самой воды стояла величественная карета, отделанная золотом и черным каучуком; двери, крыша, дуги и подножки были покрыты лаком того оттенка, какого бывают неспелые баклажаны. Элеонора подобрала подол платья и пошла к экипажу следом за дворцовым распорядителем. На ней было платье из светло-голубого шелка и черные лакированные туфли, волосы уложены в красивую прическу. Все утро она готовилась: мылась, выбирала украшения, терпеливо ждала, пока госпожа Дамакан возилась со шпильками. И только теперь она поняла, что все это не сон. Она, Элеонора Коэн, едет во дворец. Ей предстоит аудиенция у султана. И дороги назад нет. Да и была ли?

На полпути к коляске Элеонора заметила, как лоснятся бока у коней, как блестят их темные глаза. При ее приближении благородные животные подтянулись, как солдаты на параде, и каждый поднял левую переднюю ногу. Она ответила на их приветствие легким кивком, и коренной раздул ноздри в знак того, что остальные могут расслабиться. Кучер открыл дверцу, и Элеонора села в коляску. В ту же секунду с крыши бейского дома с криком сорвалась чайка и унеслась вдаль, через пролив, по направлению к дворцу.

Внутри карета была отделана бархатом насыщенного пурпурного цвета, слоновой костью и золотом. Элеонора расправила платье и села спиной к кучеру, наискосок от нее устроился распорядитель. Копыта зашуршали по песку. Элеонора смотрела из окна, а дом Монсефа-бея становился все меньше и меньше, пока наконец совсем не скрылся за поворотом. Тут она перевела взгляд на блестящие носки туфель, которые ей жали, и глубоко вдохнула в надежде, что это поможет ей успокоиться.

— Вам оказана невероятная честь.

Элеонора взглянула на распорядителя: запавшие глаза, большущая родинка над левой ноздрей. Сначала ей показалось, что это тот же человек, что был у них вчера, но потом она засомневалась. В любом случае он ждал ответа.

— Да. — Ответ прозвучал совсем тихо. За несколько месяцев она так отвыкла говорить, что звук собственного голоса казался ей странным. — Я очень польщена.

— Аудиенции у султана удостаивается не каждый.

— Да-да, я понимаю.

Они миновали Галатский мост, свернули налево, к Египетскому базару, при их приближении из-под арок Новой мечети во все стороны брызнула стая голубей. С другой стороны пролива виднелась Галатская крепость, которая словно бы грозила непокорному городу пальцем. Вот и Бешикташ, привольно раскинувшийся у воды: причал, бешикташская мечеть, особняки у самой береговой линии, можно разглядеть желтый фасад их дома в самом центре. Элеонора прижалась лицом к стеклу. Там, на третьем этаже, третье слева, ее окно, у которого она провела столько вечеров за чтением, наблюдением за проходящими мимо пароходами, а еще — в мечтах, которые переносили ее к этим людям, что ютятся в лачугах у самой воды. Случалось ли тем, кто живет по эту сторону Босфора, — рыбному торговцу, слуге, который покупает куркуму на базаре, набожному лавочнику, что совершает омовение в фонтане у Новой мечети, — случалось ли им бросать взгляд в сторону ее окна и задумываться о ее жизни? Этого Элеонора не знала.

— Вы хорошо знакомы с дворцовым протоколом?

— Нет, — ответила она, приподняв подбородок.

Слуга чуть слышно хмыкнул, и его лицо тут же приобрело чрезвычайно торжественное выражение.

— Существуют своды правил, которым необходимо следовать, находясь при дворе. Об этом написаны целые книги. К сожалению, времени у нас сейчас мало.

Элеонора кивнула.

— Три самых главных правила таковы: во-первых, следует поклониться немедленно, как только вы переступите порог зала для аудиенций. Кланяться нужно так, чтобы лбом достать до земли.

Она дотронулась большим пальцем до лба в знак того, что понимает.

— Во-вторых, султана называйте «ваше величество».

— Его величество, — повторила она.

— Ваше величество, — поправил ее наставник. — Обращаясь к султану, говорите «ваше величество».

Если упоминаете о нем в третьем лице, чего вообще-то следует избегать, то «его величество».

— Ваше величество.

— В-третьих, помните, что ваше лицо все время должно быть обращено к султану. Кто бы к вам ни обратился, никогда не поворачивайтесь к султану спиной.

Элеонора повторила правила про себя.

— Это три краеугольных камня дворцового протокола. Но есть много других правил. Например, нельзя противоречить султану. Нельзя перебивать его величество, когда он говорит. Нельзя давать ему советы, если только он сам явственно не спросит вашего мнения. Впрочем, на все это времени у нас нет.

При этих словах экипаж свернул на крутую извилистую улочку. Улица, и без того узкая от лавок по обеим сторонам, была так запружена людьми, что пришлось ехать шагом. Чего здесь только не было: похожие на безе белоснежные тюрбаны бедуинов, кавказские кинжалы, заправленные за нарядно расшитые кушаки, геометрические татуировки на лбу и подбородке берберок — все это с шумом и криками двигалось в гору, ко дворцу. Ворота Приветствий заслуживали особого внимания. Под зеленой крышей из плитки, которая напоминала застывшую волну, стоял караул из шести стражей. Двое отвечали за ворота, четверо сдерживали толпу. У самого входа Элеонора заметила старого крестьянина в красной потрепанной феске. Под мышкой у него была овца. Он размахивал посохом и без конца повторял какое-то слово, как будто то было заклинание, способное исправить причиненное зло.

— Чего он хочет? — спросила Элеонора, когда они выходили из кареты.

Распорядитель удивленно посмотрел на нее. Когда же он понял, о ком она говорит, удивление сменилось неодобрением, и он ответил:

— Нет пределов тому, чего хотят люди от его величества.

Элеонора собиралась продолжить расспросы, но тут внутренние ворота приоткрылись, и их пропустили внутрь. Дворцовые сады расходились концентрическими кругами: каждый засажен определенным видом плодовых деревьев; в воздухе стоял пьянящий аромат жасмина. Слуга вел Элеонору по широкой аллее среди искусно подстриженных деревьев, мимо придворных и янычаров, беззвучных, как змеи. Она едва поспевала за ним, с сожалением пробегая мимо роскошных фонтанов, отделанных синей с белым плиткой, и скрытых в листве павильонов. Они остановились в дальнем конце садов перед воротами не меньше тех, через которые уже проходили. Эти ворота охраняли четверо караульных в форме того же цвета, что и карета. Элеоноре никогда раньше не доводилось видеть таких огромных людей: каждый был размером с лошадь, их мускулы не мог скрыть ни один мундир.

— Это знамя пророка Мухаммеда, да пребудет с ним мир! — сказал ее провожатый, показывая на кусок зеленой ткани на стене из песчаника у самых ворот.

Элеонора подошла поближе и прочла надпись, вышитую серебром: «Во имя Аллаха, всемилостивейшего и всемогущего».

— Оно обозначает вход в личные покои его величества. Мне не дозволено входить туда.

Он подозвал стража, попрощался и заспешил прочь по одной из боковых дорожек. Элеонора молча застыла перед знаменем Пророка, потом набралась храбрости и спросила, обращаясь ко всем стражникам сразу:

— Извините, я должна стоять тут или мне подождать где-то в сторонке?

Караульные не шелохнулись, как будто не слышали вопроса. Они сосредоточенно смотрели прямо перед собой, словно бы целились в одним им заметную цель. «Все дело в голосе», — решила Элеонора и повторила вопрос, на сей раз гораздо громче.

Стражники по-прежнему не замечали ее, как если бы она говорила сама с собой.

— Извините.

Она отступила на шаг и замахала руками прямо перед лицом ближайшего к ней караульного. Глаза у него были глубокого синего цвета, как крошечные сапфиры, но лицо было изуродовано шрамом, который шел от виска до кончика губ. Он опустил глаза вниз, посмотрел на нее, поднес руки к ушам и покачал головой. Глухой — вот что это значило. Он указал на скамейку и принял прежнюю позу.

Сидеть Элеоноре не хотелось: слишком сильно она была взволнована. Но все же она подошла к мраморной скамье и уже оттуда огляделась по сторонам. Она была не одна — небольшой пернатый отряд обосновался на самом верхнем ярусе большого фонтана. Четыре пурпурных с белым удода были с ней в этот торжественный день. Элеонора успокоилась, и, когда ее пригласили пройти в зал для приемов, она пошла без страха, ведь снаружи ее ждали верные друзья.

Зал для аудиенций был украшен резьбой в красных, зеленых и синих тонах. Свет проникал через узорчатые решетки под ярко раскрашенным потолком, в комнате приятно пахло сиренью. Зал оказался неожиданно маленьким, почти как ее спальня в доме бея. У правой стены сидели визири, каждый в сопровождении слуги, слева на огромном деревянном стуле она увидела великого визиря Джамалудина-пашу. В центре, прямо перед ней, на широком кармазиновом диване восседал сам султан, его величество Абдул-Гамид II. Он был невысок, с темными густыми бровями, жесткие усы, губы цвета спелой вишни. Так странно было увидеть его наяву. Элеонора почувствовала, как холодок пробежал по коже. Вот он, султан Османской империи, халиф всех мусульман. Вот он, один из самых могущественных людей в мире. А выглядит как простой человек.

Она опустилась на одно колено и дотронулась лбом до прохладного мраморного пола. Когда она поднялась, великий визирь улыбнулся, сел поудобнее на стуле, поправил тюрбан и достал небольшую черную книжечку из складок кафтана.

— Госпожа Коэн, вы, без сомнения, понимаете, что все мы чрезвычайно заняты, но его величество так заинтересовался тем, что слышал о вас, о ваших занятиях, истории вашей жизни...

— Разумеется.

Элеонора едва расслышала эти слова султана, но стоило им прозвучать, как в зале воцарилась тишина. Она еще раз поклонилась, и по коже побежали мурашки. Он обращается к ней, поняла она. Ладони вспотели.

— Ты не будешь против, — продолжил султан, — если я задам тебе несколько вопросов? О тебе рассказывают столько удивительного, трудно понять, что из этого правда, а что — ложь.

— Да, — ответила Элеонора. Ее голос дрогнул. — Благодарю вас, ваше величество.

— Правду ли говорят, что ты читаешь на пяти языках?

Элеонора посчитала. Ей не хотелось спорить с султаном, но правда была в том, что читала она на семи языках: румынском, греческом, латыни, турецком, французском, английском и арабском.

— Если позволите, ваше величество, это неправда.

Великий визирь сделал пометку в своей книжечке.

— Так на скольких же языках ты читаешь?

— На семи, ваше величество.

— А правду ли говорят, — продолжал султан, усмехнувшись, — что ты прочла все книги из библиотеки твоего благодетеля, нашего друга Монсефа Барка-бея?

— Ваше величество, я прочла много книг, но совсем не всю библиотеку.

Султан кивнул:

— И какая же твоя любимая?

— «Песочные часы», ваше величество.

Она скользнула взглядом по великому визирю, который записывал все ее ответы.

— «Песочные часы», — задумчиво протянул Абдул-Гамид, — не помню, попадалась ли она мне.

— Это чудесная книга, ваше величество.

Он повернулся к великому визирю:

— Вы читали «Песочные часы»?

— Нет, ваше величество.

Он повернулся к остальным визирям:

— Кто-нибудь из вас читал «Песочные часы»?

По залу прошло смущенное бормотание, и один из визирей сказал:

— Осмелюсь предположить, ваше величество, что эта книга никогда не переводилась на турецкий.

— Тогда необходимо перевести ее...

Он не успел договорить, в зал вошел придворный и зашептал что-то на ухо Джамалудину-паше. Тот кивнул, а вестник бесшумно удалился.

— Я сам, — продолжал султан, — знаком с некоторыми произведениями детективного жанра. Авторы в основном англичане. Больше всего мне нравятся Эдгар Аллан По и Уилки Коллинз, впрочем кое-кто из французов тоже неплох. — Он задумчиво посмотрел на потолок. — И разумеется, я ценю великих арабских и персидских поэтов.

На это Элеонора не успела ничего ответить, потому что в комнату вошел другой придворный и передал великому визирю телеграмму. Он прочел ее и сказал:

— Ваше величество, сожалею, но я вынужден прервать вашу беседу с госпожой Коэн. Дело первостепенной важности требует вашего немедленного внимания.

Один из стражей шагнул к Элеоноре, чтобы проводить ее из зала, но султан остановил его взмахом руки.

— Она может остаться, — сказал он. — Полагаю, ваше дело не займет много времени, а я бы не хотел заставлять нашу гостью ждать в приемной.

— Да, ваше величество, — ответил Джамалудин-паша. — Разумеется.

Он расправил телеграмму, перечитал ее и резюмировал:

— Германское адмиралтейство сообщает, что русские торпедные катера продолжают преследовать броненосец «Мессудие», хотя тот и начал отходить в направлении Синопа. Многочисленные попытки связаться с представителями русского морского министерства как в Севастополе, так и в Петербурге успеха не имели. Молчание русских недвусмысленно указывает на то, что это акт агрессии.

Абдул-Гамид вздохнул и ухватился за переносицу.

— Телеграмма отправлена генералом фон Каприви самолично. Он говорит, что понимает всю сложность положения и уважает наш суверенитет. Но при данных обстоятельствах он настоятельно рекомендует применить силу.

— А что вы советуете? — спросил султан.

— Я считаю целесообразным предоставить капитану «Мессудие» полную свободу действий. Новые торпедные катера русских неплохо защищены, но, думаю, они не устоят против обстрела броненосцем.

— Есть ли иные варианты?

— Не думаю. Я понимаю вашу сдержанность по поводу атаки русских торпедных катеров, ваше величество, но заверяю вас, они находятся в территориальных водах Османской империи. Если мы не ответим на этот акт агрессии, наше положение на

Черном море значительно ухудшится. И Петербург, и Берлин истолкуют бездействие однозначно — как проявление страха.

Султан задумался, потом повернулся к визирям:

— Все ли вы согласны с Джамалудином-пашой?

Одобрительные возгласы и кивки свидетельствовали о том, что все согласны. Абдул-Гамид нахмурился, его пальцы перебирали край кафтана. Рисунок ткани словно бы полностью поглотил его внимание. Внезапно он перевел взгляд на Элеонору.

— Что ты думаешь? — спросил он. — Что бы ты посоветовала?

— Я?

— Да, — ответил он. — Ведь ты же родом с черноморского побережья, к тому же изучаешь историю. Что бы ты посоветовала?

Великий визирь громко кашлянул и записал что-то в книжечку.

— Не знаю, — начала было Элеонора. — Я не полностью разобралась в ситуации.

Распорядитель ведь говорил ей, что, если султан спросит ее совета, она может его дать, а его величество ясно дал понять, что ждет ее ответа. Но ведь она ничего не знает о политике, за исключением того, что прочла в книгах. Элеонора прикусила щеку, пытаясь найти аналогию из мировой истории.

— Я думаю... — сказала она. — Ваше величество, я думаю, что это напоминает ситуацию в Вифинии после возвышения царя Митридата.

— Продолжай, — велел ей султан.

— Согласно Аппиану, царь Митридат угрожал Римской республике и Вифинии. Римляне уговорили царя Вифинии начать войну с Митридатом. Но Митридат разбил вифинцев, зато римляне за это время собрали войско.

Султан задумался:

— То есть обстрел русских торпедных катеров окажется в интересах Пруссии гораздо больше, чем...

— Ваше величество, — прервал его великий визирь, — мне только что доложили о событии огромной важности и секретности. Позвольте поговорить с вами наедине.

ГЛАВА 20

Когда зал опустел, Джамалудин-паша поднялся и подошел к султану.

— Что у вас на уме, паша?

— Ваше величество, позвольте мне говорить откровенно.

— Прошу вас.

— Надеюсь, вы простите мне то, что я прервал аудиенцию с госпожой Коэн, но я не могу молчать — я полагаю, что вы поступаете неразумно, спрашивая совета у такого дитя.

Абдул-Гамид погладил себя по затылку:

— Почему же?

— Прежде всего, потому, что госпожа Коэн не вполне понимает политическую ситуацию и характер наших отношений с Россией и Пруссией. Она сама это признала. Во-вторых, неслыханно, чтобы правитель советовался с ребенком, не важно, по какому вопросу. В-третьих, мы ничего не знаем о ее политических взглядах. Может быть, в эту самую минуту она передает сведения Монсефу-бею или преподобному Мюлеру. Она может оказаться шпионкой, работать на русских или румын, на французов, в конце концов.

— Благодарю вас, — сказал султан, — за то, что вы так четко изложили свой взгляд на этот вопрос. Ваши советы бесценны, как всегда. Но в данном случае я не могу с вами согласиться.

Джамалудин-паша посмотрел на телеграмму.

— Госпожа Коэн, — продолжал султан, — сегодня не услышала ничего такого, о чем всякий не узнает завтра из газет. То, какой мудрый совет она дала, показывает, что она прекрасно разобралась в том, что происходит. Что же касается того, можно ли следовать совету ребенка, я склонен считать, что мудрость совета не зависит от того, кто его дал. Думаю, вы согласитесь с этим.

— Да, ваше величество.

— Более того, госпожа Коэн лишь облекла в слова мои собственные мысли. Будь она побирушкой, мартышкой или самим русским царем, я бы все равно воспользовался ее советом.

— Ваше величество, — начал великий визирь, — мои опасения вызывает не только природа этого совета, но и сама политика невмешательства. — Он замолчал в ожидании реакции султана, потом продолжил развивать свою мысль: — Если мы не дадим хотя бы предупредительный залп, то тем самым признаем господство русских на Черном море. Кроме того, боюсь, что генерал фон Каприви расценит такую политику как неисполнение наших союзнических обязательств.

— Скажите, визирь, какая польза от союза с тем, кто принуждает вас действовать вопреки вашим же интересам?

— Как вам известно, ваше величество, альянс с Германией крайне важен для нас. У них второй флот в мире, и они дали обещание выступать в защиту наших интересов в случае любой угрозы.

— Так почему бы им не защитить нас от русских? — Абдул-Гамид не стал дожидаться ответа и распорядился: — Передайте капитану «Мессудие», что я приказываю ни под каким видом не открывать огонь и избегать столкновений с русскими.

Великий визирь помолчал, прежде чем ответить:

— Я понимаю, ваше величество, что память о судьбе «Интибаха» заставляет вас принять такое решение...

— Гибель «Интибаха» не имеет никакого отношения к моему решению, — ответил Абдул-Гамид и поднялся с места.

Не проронив больше ни слова, султан вышел из зала. Яркое солнце на миг ослепило его, он заморгал и пошел по садовой дорожке эндеруна к Палате пажей, потом повернул обратно, к Библиотеке Ахмеда III. Какими бы ни были его чувства, надо рассуждать здраво: провокация русских — это попытка втянуть Османскую империю в войну. Также понятно, что новое столкновение с русскими на море выгодно Пруссии, что бы там Джамалудин-паша ни говорил. На этот раз лучше не поддаваться на провокацию, даже если генерал фон Каприви так не считает. Абдул-Гамид не привык показывать врагу спину, уклоняясь от боя, вовсе нет, но даже Дарий I говорил, что не стоит прибегать к силе там, где поможет гибкость.

Империя слишком слаба, чтобы ввязываться в затяжную войну с Россией, Абдул-Гамид понимал это, поэтому с вооруженным ответом придется подождать. Он с трудом справляется с дворцовыми интригами, не может поддержать санджакбеев в трудную минуту. А ведь меньшинства требуют более широкого представительства, кое-кто даже поговаривает о самоуправлении. А армия? Когда-то она наводила ужас на Вену и Будапешт, а теперь там командуют западные генералы. Даже школы для переводчиков, реформы военного командования, строительство железной дороги, все уступки конституционалистам — все эти попытки вывести империю из-под удара ни к чему пока не привели. Они на грани катастрофы. Абдул-Гамид чувствовал, как узел на шее Османского государства затягивается все туже. Если бы удалось выбраться из-под пяты Великих Держав, расплатиться с кредиторами, пересмотреть условия капитуляции, отправить в отставку иностранных военных советников, тогда бы удалось и восстановить османское превосходство на Черном море. Сейчас же действовать приходилось крайне осмотрительно.

У Палаты пажей он остановился, поглаживая желобки на диске солнечных часов. Солнце на секунду согрело его пальцы и продолжило путь. Повелитель всех и вся, он знал, что многое было не в его власти. Как ни старайся, а история отводит каждому свою роль. Если бы Джамалудин-паша понимал это! Если бы его советники больше походили на госпожу Коэн, не были бы так зашорены, так осторожны в суждениях... Он замер при виде пурпурного с белым удода, который восседал на островерхой крыше зала для аудиенций. Птица резко наклонила голову влево, вспорхнула и полетела над водой. Вот так-то! Он постучал по циферблату часов костяшкой пальца и направился прямо в Библиотеку Ахмеда III.

Появление султана так поразило библиотекаря, что тот едва не свалился со своей лесенки.

— Ваше величество, — поклонился он после того, как осторожно спустился с лестницы, — какая нежданная радость! Чем могу вам служить?

— У меня есть для вас поручение, — ответил султан. — Его следует хранить в строжайшей тайне.

— К вашим услугам, ваше величество.

— Прежде всего соберите все декреты и письма, касающиеся наших отношений с Великими Державами, особенно с Германией и Россией. Сделайте копии и передайте их в распоряжение госпожи Элеоноры Коэн, которая проживает в доме Монсефа Барка-бея.

Султан молча ждал, пока библиотекарь запишет детали.

— Когда это будет сделано, зайдите ко мне, я дам вам письмо, которое нужно будет приложить к документам. Ясно ли это?

— Да, ваше величество. Меня беспокоит лишь то, что объем материалов, о которых вы говорите, огромен. Чтобы доставить их, понадобится несколько повозок.

— Ограничьтесь шестью ящиками и отберите самые важные документы.

— Да, ваше величество. Займусь немедленно.

На следующее утро, после того как с распоряжениями великому визирю и библиотекарю было покончено, султан отправился в ежегодную орнитологическую экспедицию на озеро Куш. Лето в этих краях не лучшее время года для орнитолога, но у профессора Бенедикта, известнейшего английского специалиста, который возглавлял их отряд, время было расписано по минутам, а султан не хотел упустить ни единого мига. Путешествие по Мраморному морю заняло почти целый день, вечером они разбили лагерь у маленькой казачьей деревушки на северном берегу озера. На следующее утро отряд перебрался на южный берег, там они встали постоянным лагерем в нескольких километрах от поселения татар-беженцев. И казаки, и татары почтили султана дарами, но этим общение Абдул-Гамида и других членов экспедиции с местными жителями по большей части и ограничилось. За исключением первой, довольно беспокойной ночи, мысли о черноморском конфликте не слишком тревожили Абдул-Гамида. После того как палатки были поставлены, султан и его спутники бо́льшую часть времени проводили в полях, прильнув к окулярам.

Весенняя миграция закончилась несколько недель назад, но все же им было за чем наблюдать: некоторые виды как раз садились на гнезда. Озеро обмелело, и камышовки, белые цапли и лебеди вили гнезда на заболоченных участках, среди камыша и диких цветов. Под предводительством профессора Бенедикта экспедиция пробиралась вдоль берега, у сосны он остановился и показал на искусно свитое гнездо, напоминавшее формой грушу, — над ним потрудился ремез. Искушенный строитель пустил в дело все, что смог добыть: обрывки паутины, шерсть, стебли растений. Позаботился он и о безопасности: ложный вход и потайной выход должны были сбить незваного гостя с толку. За время путешествия султану посчастливилось наблюдать более пятидесяти видов птиц: белолобого гуся, иволговых, квакву, караваек, колпиц и даже три пары кудрявых пеликанов с яркими оранжевыми клювами. Однако больше других поразил его воображение ремез — искусный строитель гнезд.

В последний, пятый вечер, перед закатом, султан сидел в своей палатке, размышляя о том, до чего же политическая ситуация в стране напоминает ему гнездо ремеза, как вдруг в лагерь ворвался дикий кабан. Проводники не успели потянуться к ружьям, как меткий револьверный выстрел профессора Бенедикта уложил зверя на месте. Хотя сам султан не ел свинины, он распорядился освежевать и зажарить нежданную добычу в знак уважения к познаниям и храбрости профессора Бенедикта. Жареный ягненок, перловый суп и фаршированная айва дополнили праздничный стол, который ознаменовал благополучное завершение приключения.

На следующий вечер султан уже был в Стамбуле. Что-то не так, Абдул-Гамид почувствовал это сразу же, однако час был слишком поздний, и он отправился прямо в постель. Утро показало, что он не ошибся. На стуле у входа в опочивальню терпеливо дожидалась его пробуждения валиде-султан.

— Доброе утро, валиде!

— Говорят, экспедиция была удачной, — сказала она, приветствуя его поклоном.

— Да, — улыбнулся он, — очень. Я видел три пары кудрявых пеликанов и гнездо ремеза.

— Ремеза, — повторила она. — Чудесно.

— Но я не поверю, что вы пришли ко мне в такой час лишь затем, чтобы поинтересоваться, как прошло путешествие.

— Да, ваше величество. Вы правы. Я пришла не за этим.

— Что вас беспокоит, матушка?

— Не хотелось бы портить утро своими тревогами.

— Ваши волнения — моя забота, — сказал он и сел в кровати.

Она присела рядом и посмотрела ему в глаза:

— Вчера до меня дошли слухи настолько тревожные, что я решилась немедленно разбудить вас, моего первенца и любимого сына.

— Какие слухи, матушка?

— Люди говорят, что вы попросили совета по вопросу внешней политики у этой девочки, Коэн, и что теперь вы собираетесь отослать ей секретные документы.

Он промолчал, из чего можно было заключить, что слухи ее не обманули.

— Кто дал вам совет — меня не касается, — продолжала она. — Я знаю, мой сын умеет отличать дельные советы от пустых. Но меня беспокоит, как это отразится на вашей репутации. Люди во дворце шепчутся. И уверяю вас, весьма неодобрительно.

— Пусть шепчутся. Они всегда только этим и заняты.

— Но допустить ребенка в святая святых жизни во дворце, передать важные сведения девочке-еврейке, о которой мы почти ничего не знаем, — это приводит меня в смятение.

Султан перекатился на спину. Даже по дворцовым меркам слухи расползлись слишком быстро.

— Откуда вы узнали?

— От Джамалудина-паши.

— А он откуда?

— Вы сами сказали ему, разве не так?

— Нет, — ответил сутан и лег на бок. — Я не говорил.

После ухода матери Абдул-Гамид распорядился, чтобы ему подали завтрак в Библиотеку Ахмеда III. Приказ был необычный, но слуга лишь поклонился и побежал на кухню. Тем временем султан пошел в библиотеку. Как он и надеялся, там было пусто. Только пыль кружила в луче солнечного света да плескались в бассейне рыбки. Абдул-Гамид сел на место библиотекаря, через несколько минут появился поднос с завтраком. За едой он неторопливо перебирал страницы большой синей книги, которая занимала почетное место на столе. Это был формуляр, в который заносились все истребованные и выданные материалы. Как следовало из записей, в последнее время запрашивалось много документов касательно отношений с Берлином и Петербургом. Но имя того, кто интересовался ими, его собственное имя, в формуляре не значилось. Библиотекарь сохранил его в тайне. Султан закрыл книгу. Библиотекарь появился на пороге, как раз когда Абдул-Гамид допивал чай.

— Ваше величество, — сказал он, бледнея как полотно, — чем обязан чести видеть вас?

— Захотелось проверить, как вы справляетесь с поручением, которое я дал вам на прошлой неделе.

Объяснение как будто успокоило библиотекаря, но не до конца.

— Почти все уже готово, ваше величество. Я надеюсь, что к завтрашнему утру мы закончим. Шесть ящиков писем и официальных документов.

— Замечательно, — сказал Абдул-Гамид, поглядывая на закрытый формуляр. — У меня есть еще один вопрос.

— Да, ваше величество.

— Разве я не приказал вам держать все в тайне?

— Да.

— Тогда не объясните ли вы, почему валиде-султан разбудила меня сегодня утром сообщением о том, что мое поручение теперь у всех на устах?

Библиотекарь весь затрясся и распростерся ниц перед султаном:

— Я не проронил ни слова, клянусь вам, ваше величество.

Султан пристально посмотрел на склоненную перед ним спину и жестом велел библиотекарю подняться.

— Вы богобоязненны, не так ли?

— Да, ваше величество. В меру сил.

— Принесите мне Коран.

Библиотекарь вернулся с книгой, и Абдул-Гамид открыл ее на первой суре.

— Поклянитесь именем Аллаха всемогущего, пророка его Мухаммеда — да пребудет мир с ним! — и праведных халифов, что вы ничего никому не говорили.

Библиотекарь положил руку на Коран.

— Возможно, — начал он, опасливо раздувая ноздри, — я не сообщил о секретном характере вашей просьбы придворному архивариусу и переписчику, к помощи которых вынужден был прибегнуть. Если дело в них, я приму всю ответственность на себя и немедленно покину свой пост, если вы сочтете это достаточным наказанием.

— Кроме архивариуса и переписчика, вы говорили с кем-либо еще?

— Нет, ваше величество, клянусь памятью пророка Мухаммеда — да пребудет с ним мир! — я хранил все в строжайшей тайне.

— Хорошо, — закончил разговор султан и встал из-за стола. — Доставьте документы в мои покои, как только закончите с ними.

Когда он вышел, у библиотекаря подогнулись колени и он повалился на пол.

ГЛАВА 21

Сидя во главе отполированного до блеска обеденного стола, Элеонора разглядывала крошки на тарелке. В комнате больше никого не было. После аудиенции у султана прошло уже больше недели, но все события того дня стояли у нее перед глазами. Она задумчиво помешала остывший чай мизинцем и поднесла палец к губам. На следующий день после поездки во дворец она довольно подробно рассказала обо всем бею. О дворцовых садах, страже, визирях и слугах, о черноморском конфликте и своем совете. Бей выказывал живой интерес ко всему, о чем она говорила, а после того как стало ясно, что султан последовал совету Элеоноры, он дал понять, что гордится своей подопечной. Правда, его больше всего заботило, не расспрашивали ли султан и великий визирь о нем и его делах. Когда Элеонора уверила его, что нет, лицо бея несколько расслабилось, а поток вопросов постепенно иссяк. Элеонора утерла рот салфеткой и принялась утрамбовывать крошки на тарелке большим пальцем — так было легче припомнить все подробности: пологую крышу зала для аудиенций, смешанный аромат сирени и лаванды, переплетение серебряных треугольников, вышитых на воротнике кафтана великого визиря, причудливый орнамент, нарисованный лучами света, которые пробивались сквозь густую крону орешника вокруг большого фонтана.

Как раз тогда, когда она совсем было унеслась мыслями в этот сад, до нее донесся стук во входную дверь, за которым последовали уверенные шаги посетителя. Она выглянула из окна: перед домом стояла вереница носильщиков в знакомых ливреях. Ей было видно, как они, словно процессия диковинных пурпурных муравьев, заспешили в дом, каждый тащил ящик размером с пароходный сундук. Большой ковер в передней был немедленно скатан в рулон, а ящики составили по два между столом для визитных карточек и дверью. Господин Карум и дворцовый распорядитель молча наблюдали за происходящим. Когда последний ящик был водружен на место, посланец извлек серебряный футляр:

— Для госпожи Коэн.

— Я прослежу, чтобы это доставили по назначению, — сказал господин Карум.

Распорядитель посмотрел на протянутую руку и сказал:

— Его величество приказали передать это в собственные руки госпожи Коэн.

Элеонора показалась из-за двери:

— Позвольте.

Все обернулись на звук ее голоса и молча смотрели, как она шла через переднюю. На ней были шлепанцы и домашнее платье. При ее приближении распорядитель кивнул в некотором замешательстве — как будто сомневался, следует ли кланяться.

— Осмелюсь заметить, — сказал он, извлекая свернутый лист плотной бумаги из серебряного тубуса, — что письмо написано собственноручно его величеством.

Элеонора держала письмо обеими руками. Султан выбрал французский язык, почерк был твердый и элегантный.

Дорогая госпожа Коэн!

Прежде чем посвятить Вас в загадку доставленных Вам ящиков, позвольте выразить искреннее удовольствие, которое доставило мне наше знакомство. Достаточно лишь краткого разговора с Вами, чтобы понять всю оригинальность Вашего характера, не говоря уже о Ваших способностях. Надеюсь, Вы хорошо провели время во дворце и вскоре мы с Вами встретимся опять.

Касаемо ящиков, которые, без всякого сомнения, уже доставлены и стоят в передней Вашего дома, в них Вы найдете официальные отчеты, договоры, финансовые документы, дипломатическую переписку, т. е. бумаги, проливающие свет на десять лет взаимоотношений Османской империи с Великими Державами, такими как Великобритания, Франция и Австро-Венгрия, в особенности же с Россией и Германией. Прошу Вас внимательно изучить все документы. Через две недели мы встретимся с Вами во дворце и обсудим Ваши соображения по вопросам внешней политики.

Думаю, нет необходимости напоминать, что все документы, предоставленные Вам, являются совершенно секретными и разглашение сведений, которые содержатся в них, недопустимо ни при каких обстоятельствах.

С нетерпением жду новой встречи с Вами,

Абдул-Гамид II

Ящики перетащили в библиотеку и составили под окнами, что выходили на бешикташскую гавань. На улице удивительно резкий для этого времени года ветер волновал Босфор, шумел листвой и заставлял морских птиц выделывать странные курбеты в воздухе. Но в комнате царил покой. Густой аромат табака смешивался с запахом старых кожаных переплетов и коньяка, низ тяжелых портьер лежал на ящиках. Элеонора толкнула крышку ящика, помеченного номером один, наклонилась и пошарила внутри. Она выудила пачку писем и распустила шелковую тесьму, которой они были перехвачены. Верхнее письмо в большом квадратном конверте было адресовано генерал-лейтенанту Николаю Каракозову, угол конверта был запачкан чем-то, на поверку оказавшимся клубничным вареньем. Обратного адреса не было. Элеонора сжала конверт, и содержимое само выскользнуло из него. Это была карточка с написанным от руки приглашением на прием в честь завершения ремонта в резиденции французского посла. В этой связке писем ничего особенно интересного не обнаружилось; Элеонора положила ее обратно, вынула две папки и отнесла их на полковничий стол.

В первом ящике в основном содержалась переписка между Стамбулом и Санкт-Петербургом: личные послания, приглашения, неприкрытые угрозы, скрытые угрозы, жалобы, извинения, несколько просьб о предоставлении убежища. Письма были большей частью на французском, с вкраплениями русского и турецкого. Элеоноре было понятно почти все, хотя время от времени русский консул упоминал какие-то пока неизвестные ей договоренности, разговоры и имена. Она читала до обеда, наскоро перекусила и вернулась к работе. К тому времени, когда господин Карум постучал в дверь, чтобы пригласить ее к ужину, Элеонора почти справилась с первым ящиком. Конечно, ей пока что не хватало многих деталей, но в целом характер отношений между Османской империей и Россией был ей уже ясен.

В течение двух следующих недель Элеонора ежедневно погружалась в эфемерный мир дипломатических отношений, взаимной неприязни и шатких союзов. Чем больше она читала, тем лучше начинала разбираться в геополитике. Война 1878 года, закончившаяся подписанием Берлинского мирного договора, вынудила Османскую империю отказаться от значительной части владений в Юго-Западной Европе. Русские получили обратно контроль над рядом крымских портов, Босния отошла Габсбургам, на карте возникли новые государства, такие как Румыния и Болгарская автономия. А в это время Франция и Великобритания кружили, словно стервятники над полем битвы, в поисках поживы.

Османская империя оказалась заложницей непростых отношений между Петербургом, Веной, Лондоном и Парижем и обратилась за поддержкой к Берлину. Попечениями великого визиря немецкие старшие офицеры получили должности военных советников, кайзера в Стамбуле встречали парадом имперского войска. «Дойче банк» выдал гигантский кредит, бо́льшую часть которого предполагалось пустить на строительство железнодорожной ветки между Стамбулом и Багдадом, составной части Берлино-Багдадской магистрали. Такая транспортная артерия, писал кайзер султану Абдул-Гамиду в личном письме, не только укрепит могущество обеих империй, но и станет залогом взаимовыгодных отношений на многие годы. Письмо кайзера заканчивалось неожиданно — протокольными словами прощания и на удивление легкомысленной подписью: «С надеждами на союз, Вилли».

Почти две недели Элеонора засыпала мгновенно, хотя даже во сне хитросплетения международной политики не покидали ее мыслей. Но в ночь перед второй аудиенцией ей никак не удавалось заснуть. Ночь укрыла город черным шелком, тут и там звезды поблескивали на бездонном небе, словно кто-то просыпал сахар на покрывало, бездомные коты вышли на ночную прогулку по набережной. Корабли скользили по водам пролива, полная луна мерцала отраженным светом. Элеонора перевернулась на живот и с головой накрылась одеялом. О бессоннице она читала в трактатах Аристотеля и в «Песочных часах». В книге это состояние служило фоном для романтических сцен: вот молодой полковник Раеску, недавно потерявший отца, бродит по саду родного дома с чашкой теплого молока в руках, а на его губах замирает мелодия еще не написанной сонаты. Но читать о бессоннице и страдать от нее — совсем разные вещи. Ей уже давно пора было спать, а голова гудела от усталости и страха, как будто на шею повесили гирю. Спать хотелось отчаянно, но чем отчаяннее она пыталась заснуть, тем хуже становилось: мысль о завтрашнем дне не давала ей покоя.

Все шесть ящиков документов — сотни страниц бряцания оружием и взаимных упреков были изучены. Но вот что сказать, когда султан попросит у нее совета, — этого она до сих пор не знала. Так уж случилось, что положение на карте мира связало судьбы двух государств в кровавый узел, который они и не пытались ослабить, то сражаясь за земли, в сущности не столь важные для обеих сторон, то вооружая армии, то заигрывая с Великими Державами. Даже знай она, что сказать, разве ей, Элеоноре Коэн, удастся примирить этих упрямых могущественных противников?

Трижды за ночь гудок туманного горна подсказывал бесприютным кораблям путь через пролив, трижды нарушал сон стамбульцев. Четвертый гудок разбудил Элеонору, которая задремала незадолго до рассвета. Пробуждение было окончательным. До завтрака было еще далеко, но огонь на кухне уже горел. Торговцы лепешками нарушали утреннюю тишину, напоминая крикливых чаек, отбившихся от стаи. Хвостатые хищники, мяукавшие всю ночь под окнами, вернулись в свои логова с добычей. Раз уж заснуть не удастся, надо еще раз просмотреть документы, решила Элеонора.

Она не особенно удивилась, застав бея в библиотеке, но его вид поразил ее. Он проспал всю ночь в кресле у камина, сюртук совсем измялся, глаза покраснели, веки набрякли, как бывает у ленивых собак. На столе рядом с ним стояла пустая чайная чашка и керосиновая лампа, рядом лежала связка писем. Ящики мирно пребывали на своем месте под портьерами. Элеонора прикрыла дверь, с ногами вскарабкалась на стул напротив бея и обхватила колени руками. Она смотрела, как он спит, в камине потрескивал огонь, но тут сквозь портьеры в комнату проник первый луч солнца, бей шевельнулся и открыл глаза.

— Элеонора. — Он обвел глазами библиотеку и чуть слышно спросил: — Сейчас утро?

— Да, почти.

Он встал и тщательно расправил смятую одежду.

— Мне было никак не заснуть, — сказал он и бросил взгляд на рисунки на столе.

Элеонора поджала ноги под платьем.

— И мне.

Они помолчали, бей извлек пенсне из внутреннего кармана, поискал носовой платок, не нашел и протер стекла о рубашку. Потом он взял два верхних письма из связки и протянул ей.

— Я думал подождать, пока ты чуть повзрослеешь. Но по-моему, время уже пришло.

— Спасибо, — ответила Элеонора, хотя не очень понимала, за что благодарит.

— Я, пожалуй, оставлю тебя. Тут есть над чем подумать, — сказал он и ушел, унеся остальные письма с собой.

Элеонора склонилась над письмами, которые дал ей бей. Она узнала одно из писем: то самое, что она нашла несколько месяцев назад в ящике полковничьего стола. Все грязное, заляпанное, в отпечатках пальцев, без марки и почтовых штемпелей, без обратного адреса. На конверте написано: «Госпоже Дамакан для передачи Монсефу Барку-бею». Она прижала конверт к лицу и вдохнула. Сложенная вдвое бумага по краям пожелтела, два листа были с обеих сторон исписаны мелким, торопливым почерком. Чернила уже начали выцветать, но при свете утреннего солнца она без труда смогла разобрать написанное.

Дорогой Монсеф-бей!

От души надеюсь, что это письмо найдет Вас в добром здравии и полном благополучии, хотя я совсем не уверен, что оно вообще когда-либо попадет к Вам в руки. Ни в коей мере я не сомневаюсь в надежности моей посланницы или в ее горячем желании передать Вам эту эпистолу, тем более что я пишу по ее настоянию. Но судьба женщины, которая решается в одиночку совершить такое путешествие, да еще в самый разгар войны, не может не вызвать некоторого опасения. Как бы то ни было, другого выхода у меня нет. Телеграфная связь до сих пор не восстановлена, почтовая служба не работает.

Как Вам известно, Констанца пала под натиском русской кавалерии около двух недель назад. За это время я стал свидетелем таких ужасов, которые не мог даже помыслить: грабежи, поджоги, вандализм, чудовищное насилие над женщинами. Не время сейчас рассказывать обо всем, хотя забыть то, что я видел, мне не удастся до конца моих дней. Добавлю лишь то, что репутация казаков оказалась вполне заслуженной: они грубы, жестоки и, все как один, пьяницы. С сожалением признаю, что османское войско ничуть не лучше. Те несколько сотен трусов, что были расквартированы в Констанце, бежали накануне атаки, оставив город без защиты. Однако не буду занимать Ваше время этими подробностями. Не сомневаюсь, что Вы слышали немало подобных рассказов, а я еще не сообщил Вам самого главного.

Как раз в то время, когда русские грабили город, у моей дорогой жены Лии начались схватки. Вскоре после рождения нашей дочери она умерла от потери крови. Ее смерть омрачила радость от появления первенца. Только теперь, по прошествии времени, мне доста-

ло сил написать Вам. Глупо, конечно, строить пустые предположения, но я все думаю, что, принимай роды наш местный врач, доктор Гусек, Лия осталась бы в живых. Но доктор был занят ранеными, пришлось довериться опыту двух повитух-татарок, которые каким-то чудом оказались на пороге моего дома как раз во время схваток.

Они сказали, что к моему дому их привело древнее пророчество, какие-то знаки — птицы, табун лошадей, луна, что-то в этом роде. Честно сказать, я не очень поверил им, да и не было сил вдумываться. Однако помощь этих женщин, одной из которых я и доверил послание к вам, оказалась неоценимой — не знаю, что бы я делал без них. Они согласились пожить у меня и вести хозяйство до своего отъезда в Стамбул. Неделю назад я телеграфировал Вам, что по прибытии в столицу обе они будут искать работу и я бы рекомендовал их Вам как незаменимых помощниц по хозяйству.

В заключение хочу присовокупить небольшую личную просьбу. Так случилось, что у моего дитяти есть только один родитель, да и близкой родни почти никого. Поэтому мне хотелось бы обезопасить ее будущее на случай моей смерти. Я не перестаю повторять, что считаю Вас, дорогой друг, одним из самых достойных, честных и благородных людей, с которыми сводила меня судьба, поэтому для меня было бы большим облегчением знать, что Вы позаботитесь о моей дочери, если со мной произойдет какое-либо несчастье, что Вы выполните мою просьбу, хотя она и передается Вам весьма странным способом. Искренне надеюсь на скорую встречу при более счастливых обстоятельствах.

Пока же остаюсь
Ваш преданный друг

Якоб Коэн

Элеонора дочитала, аккуратно сложила листки и убрала их обратно в конверт. Она теребила подол платья и смотрела на серый пепел, в который превратился яркий огонь. В голове проносилось множество мыслей, но ни одну она не могла удержать. Сколько же всего в этих строчках: пророчество, кони, птицы. Отец не очень-то поверил рассказам госпожи Дамакан о знаках, а его мнению Элеонора доверяла. Но ведь вот оно тут, на листке бумаги: предсказание, древнее суеверие, природу которого она не в силах понять. Ей столько всего надо еще узнать о самой себе, об отце, о стае, о госпоже Дамакан и о бее, об обстоятельствах ее рождения, о повитухах, о пророчестве и прежде всего о том, почему все это от нее скрывали. Она чуть не забыла о другом письме. Оно тоже было адресовано Монсефу-бею, на штампе стояла дата — середина февраля. Это послание было гораздо короче первого. Элеонора вытащила листок и пробежала его глазами.

Монсеф Барк-бей!

Благодарю Вас за сердечные соболезнования. Заверяю Вас, что ценю Ваше внимание. Якоб много раз повторял, как он уважает и любит Вас. Теперь я понимаю почему. Как-то раз он упомянул, что просил Вас опекать Элеонору и защищать ее интересы, если с ним что-нибудь случится. Как Вы справедливо заметили, я не только тетя Элеоноры, но и ее мачеха, однако я должна просить Вас не отказываться от обязанностей, возложенных на Вас Якобом. В настоящее время я не могу посвятить себя заботам о малолетнем ребенке. Касаемо Ваших денежных затруднений, которые подразумевались в телеграмме, прошу Вас свободно распоряжать-

ся теми средствами, которые Якобу удалось выручить в Стамбуле. Этого должно хватить на содержание Элеоноры.

Благодарю Вас за понимание,

Руксандра Коэн

Элеонора встала и положила оба письма на стол прямо перед собой. Острый вкус кислоты царапнул горло, на смену ему пришло оцепенение. Руксандра все-таки ответила на телеграммы бея. Странно, но от этого даже легче. Хотя само письмо жалило, как змея, хотя оно прямо говорило о том, что Руксандра бессовестно отказалась от нее, избавление от надежд принесло облегчение. Элеонора не знала, сердится ли она на бея за то, что он скрывал от нее письмо. Он всего лишь хотел уберечь ее от нового удара, ведь после смерти отца прошло так мало времени. Но все же не эти вопросы волновали ее сейчас. Ее мысли были заняты лошадьми, птицами и древними пророчествами. И получить ответы на эти вопросы она могла только от одного человека.

Она повернула ручку и выскользнула в залитую светом переднюю. Сердце колотилось, но она постаралась успокоиться, сосредоточиться на своей цели. Она недолго постояла, от ее частого дыхания платье на груди то поднималось, то опускалось, потом приложила руку к сердцу, вздохнула и медленно, шаг за шагом, прокралась через едва освещенную столовую на кухню. Там было холодно, пахло жареным луком; не считая сковород над плитой, стены были совершенно голые. В дальнем конце виднелись три двери, все три заперты. Элеонора знала, что левая дверь вела в крошечный двор, правая — в кладовую, а средняя, чуть побольше, чем остальные, — на половину слуг.

Она нажала на ручку, и замок подался неожиданно легко. В тусклом свете едва можно было рассмотреть деревянную лестницу. Ступенька предательски затрещала под ее весом, дверь за спиной захлопнулась. Элеонора медленно поднялась на площадку, держась за перила. Перед ней были две двери, из-под одной пробивался свет. Элеонора надеялась, что это комната госпожи Дамакан, ведь, если окажется, что за дверью господин Карум, придется соврать: сказать, что ей нужна помощь по женскому делу. Что это значит, она сама не знала, понимала лишь, что эти слова приведут ее прямо к госпоже Дамакан. Элеонора несколько раз едва слышно вздохнула и тихо постучала. Довольно долго ничего не происходило, потом послышался шорох, и дверь распахнулась. За ней стояла госпожа Дамакан.

— Деточка моя! — воскликнула она и положила руку Элеоноре на плечо. — Что ты тут делаешь?

Элеонора попыталась ответить, но не смогла. Она зашмыгала носом и всхлипнула. Потом почувствовала, как внутри ее словно открылся кран, — чувства, переполнявшие ее, вздымались изнутри, из самых глубин ее тела, поднимались к легким, к горлу, словно бледноглазые морские чудовища, которых выносит на поверхность после долгих лет жизни под толщей воды. Она открыла рот, чтобы объяснить, но тут по телу пробежала судорога. Напряжение последних двух недель, пророчество, султан, вопросы, которые неотступно преследовали ее, — все это пронеслось в голове, она уткнулась лицом в колени госпожи

Дамакан и зарыдала. В этом плаче было все: горе по ушедшим родителям, тоска по Констанце, сочувствие госпоже Дамакан и ее племяннице, все ведомые и неведомые страдания. Но сильнее всего она плакала о себе самой, о том, что нет у нее места в этом мире.

Потом Элеонора еще долго сидела на краю кровати, не спуская глаз с пламени горящей свечи. Госпожа Дамакан обнимала ее, гладила ей волосы и шептала что-то на неизвестном ей языке. Наконец она пришла в себя, перевела дыхание и сказала, утирая слезы рукавом:

— Извините, я не хотела вас беспокоить.

— Ну что ты.

Элеонора опустила глаза и спрятала руки в складки платья. Присутствие госпожи Дамакан успокаивало ее.

— Ты у нас необыкновенное дитя, — сказала старая служанка, поглаживая Элеонору по голове, — ты ведь и сама это знаешь, правда?

— Да, — промямлила Элеонора в ответ.

— Ты это знаешь, но вряд ли понимаешь, что именно в тебе необыкновенного.

Элеонора кивнула. В этом-то и было все дело.

— Тысячи лет, — продолжала госпожа Дамакан, — мой народ хранил пророчество, которое на пороге смерти сделал один из последних великих царей. В нем говорилось, что однажды появится ребенок, девочка. Она изменит ход истории, вернет мир на круги своя. Ее рождение будет сопровождаться особыми знаками: явится табун лошадей, соберутся птицы, Полярная звезда совпадет с луной и две повитухи-татарки примут ее. Он говорил, что эти знаки укажут нам ее.

В неясном свете пламени было видно, что на лице госпожи Дамакан застыло выражение страха, смешанного с почтением.

— Эта девочка — ты.

Элеонора отвела взгляд от госпожи Дамакан и посмотрела на лужу слез. Она не знала, верить ей или нет, но в словах служанки было столько уверенности, что по спине Элеоноры пробежала дрожь.

— А как же султан? А документы? — твердила она. — Что я должна сделать завтра? Я не знаю, что мне сказать. Будь я той, о которой вы говорите, я бы знала, чего от меня хотят.

Госпожа Дамакан справилась с комом в горле и закрыла глаза:

— Поверь в себя. Слушай внутренний голос. Это все, что у нас есть.

ГЛАВА 22

Пока госпожа Дамакан застегивала один за другим крючки на Элеонорином платье, сама Элеонора разглядывала себя в зеркале. Напряжение последних дней не прошло бесследно: глаза воспалены, лицо бледное, словно у фарфоровой куклы, руки дрожат, сколько бы она ни унимала волнение. За завтраком она ничего так и не съела, в животе было пусто, как в аквариуме без воды и рыбок. Обе молчали о том, что произошло между ними несколько часов назад, но было ясно, что утренний разговор не забыт. Одного только письма Якоба, которое лишний раз напоминало о том, что его больше нет, было бы достаточно, чтобы расстроить ее. А тут еще страшный рассказ об обстоятельствах ее рождения, о пророчестве — не важно, правдивом или нет, — да и письмо Руксандры. И все это теперь, когда ей предстоит встреча с султаном. Рассматривая свое отраженис в зеркале, она почувствовала, что у нее горят подошвы от нетерпения, что ее нервы, словно щупальца, вытягиваются, чтобы узнать, что же находится вокруг. Ей не хотелось ехать во дворец, особенно в теперешнем ее состоянии, но кто может противоречить султану! Да и потом, было уже слишком поздно. Госпожа Дамакан не успела застегнуть последний крючок, а к дому уже подъезжал экипаж. Секунду спустя раздался стук в парадную дверь.

Элеонора и посланец султана молча ехали мимо зевавших лодочников, мимо ночных стражников с их лампами, в которых едва теплился свет. Они миновали стайку студентов медресе, которые переговаривались между собой у ворот Египетского базара, проехали мимо кучки просителей и поднялись к Воротам Приветствий. Их пропустили, и тут посланец дотронулся до колена Элеоноры.

— Удачи, — сказал он, и на секунду она увидела его красное, все в прожилках веко. — Вы все, что у нас есть.

Больше не было сказано ни слова. Он проводил ее через дворцовые сады к знамени пророка и ушел, даже не оглянувшись. Ее тут же провели в зал для аудиенций. Элеонора немедленно поклонилась и тут же заметила, что, кроме султана и дворцовой стражи, в комнате было лишь два человека, не считая ее самой. Одного она узнала — это был великий визирь, рядом с ним стояла пожилая женщина, которую Элеонора прежде не встречала.

— С добрым утром, госпожа Коэн.

Стоило султану заговорить, как все в зале повернулись на звук его голоса.

— С добрым утром, ваше величество.

— Вы хорошо добрались?

— Да, — подтвердила Элеонора, — очень.

— Рад это слышать. — Он сделал жест в сторону Джамалудина-паши и спросил: — Вы уже встречались с Джамалудином-пашой?

— Да, ваше величество.

Элеонора и великий визирь не были формально представлены друг другу, но она запомнила его с прошлой аудиенции.

— Позвольте же представить вас моей матери, — сказал он, указывая на пожилую женщину слева от себя. — Валиде-султан так поразил рассказ о нашей с вами первой встрече, что она захотела лично познакомиться с вами.

Валиде-султан была изысканно одета, ее шею обвивало драгоценное ожерелье, а от кожи шел дурманящий аромат духов.

— Очень рада встрече с вами, — сказала Элеонора и поклонилась, хотя не так низко, как в первый раз.

— Это я очень рада, моя милая.

— До того как мы приступим к нашему делу, — сказал султан и оперся головой о руку, — хочу сообщить вам новость: наши переводчики закончили работу над первым томом «Песочных часов». Я начал читать эту книгу всего пару дней назад, но уже разделяю ваше восхищение.

Элеонора кивнула. От поклонов у нее шумело в голове и перед глазами возникли сцены из романа: госпожа Холверт прячется в погребе загородного дома своей двоюродной сестры; лейтенант Брашов проносится на коне по улицам, освещенным лишь огнями фонарей и вспышками разрывающихся снарядов; приступ неудержимого смеха, который случился с судьей Раеску прямо в зале суда. Все эти картины промелькнули перед ней, но она так и не нашлась что ответить султану, пока не вспомнила слова из четвертого тома: «Нить судьбы вела его по грязи, через колючие кусты, трудности, трагедии, ночи без сна. Иногда борьба казалась бессмысленной, но в конце пути он понял, что все эти препятствия были необходимы». Разве вся ее жизнь не была прожита ради одного этого момента? Она моргнула и ровным голосом ответила:

— Да, ваше величество.

— Вот еще что, — продолжал султан, усаживаясь поудобнее. — Вы, наверное, знаете, что я — орнитолог-любитель. Стамбул находится в центре миграций птиц, и мой дворец дает прекрасную возможность наблюдать за движением стай. В последние несколько месяцев я не раз замечал поразительное явление: стая пурпурных удодов обосновалась вокруг дома Монсефа-бея. Не хочу забивать вам голову своими орнитологическими изысканиями, но эти птицы нечасто залетают в наши края, более того, в научной литературе пишут, что удоды с таким оперением, как правило, ведут одиночный образ жизни. Меня интересует, что вы об этом думаете, потому что они как-то связаны с вами.

Он подождал, пока она соберется с мыслями.

— Это моя стая, — ответила Элеонора. — Они всегда со мной, с самого рождения, прилетели за мной из Констанцы.

Из того, что написал ее отец, да и из рассказов госпожи Дамакан следовало, что птицы связаны с пророчеством — если не напрямую, то по крайней мере символически. Однако об этом она говорить не стала, тем более что и сама пока во всем не разобралась.

— Ваша стая, — повторил султан, — вот как.

Элеонора улыбнулась, соглашаясь.

— Однако же перейдем к делу, — сказал султан. — Насколько я понимаю, вы успели прочесть все документы и их содержание заинтересовало вас.

— Да, ваше величество, это правда.

— И что же вы думаете?

Элеонора переминалась с ноги на ногу.

— Занимательное чтение, — сказала она. — Я не совсем поняла содержание нескольких писем, но в остальном чтение очень занимательное.

— Какие именно письма остались вам непонятны?

— Трудно сказать...

Отвечая, она обернулась к великому визирю, который задал этот вопрос. Потом вспомнила, как ей велели держать себя с султаном, и повернулась обратно:

— Там было одно письмо от русского консула, в котором излагались предварительные условия обмена пленными. Еще я нашла черновой вариант Сан-Стефанского мирного договора. Не уверена, что в обоих этих случаях я полностью поняла политический контекст.

— Конечно, — поспешил успокоить ее султан, — документов так много, столько разных тонкостей, мы и не предполагали, что вы сможете уловить каждую деталь. Хотя если вам понадобится, мы снабдим вас всеми необходимыми сведениями, которые помогут разобраться с обоими случаями. — Он повернулся к великому визирю. — Проследите за этим.

— Да, ваше величество.

— Ну что же, — султан посмотрел на Элеонору, — хотя вам и не удалось познакомиться со всеми документами, я хотел бы узнать ваше мнение о ситуации в целом и о том, какую политику вы нам посоветуете вести в будущем.

Элеонора сжала кулаки и глубоко вонзила ногти в ладони. От напряжения перед ее глазами замелькали тысячи мошек. Она уже открыла рот, чтобы извиниться и сказать, что очень устала, и чтобы честно признаться, что у нее нет никакого мнения. Но тут вмешалась валиде-султан:

— Вы ведь знаете, что его величество поступил так, как вы ему предложили в прошлый раз? И, судя по всему, ваш совет оказался удачным.

— Нет, — ответила она. — Я не знала.

— Но ведь об этом писали все стамбульские газеты.

— Я не читаю стамбульских газет.

— Эта новость облетела весь мир, — продолжал настаивать великий визирь, делая пометку в своей книжечке.

— Я вообще не читаю газет, — сказала Элеонора. — Мне никто не говорил, что я должна. Я думала, вы хотите, чтобы я прочла только то, что было в ящиках. Извините меня.

Великий визирь отложил книжицу. На языке у него явно вертелся очередной вопрос, но он ничего не спросил, а вместо этого наморщил нос.

— Ваш план сработал, — сказал султан. — Когда русские увидели, что мы игнорируем их, они прекратили провокации и вернулись в Севастополь. Что касается Германии, сначала они были недовольны, но потом даже обрадовались тому, что мы отвергли их предложение.

Великий визирь прочистил горло:

— Вот поэтому нам бы очень хотелось услышать ваше мнение о политической ситуации.

Элеонора вытерла мокрые ладони о платье и сглотнула. Ведь госпожа Дамакан все ей объяснила. Надо верить в себя. Больше ничего не остается. Если бы подобрать подходящую аналогию... В голове завертелись халифы, муфтии, давно ушедшие правители, мертвые ныне столицы.

— Положение в целом, — начала она, хватаясь за первую мысль, которая пришла ей в голову, — напоминает обстановку в Гиркании, о которой писал Ксенофонт в «Киропедии».

Ее слова не произвели на слушателей никакого впечатления. По всей видимости, никто из них не был знаком с тем, что писал Ксенофонт про Гирканию.

— Известно, что гирканцы зависели от более могущественных ассирийцев, те же использовали соседей в своих политических и военных целях. Ксенофонт описывает несколько случаев, когда гирканской кавалерии было приказано выступить в арьергарде ассирийского войска, с тем чтобы они отражали атаки врагов, если те нападут с тыла. Но....

Элеонора остановилась, во рту у нее пересохло, закружилась голова. Из-за облака выглянуло солнце, его луч прокрался в комнату и осветил плитку мрамора, на которой она стояла.

— Когда они... — начала она, но мысли путались, — когда...

И тут силы покинули ее. Сначала она опустилась на колени, по телу пробежала сильная дрожь, она согнулась и упала на пол. Там, на полу, прямо посреди зала для аудиенций, с ней сделались судороги, она потеряла сознание. Последнее, что она помнила, было распоряжение султана послать за доктором.

Элеонора прочла весь Коран, но священные тексты не нашли в ней особого отклика. Без необходимости ее память редко обращалась к строкам этой книги, однако первое, что пришло ей в голову, когда она открыла глаза и стала понемногу приходить в себя, были аяты суры «Аль-гашийа»: «Там источник проточный, там седалища воздвигнуты, и чаши поставлены, и подушки разложены, и ковры разостланы»[1]. Сквозь приоткрытую дверь виднелся просторный двор, в котором сидели прекрасные девушки. Они перебирали струны музыкальных инструментов и перешептывались друг с другом, время от времени посмеиваясь. Можно было разглядеть и проточный источник, и разложенные подушки, и разостланные ковры.

Элеонора лежала на животе на высоком ложе в маленькой комнатке как раз позади двора. Под головой у нее была целая груда бархатных подушек. Кто-то потрудился разуть ее. Она отлежала правую руку, и теперь в ней неприятно покалывало. Не без труда Элеонора выпростала ее из подушечного плена и перевернулась на спину. Рядом с ней сидела валиде-султан. Элеонора тоже попыталась сесть, но стоило ей оторвать голову от подушки, как острая боль пронзила ее насквозь — от виска до виска. Тут же вспомнился и самый конец суры, строки напол-

[1] Сура 88. Пер. И. Крачковского.

нились смыслом: «Напоминай же, ведь ты — только напоминатель! Ты над ними не властитель»[1].

— Не надо вставать. Полежи, отдохни.

Валиде-султан дотронулась до лба Элеоноры тыльной стороной ладони и поднесла к ее губам большую чашу:

— Выпей это.

Жидкость была рубинового цвета, по вкусу напоминала гранат. Элеонора сделала несколько глотков и отдала чашу; валиде-султан поставила ее на пол у кровати.

— Тебе хотелось пить.

Элеонора кивнула и поднесла перепачканную сладким соком руку, в которой еще покалывало, ко лбу. Ей хотелось спросить, где они, что случилось, но она чувствовала себя настолько разбитой, что не могла ни говорить, ни думать.

— Султан беспокоится о тебе, — сказала валиде-султан. — Когда мы поняли, что припадок прошел, он настоял на том, чтобы перенести тебя сюда, в его личные покои. Было решено, что здесь тебе будет удобнее всего.

Элеонора еще раз попыталась заговорить, но слова застревали у нее в горле, а мысли разбегались — к тому времени, когда ей удавалось подобрать слова, она забывала, что хотела сказать.

— Выпей еще немного. Гранатовый сок придаст тебе сил.

С каждым глотком сладкого эликсира Элеонора чувствовала себя лучше, она оживала прямо на гла-

[1] Сура 88. Пер. И. Крачковского.

зах. Но вместе с тем ее сознание было пока затуманено.

— Ты помнишь что-нибудь? — спросила валиде-султан, поглаживая руку Элеоноры. — Помнишь, что ты нам сказала?

Элеонора приподняла подбородок, собираясь покачать головой.

— Ты ничего не помнишь? Что ты рассказала нам о преподобном Мюлере и загадке? О Монсефебее и странном юноше из кафе «Европа»?

— Нет, — едва слышно прошептала Элеонора. Она не помнила ничего, кроме гирканцев. — А что я рассказала?

— Не важно, — ответила валиде-султан. Она встала и убрала прядь со лба Элеоноры. — Даже к лучшему, что ты все забыла.

Элеонора устроилась поудобнее на подушках и принялась разглядывать девушек во дворе. Все попытки вспомнить, что же она говорила, оказались бесплодными, и ее мысли перенеслись к тому, что происходило за дверью.

— Кто эти девушки? — спросила она. — Они музыкантши? Играют для султана?

— Можно сказать и так, — ответила собеседница, быстро отворачиваясь, чтобы скрыть улыбку. — Те, кто живет в гареме, много времени уделяют музыке.

— Они здесь живут? — переспросила Элеонора. — Все?

— Да, все они живут здесь.

— А где же их родители?

Валиде-султан задумалась, как будто вопрос был неожиданным.

— В основном они сироты. Тех, у кого родители живы, отправляют сюда, чтобы они смогли занять более высокое положение в обществе. Когда-то и я была одалиской в гареме Ахмеда Четвертого, отца Абдул-Гамида. Это довольно приятная жизнь.

— Вы были сиротой?

Валиде-султан помедлила с ответом:

— Да. Я потеряла родителей еще ребенком, совсем как ты.

Элеоноре хотелось поподробнее расспросить о дворце, одалисках и музыке, которую они играли, но тут на нее навалилась необоримая усталость.

Вечером Элеонору отвезли домой. Почти всю следующую неделю она провела в постели. Шторы в комнате не открывались, ее кутали так, что наружу торчал только кончик носа. Кроме размоченных в чае сухарей, она ничего не ела, а от количества гранатового сока, которое она выпила за это время, ее зубы приобрели розоватый оттенок. Она не была больна, не было ни синяков, ни ушибов. Все, на что она жаловалась бею, госпоже Дамакан и бесконечной веренице дворцовых лекарей, — это усталость. Она говорила, что чувствует себя так, будто кто-то открыл кран и все силы вытекли из нее. У докторов на этот счет было другое мнение. Они выдвигали одно за другим всевозможные предположения о характере ее болезни: от эпилепсии до менингита и сахарной болезни, но никто не мог сказать наверняка. Да и особого значения это уже не имело. В чем бы ни была причина ее недуга, Элеонора шла на поправку.

Тем временем Стамбул полнился разговорами. Не успел еще экипаж, в котором Элеонора возвращалась из дворца, пересечь Галатский мост, как рассказы о том, что с ней случилось, просочились за дворцовые ворота и разнеслись по окрестным холмам, через считаные часы весь город судачил о происшествии. Воздух звенел от сплетен, словно сотни комаров налетели вдруг на город в предвкушении свежей крови. Сплетни залетали в каждый дом, становились все крепче, все весомее, обрастали невероятными подробностями и продолжали свое путешествие.

В том, что случилось с Элеонорой, не было ничего плохого, безнравственного или неподобающего. Никакого скандала не разразилось. Но история вышла занятная, с этим никто не мог поспорить. Слухи разносились по Стамбулу с поразительной скоростью: можно было подумать, что это не двухмиллионный город, где люди говорят на десятках языков, а крошечная деревушка. Не успела Элеонора оказаться в постели и забыться целительным сном, как в городе образовалось две партии.

Сторонники первой утверждали, что Элеонора — предсказательница, пророчица; эти слухи распространились по берегам Босфора, разнеслись по летним резиденциям богачей и отправились дальше, на Принцевы острова. Там история поварилась несколько дней в собственном соку, обошла все приемы и обеды и прибыла обратно в Стамбул на кончиках языков слуг, возвращавшихся в город. Последователи второй теории склонялись к тому, что Элеонора — британский агент, в чьи задачи входит расстроить османо-германские отношения. Этот слух перенесся через Галатский мост и обосновался в Пере, где представители иностранных общин шепотом передавали его друг другу. Поглядывая через плечо — не подслушивает ли шпион, — они рассказывали историю маленькой сиротки, подопечной Монсефа Барка-бея, которая вела подрывную работу против кайзера.

Сторонники первой партии преобладали и в самом дворце. Рассказы очевидцев происшествия в зале для аудиенций не оставляли никаких сомнений в их правоте. Однако некоторые люди в правительстве, в том числе и сам великий визирь, поддерживали и распространяли вторую версию, согласно которой Элеонора была иностранным шпионом или, по крайней мере, марионеткой в руках Монсефа Барка-бея. Что думал сам султан, оставалось для всех загадкой, хотя через несколько недель стало понятно, что он серьезно отнесся к совету Элеоноры.

ГЛАВА 23

Дождь барабанил до самого утра, упругие струи отмыли дочиста красную черепицу Робертс-колледжа и навели глянец на пропыленную листву. Даже сквозь закрытое окно преподобный чувствовал запах влажной земли и пыльцы, тот же, что стоит в одуванчиковом поле позади йельского колледжа Святого Игнатия. Он покусывал кончик пера, потом зажал его зубами и задумался. Было слышно, как вода бурлит в канавах, размытый свет, который падал на стол из витражного окна, наводил на мысли о подводном царстве. Красоты красотами, однако не следует отвлекаться от дела. В попытке сосредоточиться он положил руки по обе стороны письма и прочел то, что только написал.

Дорогой Дональд!
От всей души надеюсь, что письмо найдет тебя в добром здравии и хорошем расположении духа и что ты простишь мое продолжительное молчание...

Преподобный отложил перо, встал и подошел к камину. Правильнее было бы сказать «паузу», не «молчание», но настроения начинать все заново у него не было. В сущности, какое ему дело, что подумает Дональд Сторк о его эпистолярном стиле, да и иные мнения Дональда мало его интересовали. Их переписка всегда была данью любезности, не дружбе. Спекуляции Дональда на Уолл-стрит интересовали преподобного так же мало, как и приемы, на которых бывали супруги Сторк. Да ведь и представить, что Дональда занимают подробности стамбульской жизни или успехи Робертс-колледжа, тоже невозможно. Вероятно, скрытые язвы городской жизни возбудили бы в нем некоторое любопытство, но тут уж Джеймс и сам понимал, что в письмах о таких материях не пишут. Преподобный Мюлер оперся о прохладный камень каминной полки и вдруг заметил, как жалко выглядит аспидистра. Надо бы поговорить с госпожой Эски-оглу о том, как следует ухаживать за комнатными растениями. Хотя пустое, он же сам прекрасно знает, что все равно забудет, что за чередой дел, с которыми надо покончить до сегодняшнего ужина с Фредериком, эта домашняя проблема вылетит из головы.

Фредерик Саттон. Однокашник по колледжу. Вот уж от него меньше всего можно было ожидать желания повидаться. Не то чтобы между ними не было ничего общего. Оба выходцы из рабочих семей, вечные соперники, что не мешало им относиться друг к другу с симпатией, но жизненные пути развели их далеко. Преподобный выбрал сан, а Фредерика поманила неверная звезда журналистики. К тому же эпистолярный жанр никогда не был коньком Фредерика. Пару лет после выпуска они обменивались открытками, но потом переписка сошла на нет. Общие друзья, отношения с которыми оставались более тесными, делились новостями об успехах Фредерика, о его переезде в Нью-Йорк, но сам Фредерик не писал по крайней мере года два. До прошлого месяца. Да, именно тогда преподобный получил телеграмму: «Буду в Стамбуле второго августа. Прибуду судном Голландско-американской компании. До встречи. Фредерик Саттон».

В Робертс-колледже были прекрасные комнаты для гостей, но Фредерик предпочел остановиться в «Палас-отеле» в Пере. Решение приятеля задело Джеймса, но, может, так даже лучше. Следующие две недели будут весьма напряженными, развлекать гостя уж точно не входит в его планы. Вот и сегодня ему еще нужно дописать письмо Дональду Сторку, набросать отчет для американского консула, закончить черновик статьи об одаренности у детей. Но прежде, чем приниматься за работу, недурно было бы пойти проветриться.

Воздух на улице был пропитан влажными испарениями, солнце едва пробивалось из-за быстро бегущих сахарных облаков. С деревьев свисали клоки напитанного водой мха, прямо перед его окнами группа первокурсников играла в мяч. Ему подумалось, что безыскусную прелесть детства можно оценить только на расстоянии. Он поднял руку в приветственном жесте и пошел через двор к излюбленной скамейке, с которой открывался вид на Босфор. Там всегда хорошо думалось. Ветер расчистил горизонт до самых Принцевых островов, где под темными грозовыми облаками роились суда. Он прикрыл глаза рукой и прищурился. На одном из них Фредерик. Вполне возможно. Никогда не угадаешь, где какое судно, пока слепящее солнце не позволит рассмотреть.

Через час мысли преподобного Мюлера прояснились, и он преисполнился решимости закончить все дела, не откладывая на потом. Однако его размышления о следующем абзаце письма Дональду Сторку были прерваны. Он уже подходил к кабинету, когда к нему подскочил один из учеников, худенький вертлявый мальчишка. Несколько месяцев назад он приставил его следить за Элеонорой. Мальчик едва переводил дух, воротничок взмок от пота.

— Вы слышали, — закричал он, — сэр, вы слышали новость?

Преподобный рассеянно покачал головой, дожидаясь продолжения.

— Госпожа Коэн... — заговорил мальчик, — вчера она ездила во дворец султана, и с ней сделался приступ. Она билась в корчах и говорила на непонятных языках.

— Дитя мое, — укоризненно предостерег преподобный, — думай что говоришь. Билась в корчах? Говорила на непонятных языках? Верится с трудом. Кто тебе сказал?

— Только и разговоров что об этом, сэр.

Преподобный присел на корточки, посмотрел мальчику в глаза и мягко коснулся его плеча:

— Кто тебе сказал?

— Я узнал об этом вчера от брата, — сказал мальчик, утирая пот с верхней губы. — Потом в кафе. А моя мама сказала, что ей рассказала одна женщина, у которой деверь работает в самом дворце.

— Ты больше ничего не знаешь, дитя?

Мальчик покачал головой.

— Точно?

— Да, сэр.

— Спасибо. Можешь идти.

Преподобный проводил удалявшуюся фигурку взглядом. Вот уж точно, интересный оборот. Потер виски и попытался представить, как Элеонора бьется в корчах и говорит на непонятных языках. Странная картинка, но чего только не бывает на свете. Видел он и не такое. Мысль о том, что она страдает неврологическим расстройством, эпилепсией или больна энцефалитом, не лишена смысла. Это объяснило бы и судороги, и глоссолалию. А если пойти чуть дальше, не в этом ли кроется разгадка поразительной памяти? Но конечно же, то, что одна птичка напела другой в этом городе, нельзя принимать за чистую монету. Этот урок преподобный усвоил накрепко после того, как несколько раз отправил сведения, оказавшиеся ложью от начала до конца, без проверки. Он подтянул ремень и огляделся по сторонам. Куда это он шел? Совершенно вылетело из головы, однако пора переодеваться, ведь его ждут к ужину.

Сняв сутану и переодевшись в светское, Джеймс доехал на извозчике до Тепебаши, расплатился и пошел к «Палас-отелю». Огромное бледно-желтое здание в стиле французского рококо украшал несколько эксцентричный ориентальный орнамент. Фредерик сидел в холле в окружении немецких путешественников, которые, судя по их виду, только что вернулись после прогулки по городу.

— Четыре фута, — говорил Фредерик, разводя руки на эту длину, — и в руку толщиной. Никогда не видел такой огромной змеи. А когда я подошел, она обвилась вокруг верблюжьей шеи, словно удавка.

— Вы ходили в Цыганский квартал? — спросил кто-то с сильным английским акцентом. — Наш драгоман Элия вчера водил нас туда.

— Я первым делом отправился туда, — сказал Фредерик, подмигивая Элии. — Как только сошел на берег. Велел нести мои чемоданы сюда, а сам — в Цыганский квартал. Моя статья о нем выйдет в следующее воскресенье.

Немцы одобрительно закивали, а Фредерик заметил преподобного, который прислушивался к разговору.

— Джимми, — закричал он и бросился ему навстречу, распахивая объятия, — сколько же воды утекло!Страшно подумать!

Метрдотель проводил их в ресторан, где уже был накрыт столик на двоих. Их усадили почти у самой двери в курительную комнату, не лучшее место, что и говорить, но по меркам «Палас-отеля» преподобный Мюлер и его приятель-журналист вряд ли заслуживали более внимательного отношения. Пробираясь через зал, преподобный наткнулся на барона фон Фетца, на нового американского военного атташе и на пару докторов из Итальянского госпиталя. То, что им накрыли в таком темном углу, даже к лучшему. Они наскоро обменялись новостями за последние три года и принялись сплетничать о старых приятелях по Нью-Хейвену. Конечно, Фредерик жил в Олбани, поэтому ему было известно и о разводе Хорнеров, и о новой книге Дарби, и о склоках Джека с губернатором, зато Джеймс был в курсе пикантных подробностей, о которых Фредерик даже не подозревал; как выяснилось, друзья предпочитали делиться секретами с конфидентом, который находился на порядочном расстоянии.

— Превосходно, — сказал Фредерик после того, как они покончили с легкой закуской — салатом, заправленным оливковым маслом и лимонным соком.

Он откинулся на спинку стула и обвел зал оценивающим взглядом, в котором читалось высокомерие с примесью наивного восхищения.

— Прямо один в один как на Ривьере. Хотя восточный колорит тоже имеется. Чудесно подойдет для цикла очерков.

— Скажи мне еще раз, — попросил преподобный, насаживая на вилку ломтик огурца, — что это за цикл очерков?

Фредерик тщательно разрезал помидор на аккуратные дольки и внимательно осмотрел каждую, как будто перед ним был экзотический овощ, притворившийся помидором.

— Да ничего особенного. «Заметки издалёка», так он называется. Газета ежегодно отправляет журналиста в Европу — подготовить серию репортажей о каком-нибудь городе. Щепотка местного колорита, сливки общества, если удастся.

— Понимаю.

— На самом деле это награда, компенсация за тот урон здоровью, который причиняет служебное рвение в такой дыре, как Олбани. Четыре года на этих галерах в нашем городском совете стоят месяца в Стамбуле. — Он обвел зал красноречивым жестом. — По моим представлениям, это честная сделка.

— Пера — это только малая часть, — заметил Джеймс. — Частичка Стамбула. А колорита, если он тебе нужен, в этом городе хоть отбавляй.

— Именно за этим меня сюда и прислали, — сказал Фредерик. — Сначала-то нет, были против. Говорили, что читателю не нужны зарисовки азиатского быта. Но я напомнил им, что есть ведь и европейская часть. Это во-первых. А во-вторых, сам читатель хочет именно этого — дервишей и слонов. Как у Жюля Верна. Как в «Тысяче и одной ночи». Люди хотят восточного колорита.

Преподобный поднял бокал:

— За восточный колорит. И за старых друзей. Добро пожаловать в Стамбул.

Они сдвинули бокалы и выпили. Тут подоспел официант с горячим — фирменным цыпленком а la Пера. Гордость местного шефа, блюдо из разрубленных на четыре части цыплят, которых томили на медленном огне в смеси оливкового масла и апельсинового сока; его венчали пикантные вишенки.

— Ты слышал о говорящем медведе? — спросил преподобный, прожевав мясо.

— Разумеется.

Преподобный почувствовал, как искры былого соперничества разгораются с новой силой. Фредерик еще и суток не провел в Стамбуле, а уже делает вид, что знает город как свои пять пальцев. Он не знает и половины, и четверти. На секунду Джеймс подумал, не раскрыть ли Фредерику самые свежие стамбульские тайны, — если бы только точно знать, что они произведут впечатление на его приятеля! Но почти тут же подавил это желание. Его положение и так непростое. Слухи в иностранной прессе — это последнее, что ему надо.

— Занятный город, — продолжал Джеймс чуть громче, чем хотел. — Стамбул — столица цвета. Чего только здесь нет: и Цыганский квартал, где ты уже побывал, и Невольничий рынок, и ускюдарские заклинатели змей. Не говоря уж о таких всем известных местах, как Большой базар, Айя-София и развалины Трои.

— О да, надо съездить в Трою. Мой издатель непременно хочет очерк о ней. И ведь это не так далеко отсюда, верно?

— Меньше дня пути.

Они доели горячее, и официант поспешил к ним с большим медным кофейником.

— Чудесный запах, — сказал Фредерик, поднося крошечную чашку к носу. — Что это?

— Кардамон.

— Кардамон! — победно воскликнул Фредерик. — Я бы написал целую оду турецкому кофе!

Преподобный Мюлер приостановился на секунду. Ему хотелось поразить приятеля, показать ему тот Стамбул, о котором Фредерику нипочем не узнать самому.

— Знаешь, — начал он, чувствуя, как краска заливает шею, — заклинатели змей и гадалки — это все развлечения для приезжих. Для иностранцев. Вот если хочешь настоящего колорита, у меня есть один ученик...

— Не дури, Джимми. Кому нужны твои мальчишки.

— Это девочка, — сказал преподобный, поднес к губам рюмку с аперитивом и бросил выжидающий взгляд на собеседника. — Ей восемь лет, и она уже советник султана.

Фредерик сощурил глаза.

— Я занимался с ней несколько месяцев, но потом понял, что мне нечему ее больше учить. Султан узнал о ее способностях к языкам и пригласил во дворец. О том, что там произошло, ходит множество сплетен. Трудно сказать, что из них — правда. В этом городе истина так похожа на сказку, а сказки так достоверны, что одно от другого не отличишь. Но я знаю из самых первых рук, что с ней случился припадок, она билась в судорогах и говорила на никому не известных языках.

Фредерик допил кофе и перевернул чашку вверх дном, как будто в обязанности официанта входило еще и гадание по кофейной гуще. По его лицу преподобный понял, что мозг его усиленно работает. А потом Фредерик удовлетворенно улыбнулся.

— Я уже вижу заголовок, — сказал он и забарабанил кончиком ложки по столу. — Превосходно!

ГЛАВА 24

С каждым днем Элеонора чувствовала себя лучше и лучше. Прибавлялись силы, улучшался аппетит, она хорошо спала по ночам, но в целом выздоровление шло медленнее, чем ей хотелось бы. Как и велели доктора, она не вставала с постели, разве что сходить в купальню и посидеть в любимом кресле у окна. В сущности, бо́льшую часть времени она проводила именно в кресле, без книги в руках и без особых раздумий, просто сидела и наблюдала за жизнью города. Она уже давно забыла, какое удовольствие следить за кораблями, которые бороздят гладь Босфора, за тем, как пароходы ходят взад-вперед из Мраморного моря в Черное и обратно, а плоскодонки, словно пауки, плетут бесконечную паутину — соединяют Бешикташ с Эминёню, Ускюдаром, Хайдарпашой. Элеонора стала замечать то, на что раньше никогда не обращала внимания: на вереницы нищих, что медленно кочуют от мечети к мечети, на ленивую миграцию медуз, на развалины и на то, как тонкие стрелы минаретов отбрасывают тени на город, словно стрелки гигантских часов.

На пятое утро после второй аудиенции Элеонора спустилась вниз и позавтракала с беем в столовой. Потом она вернулась к себе в унылую, словно оцепеневшую в летаргии, комнату. Два следующих утра прошли так же. Но в начале второй недели Элеонора неожиданно для всех решила пойти в библиотеку. Ей вдруг показалось, что она больше и часа не сможет провести в своей спальне. Трудно было бы объяснить, почему сидеть в одной комнате лучше, чем в другой, но Элеонора встала с привычного места у окна и спустилась в библиотеку.

Путешествие до библиотеки так утомило ее, что она без сил упала в кресло у огня и только спустя некоторое время смогла осмотреться по сторонам. Судя по всему, бей провел полночи в этом кресле: сиденье совсем продавилось, на столике рядом остались следы бдения — чайные чашки и окурки. Рядом лежала воскресная газета — Элеонора раньше никогда не читала такой. Она подвернула под себя ноги, словно богомол, осторожно вытащила номер «Нью-Йорк санди ньюз» из-под наполовину опустошенной рюмки коньяка, развернула и начала листать. Статья о реконструкции Ванкувера и панегирик достижениям Национального географического общества за первый год существования не вызвали у нее интереса. Она уже было отложила газету, но тут заметила рубрику «Заметки издалёка». Иллюстрированная статья занимала бóльшую часть последней страницы, на гравюре она узнала Босфор, ниже крупными буквами был напечатан заголовок: «СТАМБУЛЬСКИЙ ОРАКУЛ».

«Много столетий назад, в эпоху Гомера и Платона, в городе Дельфы юные девы предсказывали судьбу всем, кому посчастливилось раздобыть пару монет и набраться храбрости узнать правду. Девизом этих прорицательниц, которые предрекали судьбы царей, поэтов, философов и торговцев, были простые слова: „Познай самого себя“. Александр Македонский, Цицерон и Филипп II Македонский прибегали к советам пифий. Вы думаете, со времен Цезаря многое изменилось? Нет. По крайней мере, не в Стамбуле. По информации из самых достоверных источников, Великий Пумба турок, султан Абдул-Гамид II на прошлой неделе обращался за советом к той, кого вполне можно было бы сравнить с Дельфийским оракулом. На сей раз в этой роли выступает девочка-еврейка по имени Элеонора Коэн. Во время аудиенции у султана она впала в пророческий экстаз у ног своего повелителя».

Элеонора читала о себе в газете, и ее охватывало странное чувство, словно она вышла за пределы своего тела или смотрела на себя откуда-то сверху. Как будто ее душа ускользнула погулять по коридорам женской половины, а тело осталось в кресле читать газету. Это длилось не больше секунды, но, когда все прошло, душа вернулась в тело, Элеоноре показалось, что она теперь другими глазами смотрит на мир и свое место в этом мире.

— Как неприятно, — сказал бей, прикрывая за собой дверь в библиотеку, — читать о себе в газете.

Элеонора подняла глаза. Она не знала, давно ли бей наблюдал за ней, стоя в дверях. Хотя бей улыбался, лицо у него было серьезное. Он хмурил брови, руки напряженно застыли — все это недвусмысленно указывало на то, что разговор предстоит серьезный.

— Должен сказать, что мне повезло: обо мне писали в основном правдиво. Пусть без особого уважения, но правдиво.

Элеонора затеребила воротник, потом свернула газету. Ей не хотелось показаться невежливой.

— С тех пор как ты вернулась из дворца, — с этими словами он пододвинул стул и сел напротив нее, — по Стамбулу гуляют всевозможные сплетни.

— И какие же? — спросила она.

— В этой статье, — бей взял в руки газету, — хотя и допущены некоторые ошибки, но в целом четко изложены те слухи, которые мне самому довелось слышать.

— Слухи? — неуверенно переспросила Элеонора. Она не знала, что сказать, и не понимала, чего ждет от нее бей. — Разве в них есть правда?

Бей поднял левую бровь, расправил газету и перекинул ее через спинку стула.

— Вот именно об этом я и хочу с тобой поговорить. За последние несколько дней я заметил, что какие-то подозрительные люди шныряют по порту, вокруг бешикташской мечети и кафе «Европа». Все это навело меня на мысль, что за нашим домом и за мной самим следят.

Элеонора задохнулась, на ее щеках заалели пятна стыда. Монсеф-бей был так добр к ней. Защищал ее, опекал, давал все, чего бы она ни попросила, ничего не требуя взамен. Меньше всего на свете она хотела навредить ему.

— Я знаю, что твоя память еще слаба, — говорил тем временем бей, — но ради моего и твоего же собственного блага прошу, вспомни, о чем ты говорила с султаном.

— Если бы я только могла, — сказала она, — я бы все рассказала. Но я не помню. Честное слово. Только вот гирканцы...

— Гирканцы?

— Я рассказала султану, во всяком случае я начала рассказывать, историю о гирканцах и ассирийцах из Ксенофонта.

— Из Ксенофонта, — повторил бей и посмотрел на книжные полки. — Что бы это ни было, оно сильнейшим образом повлияло на султана. И теперь этим вопросом занимаются самые могущественные люди.

Бей встал и подошел к книжному шкафу, в котором стояли труды по истории. Он едва заметно улыбался, но по тому, как подергивались его губы и одеревенела спина, Элеонора понимала, что он встревожен. Он перелистал страницы «Избранных сочинений» Ксенофонта и сел в кресло.

— Ты провела удачную аналогию. — Он откинулся на кожаную спинку кресла. — Гирканцы и ассирийцы.

Элеонора молчала, она не знала, что и думать. После долгой паузы бей отдал ей газету и встал.

— Скажи мне вот еще что. — Он подошел к ее креслу. — Ты не помнишь, говорила ли ты что-нибудь о преподобном Мюлере или той встрече в кафе «Европа», когда я взял тебя с собой?

Элеонора положила газету на колени и сжала переносицу рукой в надежде, что это поможет ей сосредоточиться. Но как она ни старалась, кто-то словно губкой стер все воспоминания.

— Когда я пришла в себя, — сказала она, — я лежала в личных покоях султана, а валиде-султан расспрашивала меня о том, что я помню. Я сказала, что ничего, и она спросила, помню ли я, что говорила о преподобном Мюлере и той вашей встрече с...

Она остановилась, зажала рот рукой и только тут поняла, что она наделала. Пусть не нарочно, но все-таки она предала своего самого лучшего друга и защитника. Элеонора посмотрела на бея, который застыл рядом с ней. Его губы дрожали.

— Я не хотела, — сказала она.

— Я знаю, что не хотела. — Он положил руку ей на плечо и продолжил: — Меня тревожит, как бы великий визирь не сделал скоропалительных выводов. Видишь ли, человек, которого ты встретила в кафе «Европа», — один из главных подозреваемых по делу о взрыве на судне. Мы работали с ним вместе над проектом конституционной реформы. Однако оказалось, что он связан с группами радикально настроенных националистов. Что бы то ни было, любые связи между нами дадут богатую почву для подозрений великого визиря. За этим последует ужесточение надзора.

Элеонора посмотрела на газету на коленях.

— Они ничего вам не сделают? — спросила она. — Вы не совершили ничего плохого.

Бей кивнул, правда не слишком уверенно:

— К сожалению, бывает по-всякому.

Позже вечером, после беспокойного сна, во время которого ее обуревали разные вопросы, Элеонора получила несколько писем, и это были лишь первые капли того потока корреспонденции, который хлынул в их дом. Почту обычно доставляли после ужина, поэтому никто не удивился звонку в дверь и появлению господина Карума с подносом для писем в руках. Но на сей раз вместо того, чтобы вскрыть конверты и подать их бею, как он обычно делал, дворецкий обошел вокруг стола и поставил поднос рядом с Элеонорой. Один конверт был жемчужно-белый. На нем стояло ее полное имя: «Госпоже Элеоноре Коэн». Второй был из бумаги подешевле и адресован Стамбульскому оракулу.

— Позволите вскрыть? — услужливо спросил господин Карум.

— Да, пожалуйста.

Он вынул нож для бумаг из нагрудного кармана и с небольшим усилием взрезал конверт, не повредив его. Это движение Элеонора видела много раз, но оттого, что он открывал первое в ее жизни письмо, у нее перехватило дыхание.

— Приглашение, — сказала она, дочитав до конца. — Меня сердечно приглашают на обед в британское посольство.

— Забавно, — ответил бей, но не пояснил, что именно забавно.

Второе письмо было от девушки, которая просила совета по деликатному вопросу. Внезапная смерть помешала ее отцу выбрать ей достойного жениха. Теперь ее руки добиваются три претендента, каждый утверждает, что именно он получил благословение ее покойного родителя. Чего девушка хотела от Элеоноры, она не написала, но в конце письма стояла приписка: «Уверена, Вы сможете мне помочь».

В течение следующих трех дней корреспонденция сыпалась на Элеонору как из рога изобилия: приглашения, визитные карточки, письма и телеграммы, просьбы почтить визитом или дать совет. Ей писали в основном из Стамбула, хотя приходили письма и из других, более отдаленных частей империи — Салоник и Трабзона: она о таких слышала, могла найти на карте, но этим ее сведения и ограничивались. Позже начали приходить телеграммы из таких далеких мест, как Копенгаген и Чикаго. Но откуда бы ей ни писали, хороша ли была почтовая бумага или нет, Элеонора всем отвечала. Она вежливо отклоняла приглашения на приемы и обеды, ссылаясь на состояние здоровья. Тем, кто просил о помощи, она старалась дать как можно более дельный совет, хотя если кто сейчас и нуждался в совете, так это она сама.

ГЛАВА 25

К концу августа Элеонора совершенно пришла в себя после случая во дворце. Хотя здоровье ее поправлялось, Элеонору не оставляло чувство, что жизнь ее переменилась необратимо. Это было все равно что сесть за роскошный ужин из жареного ягненка, фаршированной айвы, салата — и обнаружить, что на столе ни вилок, ни ножей. Жизнь в доме Монсефа-бея шла своим чередом, но Элеонора не могла избавиться от неприятного чувства, что рука судьбы сжимается все крепче, заслоняет ее будущее, ограничивает движения, как платье, которое все время садится. Ей все казалось, что вот-вот что-то треснет, порвется, словно слишком тонкая ткань.

Хотя она рассказала бею все, что могла вспомнить о второй аудиенции у султана и о том, как она очнулась в гареме, хотя тысячу раз принималась объяснять ему, какая, по ее мнению, существует связь между гирканцами и Османской империей, а он много раз простил ей невольную неосторожность, хотя никогда раньше они так много и откровенно не разговаривали, Элеонора чувствовала, что отношение бея к ней изменилось навсегда. Даже когда он заговаривал о повседневных вещах — жаре́, ценах на хлопок, можно ли достать вишню на рынке, — он не переставал хмуриться.

И ведь не только бей, все относились к ней иначе: никогда еще господин Карум не был так услужлив. Он подавал ей почту с чуть заметным поклоном и сметал крошки со стола, почти не дыша. Каждое утро госпожа Дамакан купала Элеонору с такой осторожностью, как будто та была сделана из горного хрусталя. А когда старая служанка застегивала крючки на Элеонорином платье, девочка чувствовала, как подрагивали ее руки. Даже птицы переменились: стали заметнее и настойчивее. Можно подумать, им кто-то рассказал о том, что древнее пророчество свершается в эту самую минуту там, далеко, под пуховым одеялом облаков. Каждое утро она видела, как они — один за другим — усаживаются на карнизе под ее окном. Каждый вечер она следила за тем, как они улетают обратно, строго соблюдая установленный порядок. Куда они направлялись, что искали на окраинах — Элеонора могла только догадываться.

Иногда ей казалось, что все в мире идет кувырком. Элеонора взяла обыкновение время от времени просматривать старые номера «Стамбульского вестника». Она читала вчерашние новости и не могла избавиться от чувства, что незыблемые основы мироздания вдруг поколебались. Всего лишь за две недели газета поведала ей о противостоянии Британии и Китая, о разрушительном землетрясении на юге Соединенных Штатов, о вспышке холеры в Испании, о десятках самоубийств (в том числе о знаменитом прыжке с нью-йоркского моста, который оказался розыгрышем), о вооруженных нападениях и дерзких ограблениях банков в Женеве. В дополнение к этим сенсационным новостям «Стамбульский вестник» сообщал, что султан Абдул-Гамид II решил разорвать долгосрочные союзнические отношения с Германией. Подробностей не сообщалось, за исключением весьма многозначительного намека на то, что за всем этим стоит фигура «юного советника» султана.

Но самое поразительное известие пришло по телеграфу однажды около полудня, в самый разгар лета. Элеонора читала объявления на последней странице «Стамбульского вестника», когда господин Карум появился на пороге столовой с пачкой писем и телеграмм. Он положил их вместе с ножом для бумаг на стол, поклонился и вышел — Элеонора предпочитала сама вскрывать свои письма. По обыкновению, она сначала просмотрела всю корреспонденцию конверт за конвертом, прежде чем решить, с какого письма начать. В сегодняшней почте была телеграмма из Парижа, замызганное письмо из Трабзона и несколько ее собственных писем, которые так и не дошли до адресата. В самом низу ее поджидал сюрприз — телеграмма, которую она поначалу не смогла прочесть. Ее корреспондент воспользовался услугами британской компании под названием «Внутренние и международные почтовые отправления». Однако сообщение было написано не по-английски — по крайней мере, ей так показалось. Элеонора уставилась на сплетение фиолетовых буковок, потом моргнула, расправила лист на столе и сосредоточилась на послании. Скоро загадка разрешилась. Хотя текст и был набран латинскими буквами, слова в нем были на ее родном языке.

ЧИТАЮ О ТЕБЕ В ГАЗЕТЕ ПОЗДРАВЛЕНИЯ СКОРО БУДУ В СТАМБУЛЕ УВИДИМСЯ У НАС В КОНСТАНЦЕ ВСЕ ХОРОШО ТВОЯ ТЕТЯ РУКСАНДРА

Элеонора дважды прочла телеграмму, прежде чем взять ее в руки. Она замерла, глядя на свое отражение в полированной поверхности стола. Ее тетя Руксандра. Она прикусила губу, смяла телеграмму и попробовала избавиться от мыслей о ней. Но что бы она ни сделала — сожгла бы, проглотила, изорвала на мелкие кусочки, — забыть об этом послании и о тетке, которая без малейших раздумий оставила ее на попечение совершенно чужого человека, было невозможно. Как ни старайся, ей еще долго не избавиться от запаха фиолетовых чернил на руках и слов, которые теперь высечены у нее в мозгу.

— Элеонора?

Она узнала голос госпожи Дамакан, но не обернулась.

— Тебе нездоровится?

Она вздрогнула. Ей действительно нездоровилось. Элеонора закрыла глаза и сжала в руке смятый листок, который тут же вонзился ей в ладонь острыми краями. Чем сильнее было желание показать телеграмму госпоже Дамакан, найти у нее утешение, спросить совета, тем упорнее Элеонора продолжала комкать листок в руке. Рассказать о телеграмме кому-нибудь, пусть даже госпоже Дамакан, произнести вслух то, что там написано, значило бы признать реальность происходящего, а этого Элеонора не могла вынести.

— Это все жара. — Она подняла голову. — Я, пожалуй, выпью воды.

Госпожа Дамакан была рада услужить. Она вернулась со стаканом воды. Элеонора осушила его в два больших глотка.

— Спасибо, так гораздо лучше.

И правда, ей стало легче. Но забыть про телеграмму она не могла.

— Пожалуй, я немножко похожу, — сказала она, пряча сжатые кулаки от госпожи Дамакан, — по дому.

Госпожа Дамакан взяла пустой стакан со стола.

— Если тебе что-нибудь понадобится... — начала она.

— Если мне что-нибудь понадобится, я обязательно об этом попрошу.

Элеонора пошла к дверям, но госпожа Дамакан посмотрела ей вслед с немым укором, словно старый крестьянин, которого сынок-школяр упрекнул в малограмотности. Элеонора не хотела грубить, ведь госпожа Дамакан была ей как тетя, как родная мать.

— Благодарю вас, госпожа Дамакан. Я просто разнервничалась.

Элеонора бесцельно бродила по дому. Прошла по большому залу под неодобрительные взгляды с фамильных портретов Барков, мимо библиотеки и гостиной. Никогда еще ей не было так одиноко. Впервые она поняла, что же имел в виду генерал Кржаб, говоря о «чугунном грузе ответственности, почетном ярме, которое лучшая часть человечества так стремится взвалить себе на шею».

В конце концов она очутилась у входа на женскую половину. Она уже довольно давно не заходила в коридоры, но сейчас ее тянуло к их пыльному и темному безмолвию. Приводя мысли в порядок, она прошла через прихожую и поднялась по лестнице. Она забрела в особенно темный уголок над кухней и легла на спину. Ее затылок опирался о деревянный пол, дыхание стало ровнее, а глаза уставились в бесконечную темноту. Где-то там был потолок, она знала это, но сейчас ей было не представить его очертаний. Потом ее кулак разжался, и она выронила телеграмму на пол рядом с собой. Она принялась обдумывать ситуацию, в которой оказалась, складывать вместе то, что знала о Руксандре, бее, отце, султане, преподобном Мюлере, но, как она ни старалась, кусочки не подходили друг к другу.

ГЛАВА 26

Его величество Абдул-Гамид II расправил салфетку на коленях и наклонился над тарелкой с холодным жареным цыпленком. Конечно, правила дворцового этикета важны, но постоянно следовать им бывает подчас утомительно. Иногда его величество мечтал сесть и съесть целую тарелку холодной жареной курятины руками. И именно это он и собирался сейчас сделать. Султан он или нет? Он усмехнулся, предвкушая особую радость от незамысловатой трапезы, оторвал куриную ножку и вонзил зубы в сочную мякоть. Курица была приготовлена по-гречески, со сладковатым ореховым соусом, даже остыв, корочка все еще похрустывала. Абдул-Гамид дочиста обглодал ножку, потом, пользуясь лепешкой как салфеткой, снял мясо с грудки и боков.

Когда с едой было покончено, на блюде лежал чисто обглоданный скелет, наводивший на мысль о непристойно раскинувшейся на ложе проститутке. Султан вытер руки, кинул салфетку на блюдо с костями и вытянулся в кресле с чашкой мятного чая в руках. Он позволил себе это маленькое удовольствие, прежде чем взяться за второй том «Песочных часов». Книга замечательная, полная захватывающих поворотов сюжета, любовных интриг, гордости и алчности. Перевод такого значительного литературного произведения — подарок всем турецким книгочеям и дань уважения турецкому языку. Кроме того, он сам с удовольствием читал роман, но это уже отдельный дар судьбы, награда за щедрость к подданным. Абдул-Гамид прислонил книгу к животу и погрузился в чтение. Сцена кровавой битвы в конце тома, во время которой лейтенант Брашов узнает о предполагаемой смерти брата, так захватила его, что он не слышал, как открылась дверь.

— Ваше величество.

Великий визирь размахивал свернутой газетой, словно мечом.

— Да, что случилось?

— Ваше величество, я знаю, что вы распорядились не тревожить вас. Но это вам необходимо увидеть.

Султан сел прямо, прикрыл остатки пиршества салфеткой, перегнулся через стол и взял свернутую газету из рук визиря.

— «Стамбульский оракул», — прочел он заголовок. — Что это? Передовица с требованием, чтобы я отрекся от престола? Очередное требование свободы вероисповедания?

— Гораздо хуже, ваше величество, если позволите.

Султан пробежал глазами первый абзац, что потребовало некоторого времени, — он не слишком хорошо читал по-английски. Джамалудин-паша кашлянул и сцепил руки перед животом.

— Особенно неприятно то, что говорится о валиде-султан, — сказал он, указывая строчку с некоторого расстояния. — В середине четвертого абзаца.

Султан прочел вслух:

— «Говорят, что она состоит в заговоре с валиде-султан». — В конце предложения он разразился смехом. — Госпожа Коэн в заговоре с моей матерью. В заговоре против кого? С какой целью?

Но Джамалудину-паше было не до смеха. А Абдул-Гамид знал, что ему не удастся вернуться к чтению, пока они не обсудят это происшествие. Султан напустил на себя серьезный вид, закрыл газету и положил ее рядом с остатками цыпленка.

— Я понимаю, почему эта статья вас беспокоит, — сказал он. — В ней содержится оскорбительный намек на мою неспособность управлять государством. Не говоря уже об этом пассаже о валиде-султан. Но что мы можем сделать нью-йоркской газете?

— Мы выследили автора этой статьи. Он остановился в Пере, в «Палас-отеле», номер триста семь. Если желаете, я приглашу его во дворец для беседы. Мы можем припугнуть его, дать ему пищу для новых статей и посадить на ближайший пароход до Нью-Йорка.

— Прекрасно, — согласился султан, — так и сделайте.

— Я бы также предложил вам, ваше величество, больше не видеться с госпожой Коэн, чтобы пресечь слухи в зародыше.

Султан закрыл глаза и потер переносицу.

— Я ждал, что вы именно это и предложите, — сказал он. — Оставьте газету здесь, я посмотрю еще раз и вечером дам вам необходимые распоряжения.

— У меня есть еще одна новость, ваше величество. Если позволите.

— Говорите, визирь.

— Я связался с теткой госпожи Коэн, некой Руксандрой Коэн, которая является единственной кровной родственницей девочки. В мои намерения входило только информировать ее о делах племянницы. Я также счел необходимым предложить нашу помощь, на случай если госпожа Коэн решит покинуть Стамбул и вернуться в Констанцу.

Султан что-то пробормотал себе под нос и встал, давая понять, что аудиенция окончена:

— Вы получите все инструкции вечером.

— Да, ваше величество, — сказал великий визирь и вышел из комнаты.

Когда дверь за ним закрылась, Абдул-Гамид сел и развернул газету. Чтение было занятным, хотя автор переврал многие детали и постоянно делал весьма рискованные предположения. Страшно подумать, какие слухи может возбудить такая статья. Не успел он дойти до того места, где говорилось о сговоре между госпожой Коэн и валиде-султан, как она сама появилась на пороге. Зачем бы она ни шла, вид газеты вывел ее из себя.

— Надеюсь, что тот, кто измыслил эту клевету, будет сурово наказан.

Султан сложил газету и вытянулся:

— Добрый день, матушка.

— Ваше величество, простите меня за прямоту, но...

— Не беспокойтесь, — ответил он, — я только что дал распоряжение Джамалудину-паше отыскать автора и примерно наказать его. Думаю, его следует выслать из страны. Этого достаточно.

— Да, достаточно, хотя это не возместит ущерба, который нанесла нам эта лживая статья.

— Вопрос в том... — сказал султан и с сожалением сделал последний глоток мятного чая, — вопрос в том, что нам предпринять, чтобы развеять слухи.

— Что предлагает Джамалудин-паша?

— Он отмалчивается.

— Отмалчивается?

— Да. Говорит, что у него нет никакого мнения.

Конечно, это неправда. Кому, как не валиде-султан, знать, что у великого визиря всегда было свое мнение, но напрямую спорить с сыном она не могла и перевела разговор на другую тему.

— Наказать автора и развеять слухи, — сказала она, — это половина дела. Надо что-то делать с девочкой. По-моему, наказывать ее не за что. Но пока мы не примем меры, заткнуть рот сплетникам не удастся.

— Что же вы предлагаете, матушка?

Она задумалась, как будто вопрос был для нее неожиданным, и принялась поглаживать шею, подбирая слова:

— Думаю, есть два пути. И тот и другой не идеальны, но оба приведут нас к цели.

— Да, — сказал Абдул-Гамид, не отрывая глаз от водоворота чаинок и мяты на дне чашки. — Продолжайте.

— Первый путь — депортация. Мы можем выслать ее обратно в Румынию и навсегда забыть о ней. Второй — поселить ее во дворце. Поместим ее в гареме или поблизости, позволим брать уроки каллиграфии и музыки. Конечно, оба решения не безупречны, но у каждого есть свои плюсы.

— Заманчиво. — Султан почесал затылок чуть пониже тюрбана. — Признаюсь, второй вариант я не рассматривал, очень заманчиво, тем более что предложение исходит от вас. Я подумаю.

Ближе к концу дня перед Чемберлиташ-хамамом остановилась вереница экипажей, и султан в кафтане из голубого шелка с отделкой из пурпура и серебра вошел внутрь. За ним следовала целая свита: брадобреи, костоправы, мальчики, отвечающие за полотенца, и множество других слуг и прислужников. Шесть дней в неделю своды бань созерцали волосатые спины простых стамбульцев, которые покряхтывали от удовольствия, погружаясь в мыльную пену, но по субботам бани были закрыты. По субботам приходил черед Абдул-Гамида лежать посреди парной и наблюдать, как солнечные лучи пробиваются сквозь клубы пара. Разумеется, во дворце есть собственные великолепные бани, но тягаться с Чемберлиташ-хамамом им не по силам.

Султан разделся и вошел в парную. Сквозь световой фонарь в центре сводчатого потолка в парную проникало солнце. В основании отделанного изразцами купола лежал двенадцатигранник, его стороны окаймляли помещение, центром которого был большой круг сероватого мрамора. Это был храм, посвященный человеческому телу. Когда султан лежал на спине в центре мраморного круга и видел, как солнце пробивается сквозь пар, ему казалось, что он чувствует присутствие высшей силы, более могущественной, чем он сам. Пару минут спустя Абдул-Гамид позвал банщиков, которые тут же принялись за работу: они мыли, растягивали и массировали августейшее тело. Именно здесь, в хамаме, ему лучше всего думалось. Это было истинное благословение: непроницаемая пелена пара позволяла не скрывать истинных чувств, ловкие руки массажистов обновляли каждую клеточку его тела, а мысли свободно текли, не скованные соображениями государственной необходимости. Именно здесь он обдумывал проект Багдадской железной дороги, здесь решал, как уладить конфликты с Советом оттоманского долга и с Персией.

Сегодня его занимал вопрос, как поступить с госпожой Коэн. Сам он не был убежден, что с девочкой вообще необходимо что-то делать, но на этот раз валиде-султан и великий визирь выступали единым фронтом, что случалось нечасто, а это кое-что значило. По крайней мере то, что к их аргументам стоит прислушаться. Сейчас он понимал, что ситуация непростая. Конечно же, он не думал всерьез, что деятельность Монсефа-бея пойдет дальше создания теософского кружка. Дело было в самой госпоже Коэн и ее растущей известности. Матушка весьма четко все изложила. Есть две возможности. Можно отослать госпожу Коэн в Констанцу — к этому варианту склонялся великий визирь, или можно пригласить ее пожить во дворце, обучать музыке, найти занятие в канцелярии и позволить жить тихой жизнью отшельницы. Вряд ли Джамалудин-паша будет доволен таким исходом. То, что они вышли из союза с Германией, стало ударом для паши таким сильным, что султан иногда сомневался, способен ли тот вообще исполнять свои обязанности. Но об этом он подумает в другой раз. Султан вдохнул пропаренный воздух и закрыл глаза — перед глазами, словно в калейдоскопе, завертелись яркие пятна, он сосредоточился на Элеоноре Коэн. Когда спустя несколько минут он открыл глаза, решение было принято.

Так мрамор, пар и запах амбры Чемберлиташ-хамама определили дальнейшую судьбу Элеоноры. Он пригласит ее во дворец, и она будет его личным советником. Это единственный разумный выход. Ее присутствие в цитадели власти будет раздражать других советников, но им придется привыкнуть к ней, так же как когда-то они привыкали друг к другу. А если им не удастся — ну что ж, могут искать место при другом дворе. Он их повелитель и вправе обращаться за советом к кому пожелает.

ГЛАВА 27

Третий визит Элеоноры во дворец был обставлен совершенно иначе, чем предыдущие. Когда экипаж султана остановился у дома, Элеонора была еще наверху. Госпожа Дамакан одевала ее, а она обдумывала планы на день. Все утро над Стамбулом громыхало, в библиотеке ее ждала пачка писем, которые требовали ответа, да и смятая телеграмма от тети Руксандры до сих пор лежала на столе. Она еще не вполне оправилась от болезни и не могла вернуться к прежнему распорядку дня, однако впервые после того припадка ее потянуло к чтению. К тому же ей не терпелось исследовать те части дома, в которых она еще не бывала. Экипаж из дворца означал, что с чтением и прогулками придется подождать. Госпожа Дамакан застегнула последнюю пуговку на платье, и они поспешили вниз, где их уже дожидался дворцовый распорядитель. Он заложил руки за кушак и чуть не приплясывал от нетерпения.

— Госпожа Коэн, — обратился он к Элеоноре, отвешивая глубокий поклон, — его величество просит вас приехать во дворец как можно скорее.

— Конечно, — с секундным колебанием ответила она. — Конечно.

Элеонора посмотрела на госпожу Дамакан, потом перевела взгляд на вестника:

— Я успею переодеться?

— Да, — подтвердил он, — но должен сказать, его величество особенно настаивал на том, чтобы вы прибыли немедленно, в любом состоянии или наряде.

Элеонора почувствовала, как госпожа Дамакан легко подтолкнула ее в спину, и пошла следом за распорядителем. Экипаж тронулся с места, как только за ней захлопнулась дверца. На этот раз они поехали не вверх по холму к Воротам Приветствий, а вдоль полумесяца Золотого Рога, мимо зеленого, увенчанного медным куполом фонтана к северо-восточному входу во дворец. Перед ними предстали ворота, гораздо меньшие, чем те, что Элеонора так хорошо знала, но столь же величественные. Вход был высечен из цельного куска базальта и выложен звездообразными бирюзовыми изразцами. Элеоноре показалось, что она въезжает в пасть кита, который сейчас сожмет челюсти и проглотит ее.

После того как Элеонора вышла из кареты, к ней приблизилась прелестная молодая женщина, похожая на девушек, которых она видела в личных покоях султана, когда приходила в себя после припадка. Незнакомка была довольно молода, лет семнадцати, не старше, хотя даже сквозь просторное одеяние можно было разглядеть ее женственные формы. Она молча взяла руку Элеоноры в свою и поцеловала кончики ее пальцев:

— Султан ждет вас.

У нее были удивительные зеленые глаза, в которых притаились крупинки золота, и длинные пушистые ресницы. Она подождала, пока Элеонора не освоится, повернулась и повела девочку во дворец. Они шли по лабиринту дорожек, дважды сворачивали вправо и один раз налево, пока не оказались перед сводчатым павильоном, откуда доносился аромат апельсина и мускуса.

— Здесь я вас покину, — сказала незнакомка, останавливаясь перед дверью, по обе стороны которой замерли стражники. — Султан пожелал говорить с вами наедине.

Молчаливые великаны расступились, во рту у Элеоноры стало горько. Она взяла женщину за руку и сказала:

— Простите, можно задать вам вопрос?

Та посмотрела на Элеонору с сочувствием и нежностью, как будто девочка была крошечным воробышком, вывалившимся в траву из гнезда.

— Вы не знаете, о чем его величество хочет со мной поговорить?

— Нет, — ответила она, — я не знаю. Но не сомневайтесь, он не сделает вам ничего дурного.

Элеонора задумалась, не нашлась что еще спросить, а молодая женщина повернулась и пошла прочь.

Элеонора оказалась в комнате, которая носила название Ирисового зала из-за лепного орнамента вокруг двери. Комната была небольшая и просто обставленная, почти всю заднюю стену занимал полукруглый синий диван, на котором сидел султан с книгой в руках. Кроме дивана, Элеонора увидела деревянный стул с выгнутой спинкой — его украшала перламутровая инкрустация, — письменный стол и картину с изображением лисьей травли. Она молча наблюдала за султаном несколько минут, потом спросила:

— Это «Песочные часы»?

— Да, — ответил он, корешком вверх откладывая раскрытую книгу на диван. — Не знаю, как тебя благодарить за это редкое удовольствие.

— Где вы сейчас?

— Третий том. Когда ты вошла, я как раз дошел до той сцены, где генерал Кржаб собирает всех членов семьи, чтобы отругать их и поделить сокровища, которые он обнаружил в недрах шкафа своей матери.

— «Правда — скользкая рыба, — процитировала Элеонора знаменитые строки, — что сверкнула чешуей в воде, благородный боец, который не боится поставить жизнь на карту...»

Султан улыбнулся и закончил предложение:

— «...но тяжкий груз, что тянет корабль на дно».

Вслушиваясь в звук его голоса, Элеонора поняла, что непростительно нарушила правила дворцового этикета целых два раза. Она не только напрямую обратилась к султану, без титула и принятых формальностей, но и забыла поклониться. Она в ужасе прижала руки ко рту, упала на колени и стукнулась лбом об пол.

— Прошу тебя, — поморщился султан.

Она искоса посмотрела на него, но голову от пола не оторвала.

— Не нужно. Можешь сесть, если хочешь. — Он радушно указал на стул справа от дивана.

Она с опаской подошла к стулу, боясь допустить еще какое-нибудь нарушение этикета, и присела на самый краешек. Только тут она разглядела лицо султана: он немного походил на бея, особенно нос и контур верхней губы. Только от бея пахло табаком, а от султана — сиренью и лавандой, с легкой ноткой апельсина.

— Я хотел поговорить с тобой наедине, — начал он. — Мне надо задать тебе очень серьезный вопрос, и я хотел бы, чтобы ты отвечала свободно, без давления моих придворных. Ты можешь ответить искренне? Готова принять решение, от которого зависит вся твоя дальнейшая жизнь?

Элеонора смотрела на носки своих туфель, которые не доставали до пола.

— Да, я готова.

— Ты вольна выбирать то, что захочешь, но я прошу тебя подумать, как твое решение отразится на жизни других людей.

Он помолчал и посмотрел на нее. Ее руки были сложены на коленях, на лице выражение полнейшей безмятежности.

— Вот о чем я хочу спросить тебя: согласна ли ты остаться во дворце, жить в гареме, в этой комнате, если пожелаешь? Твои дни будут наполнены чтением, игрой на уде, каллиграфией — всем, чем захочешь. Любое твое желание будет исполнено немедленно. Взамен от тебя ничего не требуется, разве только время от времени обсуждать со мной и великим визирем государственные дела.

Элеонора подняла руки с колен и запустила пальцы в волосы. Вопрос был не только сложный, но и неожиданный, он застал ее врасплох. Надо было все взвесить, продумать все вероятности, принять во внимание столько возможных последствий. Она задумалась, попробовала решить все сейчас же, но тут ее охватило странное тягостное чувство, которое очень напоминало ее состояние перед самым припадком. Она моргнула и пришла в себя.

— А как же бей?

— Бей? Полагаю, он будет жить так же, как раньше, я имею в виду, до твоего появления.

— Но ведь он огорчится?

Ее вопрос несколько озадачил султана.

— Трудно сказать, как он отреагирует. Но хочу напомнить, что твое решение должно быть только твоим. Конечно, нужно помнить о наших ближних, но нельзя забывать и о своих собственных интересах.

Она кивнула:

— А что будет, если я откажусь переехать во дворец?

— Этого никто не может знать, — ответил он, — но это хороший вопрос. Я вижу, ты правильно все понимаешь. — Он положил в рот пастилку. — Думаю, тебе известно, что твоя тетя уже едет в Стамбул. Она собирается увезти тебя в Констанцу. Но если ты согласишься жить во дворце, мы убедим ее отказаться от этого намерения.

Султан говорил о дворце, о сокровищах, которыми полна его библиотека, а Элеонора смотрела на картину, где охотники травили лису. Так много лошадей, так много собак было повсюду, что она с трудом разглядела клубок рыжего меха, который затаился под деревом в самом углу картины, снизу справа. Когда султан встал, она вздрогнула и поняла, что он ждет ее ответа.

— Можно спросить, к какому решению ты склоняешься?

Элеонора не склонялась ни к одному. Все, чего ей хотелось, — остаться жить с Монсефом-беем, господином Карумом и госпожой Дамакан. Но теперь это было невозможно по целому ряду причин, это она понимала. Только вот вслух об этом, конечно же, не скажешь.

— Я думаю, лучше мне переехать во дворец, — начала она. — Но нельзя ли мне еще немного подумать?

— Ну что ж, — согласился султан и опустился обратно на диван, — это справедливо. Решение слишком ответственное, я не хочу тебя торопить. Завтра утром я пошлю за тобой. Если ты примешь решение поселиться во дворце, собери свои вещи заранее. Если нет — надеюсь, что ты не откажешь мне в любезности еще раз увидеться с тобой и обсудить твой выбор.

— Да, я так и поступлю.

Султан встал и проводил ее до двери. На пороге Ирисового зала они на секунду остановились и посмотрели друг на друга: маленькая девочка и невысокий мужчина средних лет. Абдул-Гамид наклонился к ней, взял ее руку и поцеловал.

По дороге домой Элеонора смотрела на Стамбул другими глазами. Особняки у самой воды, старые рыбаки со своими удочками на Галатском мосту, суета на рынках, морские птицы над головой — все это сулило новые возможности. Она вспомнила любимые строчки из монолога лейтенанта Брашова, который он произнес на пороге смерти, обращаясь к брату: «Каждый раз, когда мы решаем, что нам делать, и даже в том случае, когда предпочитаем не делать ничего, мы захлопываем одну из дверей в будущее. Каждый шаг по дороге судьбы сужает круг наших возможностей, означает смерть одного из вероятных миров». На самом деле дорога судьбы больше походила на туннель, и с каждым ее шагом он все сильнее сужался вокруг нее.

Когда Элеонора добралась до дому, ей не хотелось ни с кем разговаривать. Ей много о чем предстояло подумать, а времени было совсем мало. После того как она рассказала бею о встрече с султаном и о его предложении, они не обменялись почти ни единым словом. Он листал газету, она пыталась отвечать на письма. Одно из них было от маленького парижанина, который хотел знать, какие именно книги прочла Элеонора, второе — от итальянского монаха, жаловавшегося на политическую ситуацию в Сиене.

Она ответила на несколько писем, потом погрузилась в созерцание далекой гряды облаков. Если бы только ей удалось сосредоточиться на своих проблемах, найти решение, так же как она находила его по просьбе султана и всех тех, кто искал ее совета... Она отложила перо, сложила руки на коленях и закрыла глаза, задумавшись о том, чем обернется ее решение. Если бы знать, как связаны между собой зашифрованная записка преподобного, молодой человек из кафе «Европа», бей, великий визирь, валиде-султан, если бы только понять, что все это значит, — она бы сделала верный выбор.

Спустя некоторое время она открыла глаза, ничуть не приблизившись к ответу. Она смотрела, как ее стая возвращается домой из города. Когда липа скрылась под грудой пурпурных вибрирующих тел, Элеонора поняла, что задавала себе неверный вопрос. Она подумала о максиме госпожи Ионеско: «Нет советчика мудрее, чем веление собственного сердца». Потом вспомнила продолжение: «Когда следуешь горячим призывам своего сердца, когда не позволяешь самолюбию вести себя и выбираешь не легкий путь, а тот, что с самого начала был верным, только тогда поступаешь правильно». Правда в том, что ей не хотелось ни того ни другого. Она не желала, чтобы султан оказывал ей покровительство, чтобы бей защищал ее. Чтобы Руксандра забрала ее в Констанцу. Она устала от госпожи Дамакан и ее пророчеств и всех этих людей, которым нужен ее совет. Больше всего она мечтала побыть наедине с собой, делать что вздумается и никому не давать отчета.

За ужином было тихо. Они съели рагу из говядины с рисом, Элеонора попросила позволения встать из-за стола и поднялась к себе. Она поставила свечу на столик у кровати и подошла к окну. Пролив поблескивал, как леденец, гладь воды отражала огоньки фонарей, развешенных между минаретами Новой мечети. Элеонора видела контуры кораблей, которые, словно призраки, скользили по Босфору, слышала визг тормозов, доносившийся со стороны Сиркеджи. Этот звук ворвался в комнату как вестник, как перелетная птица, осторожно севшая на подоконник. На первый взгляд это именно то решение, которое она искала, но еще до того, как она успела все хорошенько обдумать, в дверь постучали.

— Войдите.

В призрачном свете луны стоял бей.

— Надеюсь, я тебя не разбудил? — спросил он, хотя было ясно, что она еще не ложилась.

— Нет. — Она повернулась к нему. — Вовсе нет.

— Я пришел сказать, что сделаю все, что от меня зависит, чтобы защитить твои интересы, поддержать тебя, что бы ты ни решила.

Он замолчал. Пламя свечи отбрасывало быстрые тени на его лицо. Потом он сунул руку в карман и вынул оттуда небольшой кошелек.

— После твоего отца, — продолжал он, протягивая кошелек Элеоноре, — осталось вот это. Я нашел в его багаже. — Он положил находку на ночной столик и вышел за дверь, в темноте его лицо смягчилось. — Что бы ты ни выбрала, он сослужит тебе добрую службу.

— Спасибо, — поблагодарила она, — спасибо вам за все.

— Не за что.

Он закрыл за собой дверь, и Элеонора целых три минуты простояла в полумраке у открытого окна, обдумывая свой план, потом закрыла окно, разделась и проскользнула под одеяло. Перед тем как задуть свечу, она развязала тесемки и заглянула в кошелек. В нем лежали две монетки по десять курушей и пять банкнот по сто фунтов. Она не очень хорошо разбиралась в деньгах, но этого ей опрсделенно хватит.

Элеонора лежала в постели, а дом постепенно погружался в сон, скрип половиц и визг дверных петель становились все тише, уступали звукам ночи, шелесту ветра в листве и топоту звериных лапок. Словно далекий город, луна показалась на горизонте, заливая белым светом, обычным для конца лета, стол, кресло, туалетный столик. Она будет скучать по этой комнате, так же как когда-то по своей спаленке в Констанце, но остаться ей нельзя. Когда луна засияла вовсю и звуки в доме окончательно смолкли, Элеонора выбралась из кровати и бесшумно прокралась к шкафу. Она отодвинула в сторону платья и извлекла на свет пару брюк, рубашку, курточку и феску, которую она заметила в первый день в Стамбуле. Она заколет волосы и размажет угольную пыль по лицу — так будет несложно сойти за мальчика-рассыльного с нежными чертами лица.

Оставалась еще записка. Она вынула лист из среднего ящика стола, обмакнула перо в чернила и написала наверху страницы два слова: «До свидания». Ниже поставила свое имя. Когда с этим было покончено, она почувствовала, что ее сердце забилось быстрее, а дыхания едва хватает. Элеонора открыла верхний ящик комода, вынула закладку Лии и положила ее во внутренний карман куртки. Потом встала на цыпочки, решительно стиснула зубы и сунула кошелек, единственную память об отце, в тот же карман. Затем еще раз посмотрелась в зеркало, выглянула за дверь и навсегда вышла из комнаты.

На верхней площадке лестницы она остановилась и заглянула в переднюю. Комната походила на большую пещеру с темными углами и смутными тенями по краям. Элеонора крепко взялась за перила и стала медленно спускаться вниз; чтобы производить как можно меньше шума, она осторожно переступала с носка на пятку, задерживая дыхание каждый раз, когда эхо разносило звук ее шагов по дому. Когда она вошла в переднюю, дом застонал, как будто она наступила ему на больную мозоль. В свете луны и свечей ковер перед ней переливался огнями, словно огненная река. Она дотронулась до кошелька, вздрогнула и продолжила путь через вестибюль, женскую половину, захламленные темные коридоры, вниз по лестнице, сквозь низкую железную дверь, которая вела на конюшню. Элеонора оставила дверь приоткрытой и прокралась мимо заволновавшихся лошадей наружу, к воротам.

Она свободна. Ветер потерся о ее колени, над головой темнело небо — черная простыня, сквозь которую просвечивали огоньки светил. Навстречу ей попался белый кот, он подмигнул единственным голубым глазом. Она поняла. Мир огромен, холоден и полон возможностей. Ее стая разлетелась — птицам больше не было до нее дела.

Она обернулась посмотреть на желтую махину дома. Ей вдруг показалось, что она разглядела силуэт госпожи Дамакан в окне своей спальни. Элеонора поспешила по залитому лунным светом мосту к Сиркеджи. Там она сядет на поезд и уедет в Европу — в Париж, Будапешт, Берлин, Петербург или Прагу. Проберется в вагон и незаметно выскользнет из истории.

ЭПИЛОГ

Тринадцатого августа 1886 года, девять лет и одну неделю спустя после прихода Элеоноры Коэн в этот мир, жители Стамбула лишились своего оракула. Пурпурных с белым удодов видели у Египетского базара и на оливковых деревьях неподалеку от старого кладбища на Тепебаши. Говорят, они пролетали над старой греческой лечебницей за Едикюльскими воротами. Один предприимчивый мальчишка из Балата даже поймал удода при помощи хлебной корзинки. Но, увы, птица не перенесла неволи. Остальные же разлетелись поодиночке в разных направлениях.

По приказу его величества султана Абдул-Гамида II весь транспорт, который покидал город, подвергался тщательному досмотру. Жандармерию подняли по тревоге, и каждый служащий железной дороги в радиусе пятидесяти километров от Стамбула получил словесный портрет Элеоноры. Ее искали в водах Босфора; лучшие кангальские овчарки были отправлены по следу беглянки. Монсефа-бея, господина Карума и госпожу Дамакан задержали, но они не имели ни малейшего представления о том, где искать девочку. Она растворилась в воздухе, исчезла, не оставив ни следа, если не считать записки и полного шкафа одежды.

В конце концов назначили день похорон, после чего жизнь вернулась в прежнее русло. Руксандра возвратилась в Констанцу к новому супругу. В конце семестра преподобный Мюлер покинул Робертс-колледж и при содействии своих покровителей из Военного министерства получил место в Йеле. Монсеф-бей по-прежнему собирает близких по духу людей в кафе «Европа», а господин Карум неукоснительно сообщает во дворец обо всем, что делает его хозяин. Госпожа Дамакан уехала из Стамбула в Смирну, к племяннице. Султан решил было отправить Джамалудина-пашу в отставку, но уговоры валиде-султан убедили его дать паше последний шанс. В Зейтинбурну открыли новую школу для девочек. Строительство мечети Йылдыз Хамидийе было наконец закончено. Планы строительства железной дороги, которая соединила бы Берлин с Багдадом, так и остались на бумаге. Роберт Льюис Стивенсон опубликовал «Невероятную историю доктора Джекила и мистера Хайда», а в нью-йоркской гавани установили статую Свободы.

Страницы истории неумолимо переворачивались, как будто никакой Элеоноры Коэн никогда не существовало. И вся эта история забылась, стала подстрочным примечанием к труду об Османской империи второй половины XIX века. Исполнила ли она пророчество госпожи Дамакан, была ли той, кто мог направить ход истории по другому руслу, — ответов на эти вопросы мы никогда не узнаем. И так оно и должно быть, потому что камни на дне потока, что зовется историей, постоянно меняют свой облик. Все зависит только от точки зрения.

ОГЛАВЛЕНИЕ

Лукас М. Д.

Л 84 Стамбульский оракул: Роман / Пер. с англ. О. Вольфцун. — СПб.: Азбука, Азбука-Аттикус, 2013. — 320 с. — (Книга-открытие).

ISBN 978-5-389-03843-1

Дебютный роман Майкла Дэвида Лукаса увлекает читателя в волшебный мир старого Стамбула, где сказка и быль переплетаются, словно узор восточного ковра. Волшебная история маленькой Элеоноры разворачивается на фоне крушения могущественной в прошлом Османской империи. Политические интриги, тайные общества и двойные агенты — вот тот мир, частью которого оказывается одинокая девочка-сирота. На долю Элеоноры выпадают тяжкие испытания, ведь на ней лежит печать избранности, а значит, и непомерное бремя ответственности, которое она несет во исполнение старинного пророчества. Но даже когда провидение не оставляет Элеоноре выбора, оказывается, что в Стамбуле возможно все.

УДК 821.111(73)
ББК 84(7Сое)-44

Литературно-художественное издание

МАЙКЛ ДЭВИД ЛУКАС
СТАМБУЛЬСКИЙ ОРАКУЛ

Ответственный редактор Наталия Роговская
Редактор Александра Глебовская
Художественный редактор Илья Кучма
Технический редактор Ольга Иванова
Корректоры Ирина Киселева, Лариса Ершова
Верстка Кирилла Иванова

Подписано в печать 10.10.2012.
Формат издания 84 × 108 $^{1}/_{32}$. Печать офсетная.
Гарнитура «Петербург». Тираж 3000 экз.
Усл. печ. л. 16,9. Заказ № 5814.

ООО «Издательская Группа „Азбука-Аттикус“» —
обладатель товарного знака АЗБУКА®
119991, г. Москва, 5-й Донской проезд, д. 15, стр. 4

Филиал ООО «Издательская Группа „Азбука-Аттикус“»
в Санкт-Петербурге
196105, г. Санкт-Петербург, ул. Решетникова, д. 15

ЧП «Издательство „Махаон-Украина“»
04073, г. Киев, Московский пр., д. 6 (2-й этаж)

Отпечатано в ОАО «Тульская типография»
300600, г. Тула, пр. Ленина, 109

KAK01011801R

ПО ВОПРОСАМ ПРИОБРЕТЕНИЯ КНИГ ОБРАЩАЙТЕСЬ:

В Москве:

ООО «Издательская Группа „Азбука-Аттикус“»

тел.: (495) 933-76-00, факс: (495) 933-76-19

E-mail: sales@atticus-group.ru;
info@azbooka-m.ru

В Санкт-Петербурге:

Филиал ООО «Издательская Группа „Азбука-Аттикус“ в г. Санкт-Петербурге»

Тел.: (812) 324-61-49, 388-94-38,
327-04-56, 321-66-58

факс: (812) 321-66-60

E-mail: trade@azbooka.spb.ru;
atticus@azbooka.spb.ru

В Киеве:

ЧП «Издательство „Махаон-Украина“»

тел./факс: (044) 490-99-01

E-mail: sale@machaon.kiev.ua

Информация о новинках и планах, а также условия сотрудничества на сайтах

www.azbooka.ru
www.atticus-group.ru